浮生琐记

武冰 著

天津出版传媒集团

天津人民出版社

图书在版编目（CIP）数据

浮生琐记 / 武冰著. -- 天津：天津人民出版社，
2025.1. -- ISBN 978-7-201-20844-2

Ⅰ.I267

中国国家版本馆 CIP 数据核字第 2024KA0049 号

浮生琐记
FUSHENG SUOJI

出　　版　天津人民出版社
出 版 人　刘锦泉
地　　址　天津和平区西康路 35 号康岳大厦
邮政编码　300051
邮购电话　（022）23332469
电子信箱　reader@tjrmcbs.com

责任编辑　苏　晨
装帧设计　青年作家网

印　　刷　永清县晔盛亚胶印有限公司
经　　销　新华书店
开　　本　880 毫米×1230 毫米　1/32
印　　张　10.25
字　　数　196 千字
版次印次　2025 年 1 月第 1 版　2025 年 1 月第 1 次印刷
定　　价　78.00 元

目 录

/第二辑 校园时光/

/第三辑　亲情慰藉/

第一辑

童/年/忆/事

儿时过年

今天是新年的第一天，外面很安静。寂静中不由想起小时候过年的情景。

小时候家里条件不好，平时吃得简单，穿得破旧，还要干很多农活。只有在过年的时候，不仅可以吃好的、穿好的，还可以尽情地玩耍。所以小时候最期盼过年。

小时候过年很有仪式感，也很热闹。

腊月二十几开始，家里便有了浓浓的节日气氛，不断有人送来红纸请父亲写对联。

父亲每写好一副对联，我立即把它平摊放好。最后客厅、院子、大门外，到处铺满红彤彤的对联。母亲看了通常会说："还写，还写，还有几天了！"因为这个时候还有很多家务活儿等着父亲去做。父亲听了也不生气，仍然不慌不忙地边想边写。我把写好的对联一副副放好，等墨水干了，再一家一户按顺序收起来，扎好。

很多对联都是父亲现编的。自家的对联，父亲写得格外用心。譬如："卧冰哭笋"贴在奶奶房门上，"吃得苦中苦，方为人上人"贴在我们房门上，"一人能做千人饭，五味调和百味香"贴在厨房门上。

空下来时，母亲让我把家里的对联读给她听。当我读到"一人能做千人饭"时，母亲满脸笑容。也许这就是母亲多年任劳任怨地在厨房忙碌的动力。

过年前，父亲光写对联就要忙活好多天。写完对联贴年画。什么贵妃醉酒、文姬归汉、打渔杀家、柳毅传书、白蛇传、红楼梦……墙上贴得满满当当，花花绿绿，整个客厅充满节日的喜庆气氛。

父亲作为老师，工资微薄，但在买年画上却很舍得花钱。

其实贴对联也是有讲究的。比如"出门大吉""福星高照"等一般贴在大门口，"家和万事兴""童言无忌"之类的贴在客厅，"六畜兴旺"贴在牛棚，"万担归仓"贴在粮仓，"烟火顺遂"贴在厨房……有一户人家不怎么识字，竟把"六畜兴旺"贴到厨房，"烟火顺遂"贴到牛棚！

按照风俗习惯，在贴对联前，父亲要挑好满满一缸水。

接下来便是打扫卫生。将鸡毛掸子绑在竹竿上，先把屋檐墙角的蛛网和灰尘扫落下来。然后各个房间、客厅、院子以及大门外，都要打扫得干干净净。最后将所有垃圾倒在指定的地方，垃圾上面通常放一些柏树枝条，然后点一把火，柏树枝条燃烧起来噼啪作响，称为"炸跳蚤"，十分有趣。

父亲剁好排骨之后，开始准备年夜饭。年夜饭是一年当中最丰盛的晚餐。通常煮一锅排骨，放很多白萝卜在里面，越炖越香，那种诱人的香味至今令我难以忘怀。这些排骨，主要是待客用的，我们顶多只能尝一两块，勾起馋意却又不能尽兴。我儿时看着满满一锅排骨默默发誓：我要努力读书，将来吃排骨吃到饱！现在这个愿望早已实现，排骨可以当饭吃了，可怎么做都没有小时候的排骨香！年夜饭只吃米饭，不做锅巴粥，米汤留在盆里。

年夜饭之后，便是守岁。大人说守岁可以变聪明什么的，我就信了，经常一个人乖乖地守一通宵。守岁时奶奶会给我们讲故事，有时还出个脑筋急转弯的题目让我们猜，比如鸡兔同笼什么的。当时没学奥数，又不能列方程组求解，只能口算，我们自然算不出来。弟弟假装认真思考一番，最后调皮地胡诌道："X！"奶奶有点耳背，听了直摇头："什么？54？不对，再算算。"那情景至今想起仍忍俊不禁。

守岁前，洗好澡，换好新衣服（大多是母亲纺织的棉布做的）。新衣口袋里已装有压岁钱，还有扎头发的红头绳，就是《白毛女》中喜儿扎的那种。

夜里转点的时候全家都要"出行"，乞求风调雨顺，整个过程不能说话。我们提着马灯，父母端着饭、菜、酒、香、蜡、纸、炮等。父亲选好一个方位蹲下，摆好酒菜，点好蜡烛，开始祭拜，我们按顺序默默磕头。烧完纸钱，噼里啪啦放完鞭炮，最后回家，进屋前顺手将马灯挂在大门框上。

进门之后，我们才可以说话。长时间的沉默之后，我们终于爆发，肆无忌惮地说说笑笑。出行回来，母亲让我们查看一下牛栏里牛是站着还是卧着，然后再到厨房里看一下盆里的米汤有没有发裂。牛和米汤的状况好像和来年收成有关。但母亲从来没有详说，好像天机不可泄露。

正是对美好生活的向往和期待，在那个贫穷的年代，我们总是满怀信心，从不气馁，从不灰心。

我通常还要再出去，借马灯的微光，找没有燃尽的鞭炮。再回到院子时，我还不忘摇一下小树，一边摇一边唱："你也长，我也长，你长大了做料当，我长大了穿衣裳。"小时候一直深信通过摇树能让自己长高，而且每次都做得格外虔诚并坚持多年。现在想想，我小时候就比别人痴傻、执着！

除了"出行"之外，还有一项重要的活动就是祭祖。摆放好饭菜，安置好碗筷，最后把椅子安放到位。母亲极其认真地"邀请"双方过世的老人以及祖先用餐，保佑子孙后代平安健康、读书聪明等等。

父母还告诫我们不要跑来跑去，尤其不要碰椅子，以免影响祖先用餐。

筷子变湿了（其实是饭菜的蒸汽），说明祖先吃过了，鞭炮响起，祭祀结束。我们早已饿了，迫不及待地收拾掉碗筷，重新盛好饭菜用餐。

初一开始拜年，一般是给本家、本村的人拜年。拜年时每家每户都会给吃的，比如花生、荸荠、糖果、各种糕点，等等，讲究的人家还有水果。口袋里装满后，回家掏空再继续去拜年，一上午拜下来收获丰厚。

因为吃了很多零食，所以一整天也不怎么饿，饭也顾不上吃，尽情疯玩。比如打扑克，有时候把压岁钱输得一干二净，父母也不责骂。也有运气好的时候，赢得钵满盆满。还有一种玩法：打卡片，就是把漂亮的纸片折成方块，把对方的卡片打翻就算赢，这个要使巧劲不能使蛮力。几天下来，口袋里塞满大大小小、厚厚薄薄、各颜各色的方块。

初一家里一般只有少量的客人。尊贵的客人来了，要倒"汤"喝。所谓"喝汤"就是把三十晚上炖的排骨汤盛给客人吃。一般来说，客人只是象征性地吃几块萝卜，然后客客气气地把碗筷放下。剩下的倒回锅中，下次客人来了再吃。后来大家都觉得这个风俗很不卫生，于是改革，客人一般在动筷之前，倒回去部分，然后把剩下的吃完。

按风俗，初二要给舅舅拜年，拜年的礼品往往是一大块年糕、一包白糖或一袋麻糖之类的。年糕很沉，我有三个舅舅，所以要背三大块年糕。为了抢上那个最好看的包袱，我们初二早上起床格外积极，一路上背着沉甸甸的年糕，开开心心去给舅舅拜年。

当时没有汽车，自行车也很少，几乎都是步行。路上的行人络绎不绝，跟赶庙会似的。

初三、初四到姑妈家拜年，初五、初六女儿回娘家拜年，等等。

无论是到舅舅家还是到姑妈家拜年，我们一般都会被热情挽留，但挽留的方式各不相同。舅舅家的表哥为了挽留我们，一路狂追，二姐不高兴留下，将追上来的表哥一把推到坡下，然后趁机跑掉。看到我们要走，大姑家一对机灵的双胞胎立即把门拴上。二姑家的表哥见我们要走，把我们的自行车一锁，拔走钥匙，然后得意地对我们说："走吧，你们不是要走吗？"小时候大家都特别重视亲情。

家里人来人往，除了亲戚，还有父亲的一些朋友。母亲在厨房不停地忙碌，一盘盘美味佳肴被纷纷端上桌子，家里好吃的东西越来越少。

一次父亲和几个朋友喝酒，桌上那盘油爆猪肠金灿灿的十分诱人。我当时很想吃又不好意思要，便绕着桌子转圈玩。父亲懂了立即夹了一块递给我，我赶紧放到嘴里，那种香脆的滋味至今难忘。这更加证实了一个事实：我从小就深受父亲宠爱。用弟弟的话说就是"重女轻男"。母亲也常说我小时候长得很好看，父亲走到哪儿都抱着我。最后母亲还补充说：小时候眼睛大大的，虎头虎脑的，好看！（啥？虎头虎脑的？这是形容女孩子的吗？）

热闹的氛围一直持续到正月十五。"月半大过年"，玩灯是少不了的。正月十五晚上，家家户户门前都点上最亮的灯，热切盼望着龙灯的到来。锣鼓声近了，看热闹的人群也跟着涌了过来，我们激动得心怦怦直跳。手脚麻利的孩子早已爬到树上，挑了最佳的观赏位置。

舞狮队在每家门前表演的时间并不相同。像我家因为门前宽敞，父母热情好客，放的鞭炮多，发的烟和糖果也多，自然表演的时间也长。有的人家门前狭窄，主人不在家或者不重视，甚至没人出来打招呼，舞龙灯的简单地转个圈就走掉。

舞龙灯时有人专门说"彩"，像我家门前通常说的是"代代都有高中生""书香门第""忠厚传家"……总之尽挑好听的说。

有一年改革创新，不光舞狮还玩"打棍"。玩"打棍"就是清一色青壮年，手持长棍，赤膊上阵，噼里啪啦地表演一阵很有规律和节奏的"打架"。

棍子从哪里来，说来话长。每年春节我都有种柏树的习惯。种植柏树方法简单，成活率高。用锄头从树干上把枝条打下来，枝条的末端最好带上形成层。然后挖一个坑，把枝条放进去，盖满土，最后用脚踩实即可。多年后柏树成林，都长到了胳膊粗细，树干又直又匀。可那年一夜之间却全被偷光。被谁偷了呢？十五玩"打棍"时全明白了。

那年玩"打棍"时，表演者在我家门前格外卖力，大家都心照不宣。

多年后我家搬走，后来长住武汉。故乡越来越远，年味越来越淡。

今天又突然想起故乡，儿时过年的情景历历在目。原来不管我走多远，走多久，儿时的记忆都不曾忘记。最快乐的春节原来留在了儿时的记忆中。

现在的生活水平和当时已无法相提并论，物质极大丰富，但是少了一份热闹和期盼，多了一份冷清和平淡。儿时过年的情景，现在想起遥远而温馨，估计"90后""00后"看了会表示不解和好奇。就像多年以后，再回忆今天的春节，估计也是诸多感慨。

2022年2月1日修改

油的记忆

在童年时代，物资匮乏，生活清苦，衣食总是勉强维持。对于一个正在成长的孩童而言，关于食物的回忆显得尤为深刻。那时候，能够吃饱饭已经是一种难得的享受，更别提品尝肉类的美味了。肉，在那个年代，是一种珍贵的佳肴，平日里难以触及，一年中也难得享用几回，通常只有在春节这样的重要时刻，才能有幸品尝到其滋味。这不仅仅是因为肉类的价格高昂，更因为购买肉类还需要凭票，这种限量的供应方式更增添了其稀缺性。那时，人们在选购肉类时，总会偏爱肥腻的部分，因为肥肉不仅口感香滑，而且可以炼制成珍贵的油脂。

在那个时代，油脂的稀缺程度甚至超过了粮食。我们一家七口，每年仅能从生产队领取到十几斤油，这微量的油脂需要支撑我们一整年的烹饪需求。因此，在烹饪时，我们总是小心翼翼，不敢过多地使用油。每次炒菜时，仅仅用极小的勺子舀取一勺油，然后沿着锅边快速而象征性地划一圈，这便算是给菜肴"添油"了。

那时候，鱼虾资源相当丰富，每逢雨天或者池塘抽干水后，我们总能捕获大量的鱼虾。为了节省油盐，我们通常会去掉小鱼小虾的头部再进行烹饪。有时候，我们也会选择把小鱼小虾晒干，用来喂鸡，甚至直接丢弃，因为用它们来做菜实在是太耗油了，更别提用油炸这种奢侈的烹饪方式了。

油是当时家里公认的奢侈品。我上初中时住校，每周回家一次。一罐头瓶咸菜和一洗衣粉袋装的大米，就是一周的口粮。母亲给我炒咸菜时总是尽量多地放油。装瓶时为了多装点，咸菜被压得很紧实，油自然飘在上面。

二姐一看到那层油心里就很不痛快，非要拿筷子尝尝，不尝则已，一尝火药桶被点燃了。"平时家里的菜哪有这么好吃，家里的油都被她一个人吃掉了，家里的活咋不让她一个人干？"二姐说完，房门砰的一声被使劲关上，随后房内传出号啕大哭的声音。我站在院子里手足无措，父母也无可奈何，只能对我使眼色，示意我快走。我像做了错事似的赶紧提起装好咸菜和大米的网兜，一个人在黄昏中默默向学校赶去……

当时谁家条件怎样，只要看其炒菜时油放的多少就知道了。

一次晚自习后，吕姓好友邀请我到她家吃晚饭。她家的房子十分气派，红砖琉璃瓦，大大的院子里种了各种蔬菜。走道两旁还种了整齐的柏树，柏树被修剪得像宝塔似的。院子一角还有干净的厕所，这一点在当时的农村实在罕见，我平生第一次知道，厕所还可以装在家里。

晚饭好像是四菜一汤，菜都是平常菜，也没有大鱼大肉，但我觉得山珍海味也不过如此。尤其是那个红烧茄子和西葫芦，那是我吃过最好吃的茄子和西葫芦。茄子和西葫芦是用油煎出来的，放上各种调料，咬一下满口汁水，十分美味，我至今都记忆犹新。后来读《红楼梦》里刘姥姥在大观园吃茄子的情景，深有同感！

当然，我现在才彻底明白为什么同学家里的菜特别好吃：一是她家的蔬菜都是自家院子里种的，鲜嫩可口；另外一个主要原因是放的油多，调料多。

清淡的日子里偶尔也有奢侈的时候，比如杀年猪的时候，不仅可以吃到肉，还可以吃到美味的油渣。因为猪被宰后往往可以取出一大块板油。所谓板油是指猪肚子中白花花的大块脂肪。宰一头年猪，多的可以取出二十多斤板油，少的也有十斤左右。

母亲先把板油洗净沥干，然后切成块放入烧热的锅中，板油慢慢被熬成液态的油。最后油上面飘着一层金黄色的油渣。母亲捞出油渣撒上盐后给我们吃。母亲刚撒好盐，我就迫不及待地抓了一大块迅速放入嘴里，刚一咀嚼，呲的一声，油渣里残余的热油一下喷了出来，口腔里顿时像着了火，油渣在口腔里滚来滚去就是不舍得吐出来，口腔里顿时烫起了泡。油渣香气四溢，连五脏六腑都酥了。

现在物质丰富，猪肉已是家常菜，就算买肉一般也是挑瘦的买。因为肚子油水太多，减肥都来不及，谁还高兴吃肥肉。

　　今天去菜场买菜无意中发现有板油卖，突然想起儿时美味的油渣，于是心血来潮决定做给儿子尝尝。因为现在很少有人买板油，所以板油很便宜。我买了一斤，按儿时的记忆做好，不烫时端给儿子吃。

　　"嗯，香，好吃！"儿子好奇地吃了一块。

　　"香就多吃点。"我极力"推销"。

　　"太油腻了，我要减肥。"儿子吃了几块后，再也不肯多吃，径直玩电脑去了。

　　盘中金灿灿曾令我神魂颠倒的油渣，再也激发不出儿时那种强烈的食欲。看着炼好的一碗猪油我发愁了，因为现在大家都不爱吃猪油。

2019年2月27日

看露天电影

近日，沉浸于"学习强国"的海洋中，我突然对那些经典老电影产生了浓厚的兴趣，于是重温了《追鱼》这部影片。回想起儿时观看《追鱼》的情景，脑海中深深烙印的是鲤鱼精在剧痛中剥下鱼鳞、痛苦挣扎的场面。那时，我深切地感受到了鲤鱼精的悲悯与坚毅。

如今，我已步入中年，再次品味这部影片，心中的感触已经天差地别。爱情，如同璀璨的烟火，或许能照亮夜空，甚至燃烧至灰烬。然而，生活，它是那样的真实且琐碎。鲤鱼精为了挚爱，不惜舍弃生命，化身为凡人，这种以高昂的代价换来的爱情，真的能够带来永恒的幸福吗？得到爱情后，他们又将如何面对现实的挑战？这个故事，无人敢去续写，因为再往下写，恐怕就远离了那份最初的浪漫。所以，影片在此刻恰到好处地画上了句号。

这部老电影如同一把钥匙，开启了我儿时观影的珍贵回忆。在那个年代，电视还未曾进入寻常百姓家，文化生活相对单调，而每一次的电影放映，都是我们童年最为期待的精神盛宴。

当时放电影是一件很隆重的事情。生孩子、过生日、盖房子、考上学、有红白喜事等才会请客放电影。

当时只要哪个村庄要放电影，消息就像长了翅膀似的传得飞快。终于轮到我们生产队放电影了，婶婶站在土坡上大声喊母亲："祝妹，今天有电影，你来看吗？"

"放什么电影？"

"哦，听说是什么孙悟空。不对，是白打三骨精！"

"白打三骨精？"我一旁听了心中纳闷："白打？难道不该打，还是打得很冤？"

为了看电影，大人们早早收工，小孩们也早早把牛牵回家。家家户户的烟囱早早地冒出缕缕炊烟。吃好晚饭，有的洗好澡，换上最漂亮的衣服。

孩子们三五成群，欢声笑语地行进在乡间小路上，内心充满了难以抑制的喜悦，欢快的心跳如同活泼的兔子般怦怦跳动。

近了，听见声音了。那声音在空旷的田野里回荡，分外响亮、扣人心弦，心跳也跟着急剧加速……那时流行放加映片，就是在放正式影片之前，通常加映一段科技或计划生育之类的短片。我们一边奔跑一边祈祷：正式电影千万别开始。

电影往往在宽阔的打谷场上放映。大人们一般带着凳子，我们小孩子往往席地而坐。胆大的爬到树上，这样视野开阔，看起来毫无遮挡。

记得小时候看过的电影有《刘三姐》《小花》《一只绣

花鞋》《孙悟空三打白骨精》《白毛女》《地道战》《马兰花》《等到满山红叶时》《朝阳沟》《被爱情遗忘的角落》《泉水叮咚》，等等。我通常看得很专心，不管什么电影都觉得好看，就像不管什么东西都觉得好吃一样。

看电影是我的文化启蒙之一。我现在还清晰记得《小花》和《等到满山红叶时》中的歌曲。音乐一响，我就被深深震撼，坐在冰凉的地上，陷入深深的忧伤之中，莫名其妙地流下了眼泪，尽管那时"少年不识愁滋味"。那一刻我好像突然长大。就像释迦牟尼菩提树下的醍醐灌顶，由此顿悟成佛。我是俗人，只能顿悟到比较肤浅的程度。

我每每看电影时，心中总有一个疑问挥之不去：为何银幕上的演员都如此光彩照人？过去，我们形容一个人容貌出众时，常说"就像从电影里走出来的一样"。在我的生活中，我确实曾亲眼见过美貌非凡的人——那便是我姨妈家的哥哥姐姐们。他们肤色白皙，身材高挑，作为大城市武汉的来客，满口地道的武汉话，令人着迷。用现在流行的说法，他们就是活生生的"男神"和"女神"。那是我人生中第一次在现实生活中遇到真正的"公主"和"王子"。

他们总是在假期来到我家，每一次的到来都仿佛为整个村子带来了璀璨的光芒，同时也让我眼前一亮，深深地影响了我的审美观。正因如此，我曾长期而固执地认为：真正的美，就是白皙的肌肤与高挑的身材。

他们带来的不仅仅是容貌上的惊艳，还有与众不同的生活方式。我们总惊讶于他们为何不在宽敞的池塘洗涤衣物，而偏偏选择在狭小的脸盆中轻柔手洗。他们的饮食习惯也别具一格，例如对田鸡的喜爱。每当他们兴致盎然地捕捉田鸡时，我们总是兴致勃勃地尾随其后。不得不承认，那油炸的田鸡腿，味道确实令人难以忘怀。

时光荏苒，那些曾如"白天鹅"般耀眼的哥哥姐姐们，如今也敌不过岁月的侵蚀。他们中有的经历了下岗的困境，有的遭遇了婚变的不幸，生活大多不如意。而我们这些当年的"丑小鸭"，通过努力奋斗，最终纷纷在城市站稳了脚跟。这不禁让我深感命运的无常，美貌或许能带来一时的幸运，但它终究无法庇佑一生。

言归正传，再回到看电影的话题上。在沉浸于电影情节时，我无意中发现了一个有趣的现象：电影仿佛为大哥哥、大姐姐们搭建了一座隐形的鹊桥。我那时心中满是困惑：如此精彩的电影就在眼前，他们却选择偷偷躲到一旁，只为了窃窃私语，享受二人世界的亲密时光。

最令人失望的时刻，莫过于消息的误传。每每听闻某村子将有电影上映，我们便早早地吃好晚餐，怀揣着满满的期待，翻山越岭地赶了过去。然而，到达目的地后，寂静的村庄却告诉我们，电影并非在此放映，而是在另一个村子。无奈，我们只得再次启程，急匆匆地赶往那传说中的放映地点。

曾经有一次，我们连续追寻了好几个地点，却都扑了个空。夜色笼罩下的乡村，如同被浓墨染过一般深邃。突如其来的细雨，让原本就泥泞的土路变得更加湿滑难行，鞋子很快就被泥巴裹住。姐姐嫌带着我麻烦，不愿让我跟随，可我心中的电影梦却如此执着。每当她佯装生气地吓唬我，或是假装要动手打我时，我便会调皮地跑开，待她重新上路时，我又会悄悄地跟上。经过一番软磨硬泡，她终于败下阵来，允许我尾随其后。正是这样的坚持与执着，让我在那个年代多看了许多珍贵的电影。

小学的操场，是我们心中最理想的电影放映场所。那天，我早早地来到操场，期待着即将上映的精彩影片。恰巧那天父亲在学校值班，看到我后，他立刻为我盛来一大碗热气腾腾的饭菜。碗底藏着肥美的红烧肉和鲜嫩的豆腐，浓郁的汤汁浸润着每一粒米饭。我蹲在地上，狼吞虎咽地享受着这份意外的美味。那一刻，幸福感如潮水般涌上心头，让我陶醉其中。以至于那晚的电影内容我已记不清，但那顿美味的饭菜，却成为我记忆中永恒的香味。

如今，我们身处信息时代，网络资源浩如烟海，任何一部心仪的电影都触手可及。然而，尽管如此，我仍然深深地眷恋着儿时那些观看露天电影的时光。

2013 年 7 月 25 日

恶霸

提起恶霸，至今我仍无法完全释怀，那是我童年最不快乐的记忆之一。恶霸是小孩们给她取的外号，她是忆往村里几乎所有小孩的天敌。

一、霸道篇

恶霸的典型特点就是超级霸道。举一个例子吧，我家的地紧挨着她家的地。她总是想方设法、明目张胆地把我家的地扒拉一块过去。无奈之下，父亲只好找她的族人来评理，她的族人难得公道一次，于是地被还了回来。可是没过多久，她又扒了过去。几次三番，我家只好不和她一般见识，让着她，忍着她。

恶霸还有更为变态的霸道行为。我家屋后有一棵很大的朴树，夏天长满浓密、鲜嫩的叶子。一次我爬到树上，想采些树叶喂猪。刚采了半筐，恶霸发现了，站在树下大骂，硬说树是她家的。我从树上爬下来，她便追上来打我。眼看要追上了，因害怕和出于本能，我随手捡了一块小小的瓦片向身后扔去。她便一直追到我家，拎着我的耳朵，把躲在门后的我拉了出来，狠狠地教训了一顿。等母亲回到家，她还不依不饶，故意捡起一块大石头给母亲看，说我拿石头打她，真是典型的恶人先告状。

母亲又累又气，直接抄起棒槌把我一顿狠揍。

我当时很不理解：母亲为何不问缘由就往死里揍我？现在仔细回想当时的情形：父亲在乡里教书，母亲带着一群孩子，已经筋疲力尽，烦累中认为我在添乱。再加上我家家风一向是严于律己、宽以待人。最重要的原因是我家是村中的异姓，恶霸家兄弟众多，人多势众。母亲是个聪明人，为了息事宁人只能拿自己的孩子出气。

恶霸的蛮不讲理有时到了令人发指的地步。一个夏天的中午，我站在树荫下放猪。因为夏天炎热，中午要把猪赶到秧田边的水沟里。猪在泥水里打几个滚，相当于乘凉。但得有人看着，防止猪拱坏秧苗。我年纪小，父母便派我去看守。

赤日似火，我便站在一棵枣树的树荫下。站着，站着，实在无聊，转头看到一只漂亮的红蜻蜓落在树叶上。我轻轻走过去，猛地一抓，结果没抓住，却把几片树叶带了下来。恶霸在大门口乘凉，正好看到了，非说我故意毁坏她家的树，冲过来举起拐棍就要打人。现在想想简直不可思议，这一切却千真万确、不可思议地发生了。

恶霸还有一大特点就是讨厌女孩子，主要讨厌别人家的女孩子。她家有几个孙子。而我父母一口气生了四个闺女，最后才生下了弟弟。所以恶霸见了我们总是恶声恶气地说：

女娃子！（极度蔑视的那种口气）我和恶霸的大孙子同岁，她的大孙子不是读书的料，只能早早辍学在家。而我后来不知道怎么开了窍，开挂般地从小学一直读到大学。于是，经常听到恶霸恨铁不成钢地骂她的大孙子："你还不如人家女娃子！舔别人脚趾头啊！"

二、护犊篇

恶霸的另一特点就是超级变态护犊子。在恶霸心里，自己的孙子是宝贝，别人家的孩子都是烂稻草，可以随意欺负。

比如小孩间小小的磕磕碰碰，或玩笑打闹，只要她认为自己的孙子吃了亏，便要亲自讨伐，甚至向家长告黑状。我们都领教过她的厉害并多少有些怕她。

其实恶霸的孙子也很喜欢和大家一起玩。有一次，几个小孩一起玩摔跤，恶霸在一旁虎视眈眈。玩着玩着，恶霸的孙子处于劣势，被一个男孩压倒在地。恶霸一看自己的孙子吃了亏，这还了得，不由分说，拿起拐杖追打那个男孩。那个男孩很机灵，故意冲向窄窄的田埂，一边跑一边回头做鬼脸，还挑衅道："来呀，来呀，来打我呀！"恶霸又气又急，可她哪里追得上，加上又是小脚，一不小心竟掉进了秧田。

恶霸的孙子们本质都不坏。她的大孙子憨憨的，走路时仰着个头，外号"朝天望"。二孙子也是一个很憨的孩子，大家偷偷给取了个外号"烂才"。三孙子出生时没有头发，很大了还不会说话，外号"哑巴"。恶霸不知道从哪里打听到的偏方：生姜水可以生发。于是恶霸便经常用生姜水给她的三孙子洗头。我放学归来经常看到这样的一幕：恶霸在门前死死按着三孙子的头，洗啊，洗啊，锲而不舍地洗，她硬是让那光秃秃的脑袋长出了头发。后来她的三孙子也会说话了。

三孙子小时候很逗，每天吃完饭都要到我家来玩，风雨无阻。他每次来了都不坐椅子，专门坐放在鸡笼旁边的梯子的第二个踏板上，像个小狗一般默默地看着我们说笑。

有一次梯子空空的，我们很奇怪："咦，今天'哑巴'怎么没来报道啊？"话音刚落，他就笑嘻嘻地来了。来了后，他熟门熟路地径直坐在梯子的第二个踏板上。我们一看哈哈大笑，他不知道我们笑什么，也跟着傻笑。

恶霸对孙子们的关心无微不至。她教孙子们认钟表、认杆秤、认桥牌……还经常带着孙子们去赶集，说人世间，人世间，要多出去走走，多看看，见见世面。

有一年春节，她的孙子们给姑妈拜年，结果很早就回来了。恶霸关切地问："姑妈给你们过早（早餐前的食物，以示重视）了吗？"孙子们没好气地回答："过革蚤（跳蚤别称）！"恶霸很生气，后果很严重。孙子的姑妈来回年时，被恶霸臭骂了一顿，还不让进门。

三、婆媳篇

恶霸对孙子的爱护有目共睹，但对她的儿媳简直如对天敌。

恶霸的儿子也是老师，还是学校领导，长得一表人才。她的儿媳体格健壮，先天有点眼疾，眼睛发红、迎风流泪那种，但是吃苦耐劳，人也憨厚。她和我母亲的娘家在同一个村上。因为她长我几辈，所以我叫她舅婆。

有一次我看到舅婆挑草头（水稻收割后捆成的），太阳火辣辣的，她硬是一个人把两斗地的草头一口气挑完，最后整个人全身湿透，像刚从水中捞起来似的……还有一次，我见她一个人拉着板车，上坡时拼命使劲，满脸通红，青筋鼓起，眼球凸出，她大口大口地喘气，犹如牲口一般……

即使这样，恶霸也没有善待她的儿媳，经常在她儿子面前挑拨离间。好多次夜里，我们都已经睡下了，她的孙子们拼命拍打我家大门，哭着求救："我奶奶和我爸爸又在打我妈妈！"母亲实在看不下去，多次去解劝。

由于恶霸的搅和，她儿子和儿媳的关系每况愈下。后来她儿子干脆躲在学校里，与一帮狐朋狗友打牌消遣，留下她儿媳一个人在家辛苦劳作。一个在学校里闲着养得白白净净，一个在地里劳作晒得黝黑黝黑，看上去更是天差地别。

后来恶霸死了，没过几年她儿子也死了，留下了一堆赌债。到死，她儿子和儿媳的关系都没有修复。

对于舅婆来说，欺负她一生的恶老太终于走了，不爱她的男人也走了。终于摆脱了两座大山，留下舅婆孤零零地活着。

后来有人问她："你恨你家老太婆吗？"

她很久沉默不语。

"你想念你的男人吗？"对方又追问了一句。

她顿时红了眼，双泪长流，泣不成声。

其实爱也罢恨也罢，都无法改变她屈辱、痛苦的一生。婚姻中不爱的双方都是不幸的，对双方都是一种伤害。幸福的婚姻打造出两个快乐的人，不幸的婚姻只会产生两个痛苦的人。

接下来，请忍受我啰唆地感叹几句吧！

感叹之一：这个世上，爱一个人往往有千般理由，不爱一个人却没道理。不爱就是不爱，你的努力、优秀甚至付出都是白搭。而且家中往往那个最辛苦的人，就是那个最不被爱的人。我不喜欢你，你便罪孽深重！

感叹之二：有人年轻的时候，仗着年轻，使劲折腾，任性妄为，只有老了，穷了，病了，周围的人散了，才会倦鸟归林，改邪归正，回归家庭。这种结局还不算太坏。可有的人终其一生都没归心。就像索菲亚永远没有追上，托尔斯泰在雪夜里离家出走的那辆马车……

感叹之三：由男孩成长为男人需要生活的磨炼。有人终其一生，也没有成长为男人。你希望找个男人为你遮风挡雨，他偏偏制造狂风暴雨，让你一一经历；你渴望温暖和安全，他却可能带给你加倍的孤单和恐惧；你想过简单、平静的生活，可他让你的生活一地鸡毛。

四、后续篇

后来我们一家搬走了，搬家那天，舅婆哭得稀里哗啦，恶霸竟也破天荒地来帮忙。

我们走后，其他人家也陆续搬走了，最后只剩下恶霸一家孤零零地留在那个小山村。村里的一草一木、所有田地都归其所有，甚至包括我家准备用来盖新房的地基，也拱手相让了。可是我们搬走后，恶霸一家江河日下，越发冷清了。

我们曾经回去过几次。第一次是路过那里，本打算看一眼就走，正巧看到了恶霸。她蹲在池塘边洗皮蛋，看到我们后站了起来问道："三？是三吗？"竟颤颤巍巍地走了过来，还拿皮蛋给我们吃。看到这个老态龙钟的老人，不知道为什么我突然间恨意全无。

我突然想起武侠小说中的类似桥段：你的一个仇人，对你造成了很大的心灵伤害，你对其千仇万恨。为了报仇，你终其一生练就一身绝世武功；为了报仇，你追到大漠深处。最后却发现你的仇人，已经成为一个形容枯槁、行将就木、风烛残年之人，你瞬间失去了报仇的欲望。你只能扔掉长剑，仰天大笑，绝尘而去。

报什么仇？雪什么恨？过好自己的人生，才是最好的报仇。

唉！恶霸的一生充满了现象级的恶毒，一个"恶"字，一个"霸"字贯穿其一生。早期，她的丈夫兄弟众多，家境殷实，称霸一方。后来她的男人早逝，家道中落。她一个寡妇带着一群儿女，从此变得登峰造极般霸道和蛮横，变态般呵护着她的儿孙。她以为强势和霸道能保护住她的子孙。其实她霸道一生，护来的却是儿子破裂的婚姻和一群格局狭隘、窝囊的孙辈。她的保护恰恰害了她的儿孙。一个可怜又可悲的人！

恶霸的孙子，因为单门独户，再加上憨厚死板，很大岁数才找到对象。老大娶了个二婚女子，生了一个儿子，由于长期生活在闭塞的环境中，得了自闭症。二孙子在外打工情况不明，三孙子至今打着光棍。

有一次我们回老家，三孙子看到我们后笑眯眯地走了过来。我们开玩笑地问他："猜猜我们是谁？"我把每个人轮流指了一遍，他都憨笑着摇摇头。最后他突然指向小妹，口齿不清地说："So（四）。"引得我们哈哈大笑。

至今，恶霸的孙子一家还住在那个荒草丛生、孤零零的村子里。因为没有大的格局和做人的智慧，虽然占有大片土地资源，却依然贫困。不由让人感叹：命运在轮回，苍天饶过谁！

2019 年 7 月 9 日

第一次学写字

　　三丫头快到上学的年龄了。一天早上，爸爸给她一本习字册，让她提前学习写字。爸爸简单叮嘱了几句后，便带着大姐和二姐上学去了。

　　三丫头很兴奋，搬了小凳和椅子坐在门前宽敞、平整的场地上，开始认真写了起来。经过门前小路的人很多，他们是去赶集的，看到三丫头扎着两只小辫，认真写字的可爱模样，不由纷纷停下来啧啧称赞："老师家的小孩就是不一样，天生爱学习！"三丫头听了很受用，虚荣心极大地得到了满足。但她装着不为所动，头也不抬，矜持地写着。

　　爸爸交代写"马"字，但写来写去，无论三丫头怎么努力，写出来的字都很不好看。不管了，继续写。三丫头心里较着劲，不停地写啊写。写一会儿，再端详端详。有些"马"越看越难看。三丫头有些气馁，便用橡皮把那些长得难看的、不顺眼的"马"字通通擦掉，然后照着字帖依葫芦画瓢，决心要写出漂亮的"马"来。当时不是"写"字，应该叫"画"字更准确。

　　门前有一棵粗壮的椿树，树梢上有个巨大的喜鹊窝。树上还生活着多种稀奇、漂亮的昆虫。门前的池塘里冷不丁有鱼儿跃出水面，大片大片绿油油的稻田散发出醉人的清香，寂静的小山村有一种说不出的安宁。不久，太阳从东边慢慢升起，先露出半个笑脸，一不注意，整个跳了出来。村庄、树木、田野、池塘，霎时被涂上了一层柔和的霞光。三丫头的小脸在霞光映照下，白里透红，额头上渗出细细的汗珠。一阵微风吹过，好像要流鼻涕，三丫头用袖子麻利地擦了一下。

妈妈把牛从牛圈里牵了出来，拴在门前的大椿树上，又去忙别的事了。过了一会儿，妈妈端了个竹箩筐，准备洗菜、淘米做早饭。要是以前，三丫头准会抢着帮忙。因为淘米时，石缝里经常有河虾探出长长的触角，三丫头可以趁机逮几只玩玩。所以淘米时，三丫头经常把淘米的事忘到一边，一心一意抓虾。妈妈正等米下锅，左等右等不见她回来，便大声呼喊。这时三丫头才回过神来，赶紧端上早已淘好的米往家里跑，一边跑一边不忘紧紧抓住河虾。

但是今天三丫头一心只想写字，便头也没抬。妈妈走过时，看到三丫头胖乎乎的小手不停地擦呀擦，写呀写，神情专注而执着，有些想笑，但什么也没说。

觅食的大公鸡、大母鸡，小鸡们，三三两两地从三丫头脚边走来走去。大公鸡停下来探头探脑，好奇地看了看三丫头，心想："搞什么鬼，这丫头今天怎么不疯了？上次还追着我，把我按在地上，使劲薅我漂亮的尾羽。可怜我那漂亮的羽毛，不久就变成一只美丽的毽子，在这个疯丫头的脚上踢来踢去。"大公鸡边想边走到一边去了。大黄狗在一旁静静地卧着，呼吸着清晨山村里新鲜的空气，很享受地半闭着眼睛养神，稍有动静便警觉地抬起头来，竖起耳朵，看看四周，等发现没啥事，便又慵懒地趴在地上。猪圈里的猪崽不停地叫唤，大概饿了，使劲地拱着围栏，同时传来妈妈制止的吆喝声。拴在大椿树上的黄牛，悠闲地把长长的尾巴甩来甩去，嘴巴不停地咀嚼着什么。大椿树上的喜鹊喳喳叫了两声后，展翅飞走了。几只小麻雀干脆落到三丫头脚边，来回踱着碎步，在地上寻找可吃的东西。

炊烟袅袅升起，飘来了柴火烧出来的米饭香味。妈妈一个人在厨房里忙着，三丫头的肚子咕咕直叫，好像有点饿了。对面大塘埂上，有放学回来的学生，他们是跑得最快的一批，估计饿了急着回家吃饭。赶集的人也买好了东西陆陆续续地返回，经过门前小路时，看到三丫头还在那里写字，忍不住又啧啧称赞一番。

三丫头看着自己写的字，那么多"马"，却没有一"匹"让她满意。同字帖上的马相比，不是太胖就是奇瘦，有的歪歪扭扭站立不稳，有的快要散架，有的有气无力……为了得到爸爸的表扬，三丫头把难看的尽量擦掉，不厌其烦地重写。由于写写擦擦，总共只写了半页。

不久爸爸和姐姐们回来了，爸爸拿起字帖耐心指正，大姐在一旁温和地笑着，二姐迫不及待地一把把本子夺了过去。二姐一看便哈哈大笑，笑到弯下腰去，半天直不起来……三丫头满脸通红，气恼地想："下次，下次别想再借我那只漂亮的鸡毛毽子！"

2011 年 11 月 4 日

童年夏天纪事

一、抓萤火虫

记忆中，小时候的夏天很热。最热的时候全身长满痱子，甚至皮肤被高温灼伤，我们称之为热"流"了。知了没命地叫着，池塘表层的水热得发烫，池塘上空的水蒸气在阳光下不停地晃动。

正午我们一般躲在家里不轻易外出。有时要到院子里收一下衣服，也是沿着墙根冲过去，把衣服从晾衣的铁丝上扯下来，立即百米冲刺般返回。

日落西山，蜻蜓、蝴蝶躲进了树林里，蝙蝠纷纷从屋檐、墙缝等处飞了出来，展开薄薄的翅膀在低空盘旋。萤火虫也亮了，四处飘飞。

我们拿出早已准备好的玻璃瓶，举着蒲扇追着萤火虫跑。如果萤火虫停了下来，我们便轻轻走过去，用蒲扇迅猛拍到地上，然后小心抓起来，放入玻璃瓶中。萤火虫层层叠叠沿着瓶壁往上爬，尾部闪着光此起彼伏，很是壮观。

为了多抓些萤火虫，我们有时候跑得很远。秧田里，池塘边，灌木丛，这些地方都去过。跑远了家人不放心，便喊道:"还往哪里跑?当心有蛇!"这招很管用,一听说有蛇,我们吓得只好赶紧回来。再看看手上竟有薄薄一层粉状物,开始还亮着,接着很快暗淡了。

现在想想,萤火虫不是持续发光,光源很不稳定,像接触不良的灯泡。其实不适合"囊萤夜读",对视力不好。

我有一次上课讲到"银烛秋光冷画屏,轻罗小扇扑流萤。天阶夜色凉如水,卧看牵牛织女星"。它一下唤起我满满的回忆。我朗诵杜牧的这首《秋夕》,忍不住插叙了一下童年捕萤火虫的情景。一群城里长大的孩子羡慕得两眼发光。于是,我萌生了抓几只萤火虫让学生们亲眼看看的想法。朋友圈里,有人说澳大利亚有蓝色的萤火虫,还有人说在锡惠公园九龙壁发现了萤火虫。后一个消息令我激动不已,眼前似乎出现了"腾空类星陨,拂木若花生"的美丽景象。我决定亲自去公园抓几只萤火虫。

一天晚上,我说服先生陪同我夜入锡惠公园抓萤火虫。同锡惠公园看门大爷说尽好话后,才允许我们进去。我们在九龙壁附近找了一会儿,哪有萤火虫的影子。公园里安静极了,龙光塔在黑压压的树梢上显得金碧辉煌,一轮圆月高高挂在飞檐上。我突然想起阿炳墓可能就在附近,顿生怯意,赶紧退了出来。

萤火虫白天一般不发光,样子看上去很不起眼,很普通的小虫子。论颜值还没有蝴蝶、蜻蜓、牵牛、金龟子、椿皮蜡蝉等好看。但它那点点亮光,却让我的童年充满诗意和梦幻般的记忆。

二、夏夜乘凉

小时候没有空调，也没有电扇，因此夏天普遍有乘凉的习惯。

我们一般到"大塘埂"乘凉。一到天黑，大家早早吃好晚饭，洗好澡，换好衣服，扛着凉席、竹床或板凳，在"大塘埂"上占据有利位置。

"大塘埂"是门前池塘边宽阔的大堤。一侧是一个很大的池塘，周围被一望无际的稻田环绕。无论风从哪个方向吹过来，都毫无遮挡。风携带着禾苗的清香，裹挟着水风的清凉，"大塘埂"是理想的乘凉之地。

月光下大家聚在一起，天南海北地聊，讲得最多的是鬼故事，听得人毛骨悚然，但越害怕听得却越起劲。

直到起了露水，大家才肯散了各自回家。我趁机走在人群中间，害怕落在最后，尤其在关门的一刹那，异常紧张，哐的一声迅速把大门紧紧关上。

还有一次乘凉，忽然听到一阵笛声随风飘来，穿肺入腑，一下深深地震撼了我。在那个文化贫瘠的童年，笛声带给我心灵的冲击，犹如一道闪电划过黑暗的天空。

最温暖的记忆是躺在竹床上，听奶奶摇着蒲扇边赶蚊子边讲故事，讲各种传说，讲各种戏剧。奶奶有时还教我们认天上的星星：牛郎织女、北斗、启明星……有时指着又大又圆的月亮，讲桂花树、玉兔、嫦娥、吴刚的故事。我久久凝望，一直没能看出那棵桂花树来，真笨！

夜色如水，夏虫的叫声此起彼伏。奶奶摇着蒲扇，轻轻抚摸着我的头，我在轻柔的风中沉沉睡着。"起露水了，竹床凉，回家睡。"父母想叫醒我。可我睡得太香，父母叫也叫不醒，推也推不醒，只好把我背回家，像扛着一块温暖的石头。

三、洗澡

小时候没有自来水，没有通电，没有淋浴，当然更没有浴室，洗澡很不方便。夏天天热，澡还没洗完，又冒出一身汗。还有在房间里洗澡，总担心水洒在地上。迫于无奈，我们一般选择在院子里洗澡。

院子空间大，地面打湿了也没有关系。早期条件很差，院子地面还没有硬化，中间有一个天井，沤了草皮等作为肥料。有一次我们关好院门，倒好洗澡水，脱了衣服正准备洗澡。突然我不小心踢倒了一只水桶，水桶里全是甲鱼。刚刚有个池塘的水抽干了，甲鱼很多，我们抓了一桶。桶被踢翻后，甲鱼一下子钻入天井草皮中。我们急了，有的拿火钳，有的拿耙子，有的拿锄头，奋力抢救……那生动火辣的场面，至今想起来仍然会笑喷。

我们很小的时候，因为妈妈很忙，由大姐负责给我们姐妹几个洗澡。大姐给我们洗好后，拧干毛巾，然后在我们身上抽来抽去，这是大姐发明的擦水法。后来条件好转，整个院子都改造成水泥地面，洗澡就更加方便了，可以直接把洗澡水往身上冲，不用担心打湿地面。

条件好转，我的毛病也多了起来。我洗澡用水多，时间长。每次妈妈都笑骂："身上有屎？"不仅如此，我还热衷于搓背。所以姐妹们都不愿和我一块洗澡，她们嫌搓背麻烦。

在洗澡这件事上，我很羡慕男人。夏天男人直接游个泳，或者穿个短裤，提桶水往身上一冲了事。父亲洗澡就很简单。父亲光着胳膊，肩上搭条毛巾，提着一桶水，拿把椅子坐在树下，气定神闲地擦身子。最后站起来松开裤腰带，把毛巾伸进去擦洗。擦洗好了系上裤腰带，倒水，进屋换衣服。整个过程简洁省事。

以前回到老家感觉最不方便的就是上厕所和洗澡，因为没有卫生间。现在，老家的房子都改造了，配有专门的卫生间，条件大大改善了。

四、烧地锅

夏天因天热，晚饭一般做得很早。当时用的都是地锅，一个人在灶台上操作，一个人专职烧火。

夏天最讨厌做的事就是烧火。火红的灶塘，像太上老君的炼丹炉。火苗烘得人满脸通红，很快豆大的汗珠从额上滚落下来，前胸后背也湿漉漉一片。热还可以勉强忍受，关键还有灰。柴草一般是稻草、麦秸、花生藤等，抽动柴草时往往会带起一阵灰尘。还有每烧一会儿灶膛的灰烬就积满了，要不时掏出一些，灶膛的灰掏空了，火才旺。我每每掏灰时，二姐便赶紧盖上锅盖，呵斥道："轻点，轻点，轻点……"这时灶台上、衣服上、头发上都落满了黑灰。烧完地锅，整个人汗流浃背，灰头土脸。

一到冬天，二姐总说："你来炒菜，我来烧火。"因为冬天烧地锅暖和。可一到夏天，二姐早早把锅铲抢在手上说："我做饭，你来烧火吧。"我当然不乐意，又不敢反抗。

一次为了缓和气氛，二姐一边往锅里倒河虾，一边说："三，我出个歇后语，你来猜。"

"说吧！"我往灶塘里添了一把火，自信满满又没好气地回道。

"虾子炒豆芽。"

我看到锅中瞬间变红，身体蜷曲的河虾，又迅速脑补了一下豆芽的形状，便脱口而出"弓加弓"。

"还母加母呢！你这个傻子！"二姐指着我，笑得差点把锅铲扔了出去。

正确答案是"没有一个伸头角"，形容没有一个像样的人。我哪里知道这种旁门左道的歇后语，心里很不服气。

我突然灵机一动，捂着肚子说："二姐，我去上个厕所，马上回。"二姐看我着急的样子只好说："快去快回！懒牛懒马屎尿多！"

走到门外，一阵风吹来，凉快多了。我稍稍晃荡了一会，不敢多磨蹭便回去了。

透过厨房的窗口，我看到二姐一会儿下去添柴，一会儿上来炒菜。她一个人手忙脚乱、狼狈不堪，我忍不住想笑。于是我蹲在窗下，捏住鼻子，模仿她一个好朋友的声音叫了一声"贵菊"（二姐小名）。二姐放下锅铲，把头伸向窗口，一看没人，便又继续做饭。我捏着鼻子又叫了一声"贵菊"，叫完赶紧蹲下。这次二姐干脆拿着锅铲，冲出厨房看个究竟。

我一看露馅了，赶紧跑，二姐抡起锅铲追了过来……

那个在物质极度贫困的童年时代，却留下了一生最单纯、最快乐的记忆！

写到这里，往事像一汪清泉从我的心底流过。

2020 年 8 月 25 日

两根油条，半生愧疚

记忆中的一个凌晨，母亲把我从睡梦中叫醒，让我去镇上买二十根油条。

镇上离家约十多里路，在舅舅家附近。我当时十岁左右，母亲担心我不会买，特意交代我先到舅舅家，让表哥带着我去买，并叮嘱我早点回家。

那是我人生中第一次独自赶集，心中充满激动、好奇和自豪。

路上赶集的人不是很多。路边枯草上裹了一层薄霜，走着走着，鞋帮便湿了。绿油油的冬小麦和油菜在薄霜覆盖下，绿色隐约可见。松树苍翠欲滴，地上撒落一层黄黄的松针，如果收集起来，便是极好的柴火。不知名的小鸟偶尔叫一声，清脆悦耳。但不清楚它身在何处，也许藏在树梢上，也可能隐没在草丛中，还可能隐匿在田间地头。薄雾在河面上、山谷里缓缓飘动。空气清冽，吸进鼻子里凉凉的。

一路上我走走跑跑，走了一半路程就浑身热乎起来。

街上热热闹闹的。有卖肉的，卖豆腐的，卖各种蔬菜的。除了各种店铺外，大多数卖主在街道两边，随意找个位置，将蔬菜等物品摆在地上，等待顾客前来选购。

金灿灿的油条散发着诱人的香味，我们直接挤了进去。付了钱，我将油条小心放入竹篮中。买二十根油条，一般会额外赠送一根，因为表哥是熟人，所以又多送了一根。

我没有在街上逗留，便提着竹篮往家里赶。

太阳早已升起。清晨的阳光穿过树林，漫过田野，照在房屋上。田野一片静谧。突然，一只野兔从一丛枯草中噌的一下跑了出来，窜到路上，慌里慌张地跑过路面，奋不顾身地冲上山坡，很快不见了。不远处的池塘边有只水鸟优雅地站在水边，伸长脖子张望着什么。几只野鸭排成一排从水面缓缓游过。一群鸽子飞过来，展示着轻盈的身姿，接着，像有人指挥似的，几个俯冲之后，一下子飞走了，最后轻轻落在屋檐上。

我不停地赶路。走到半路时，我又渴又饿，于是坐下歇息。油条的香味诱惑着我，我忍不住把油条数了一遍。数完之后，更饿了。那多出的两根油条对我产生了巨大的诱惑。我心里纠结了一会儿，又思想斗争了一番，最后决定吃掉一根。吃完后我就后悔、愧疚。我努力安慰自己：还多出一根呢。

我吃完油条，双腿像加了油的马达，充满活力，拎起篮子一路小跑。

翻过一座山，走过一个村子，我又饿了，脑子里全是油条的香味。于是我坐在田埂上，又把油条细细数了一遍：确实多一根。我忍着诱惑继续奔跑，那多出来的一根油条好像会说话似的，不停地对我说："吃吧，吃吧，吃吧。"

大约又走了两里地，我实在忍不住，竟鬼使神差地又吃掉了一根油条。我吃完第二根油条后，什么也顾不上考虑，拎起篮子，加快速度，只想早点到家。

我到家时，露水和汗水打湿了刘海，一缕一缕耷拉在额头上。母亲刚做好早饭，看见我把油条买了回来，很是高兴。母亲接过油条后就忙别的事去了，既没有数油条的数量，也没有多问什么。这让我忐忑不安。

当时，如果亲朋好友家生了孩子，一般会送上二十根油条和一斤红糖。油条很快被作为礼物送了出去。

从此以后，我一直害怕母亲问起油条的事，更害怕表哥主动说起赠送了两根油条。我甚至看到油条就心生不安。在那个物资缺乏的年代，我竟然独吃了两根油条。想想实在不该，太过分，自己都不能原谅自己。幸运的是，没有任何人提起油条的事。

但那两根油条却像两座大山一样压在我的心里，难以释怀。那种压力让我几乎忘记了它的美味，但对那个清晨的景象记忆深刻。

多年以后，和母亲闲聊的时候，我鼓起勇气对母亲说起了这件事。母亲听了无限心痛地说："作孽啊，当时过的什么日子！"母亲的语气里，没有一丝一毫的责备。

我纳闷的是，买油条有赠送，母亲应该是知道的。母亲当时为什么没数也没问？童年的记忆中，母亲是有脾气的。

我们不听话时，还会揍揍。为什么在这件事上，母亲如此宽容？如果当时我被揍了一顿，也许就忘了。正因为母亲只字不提，倒让我产生了更加沉重的心理负担。

母亲当时怎么想的，我不得而知。我再次追问母亲，母亲说她不记得这件事。其实母亲何等精明，她当时一定知道多出的油条被我偷吃了。她没问也没当我的面数一数，估计是为了保护我的自尊。

我一直以为，母亲不懂我，我也不懂她。现在仔细想想，其实母亲当时就理解和宽恕了我，想到这一点，我对这件往事才真正释怀。

此时我已年过半百，母亲也老了。

2022 年 7 月 27 日

童年第一恨——放牛

在小区或公园里散步，看到绿油油的嫩草，总想着这么好的草，用来放牛该多好啊！我甚至有一种冲动：恨不得替牛啃上几口。

小时候如果不好好读书，父母会抛出一句狠话："不好好读书，就回家放牛。"

当时还不流行外出打工。对一个农村孩子来说，出路只有读书、当兵、务农。对一个农村小孩子来说，当兵不够年龄，务农挣不了工分。农家不养闲人，小孩子不读书，唯一的出路就是放牛。

我在上小学四年级之前，非常贪玩，学渣一个。我有一次上课开小差，正好被父亲发现了（父亲是老师，当时正好教我的班级）。吃饭时，一向温和的父亲对我说了人生第一句狠话："不好好读书，就回家放牛。"我可不想放牛，从此专心读书。

农家孩子上学之余，都要干一些农活，如打猪草，砍柴火，拾粪，放牛，等等。打猪草和放牛，是我们童年的主要劳动项目。

那时候农村家家都有耕牛，小孩子几乎都放过牛。关于放牛，文学作品里的经典画面是：老牛悠闲地驮着牧童，牧童吹着短笛，沐浴着夕阳，缓缓走在乡间小路上。晚风轻拂，杨柳依依，笛声悠扬，看上去既轻松又浪漫。现在我可以负责任地告诉你，那是骗人的，骗人的！放牛哪有那么美好！

对我来说放牛是惩罚，是苦难，是噩梦，是平生第一恨事。

对一个农村孩子来说，因为很小就放牛，久而久之，便积累了一些放牛的经验。例如放牛一般要早起，最好青草带着露珠时。中午太阳暴晒，牛吃了热草会拉稀。所以一般大清早我就被父母叫醒，牵着牛绳，揉着惺忪的睡眼走向田野。

我一般选择在稻田埂上放牛：一来离家很近，二来稻田埂上的草一般又嫩又绿。牛咔嚓咔嚓吃着嫩草，像收割机一样，看上去很治愈。放完一条冲，牛差不多就吃饱了。然后把牛牵回家，找棵大树一拴。牛躺在树荫下，静静地反刍。因为完成了放牛任务，接下来可以尽情玩耍。

在稻田埂上放牛也有弊端。绿油油的秧苗对牛来说诱惑太大。为了防止牛偷吃庄稼，必须牵好牛绳，紧紧盯着。开始牛还老老实实地吃着嫩草，可稍不注意它突然把头一偏，快速偷吃掉几棵秧苗。有时发现牛凑近秧苗，便死劲拉住绳子，可牛仍犟着头伸长舌头去够秧苗，得逞了才肯罢休。所以必须时刻提高警惕，一旦牛有偷吃迹象，就得提前拉紧牛绳。久而久之，手上被勒出红印。

更可气的是，面对大片绿油油的嫩草，牛却突然不吃了，昂起头来径直往前走。田埂本来就窄，人又是倒着在走，来不及转身，一下被挤进秧田里。被露水打湿的鞋子，顿时灌满了泥浆，牛趁机大口大口吃起秧苗来。

为了防止牛偷吃庄稼，很多时候选择到开阔地放牛，如山坡，塘埂，等等。虽然没有田埂上的草嫩，但不用担心牛偷吃庄稼，心情放松多了。

牛吃着草，不知道从哪儿冒出来的牛虻，吸附在牛身上，拼命吮吸着。牛虻瘪瘪的肚子迅速鼓胀起来，透过红红的肚皮，可清晰地看到里面的血液。牛虻因贪吃得太饱，多余的血液直接从尾部渗出。为了摆脱牛虻的骚扰，牛不时甩动着尾巴，或晃一下耳朵，驱赶牛虻。

可总有赶不尽的牛虻吸附在牛身上。一般牛并不在意，有时牛却突然怒了，往前猛冲。有时还冲向土坡，用牛角使劲拱土，掀起大片大片土块，扬起阵阵灰尘。拱完土，有时还翘起尾巴向前冲去。遇到这种情况，我往往胆战心惊，丢开牛绳吧，怕牛跑了，不丢牛绳吧，又实在害怕。

最可怕的是牛"触角"。两头公牛碰到一起，仇牛相见，分外眼红。牛眼一瞪，鼻腔里发出粗重挑衅的低吼，前蹄示威地踢踏地面。双方运足气势，一场决斗即将开始。接着它们不顾一切地冲到一起，用粗大的牛角顶起来，难分难解，难解难分。这时胆大的孩子冲上去用鞭子狠狠地抽，并使劲拉绳子。

小时候两个男孩见面好打架，往往被大人戏称为爱"触角"，这个比喻倒十分生动。

更烦的是繁殖季节，公牛见了母牛，抬腿直接骑了上去，惊世骇俗。遇到这种情况，我往往吓得扔了牛绳远远跑开。

农闲时，姐姐们坐在树荫下绣花、纳鞋底，而我只能乖乖去放牛。我特别羡慕她们，也常抱怨："为什么我要放牛，而姐姐们可以不用放牛？"

"因为她们大了，可以挣工分，自然不用放牛。"

为了不用放牛，我盼望快快长大。

有时为了增加收入，家里会养母牛，下了牛犊卖钱。养牛便成了家里重要的经济来源。

有一段时间，我家养了三头牛。当时我已经考上了中学，住校去了。放牛的重任自然落到妹妹头上。我小舅舅家在山区，放牛很方便。父亲便把妹妹和三头牛送到小舅家。妹妹为了放牛，在小舅家住了很长一段时间。

一个下雨天，妹妹为了追赶逃散的牛，在泥泞中摔倒，胳膊骨折。我一直在外面读书，多年以后才知道这件事。我听了心疼万分，可妹妹说起这件事的时候，轻描淡写，毫无怨言。想想自己对放牛的逃避和憎恨，不禁惭愧。

现在回头想想，我当年能够自觉地拼命读书，确实和逃避放牛有很大的关系。

细想起来，放牛的时候也有过小小的快乐。有时牛吃饱后，我们在开阔的地方，随意找一丛芫花拴上，然后和小伙伴们一起疯玩。

春暖花开，万物复苏。我们抽了嫩嫩的茅草尖卷成小饼，软糯香甜。我们还掐过"刺苔"（蔷薇的嫩芽），剥了皮，吃起来像菜苔，清脆微甘。

夏天，各种瓜果成熟了。我们几个小伙伴凑了两角钱买了一个香瓜，在池塘里简单洗了洗，直接用手捶开，每人一小块。瓜肉香甜脆，金黄色的瓜瓤吃起来也很甜。

秋天，地里的庄稼收割完毕。我们把牛绳绾在牛角上，让它自由自在地吃草，只要不跑远就行。

我们捡来花生，放在枯草上，点燃枯草，最后在灰烬中扒拉出烧熟的花生。剥开烧煳的外壳，里面的花生仁熟得正好。现在吃的花生，都不是那个味道。

小时候总能创造条件玩乐。例如找块平地，把土铲平后玩抓石子。抓石子的游戏规则是：先把石子抓在手心，然后将石子抛出，随后手掌回正，接住一颗石子。再将那颗石子向上一抛，抛完迅速抓地上的石子，抓好后马上接住刚抛出的那颗石子。整个过程：一抛，一抓，一接。三次抓的石子数依次为：一颗，两颗，三颗。游戏取材方便，操作简单，凭的是眼疾手快。

尽管如此，我依然不喜欢放牛。

有一次放完牛，我坐在宽阔的塘埂上。眼前一望无际的稻田被风吹过，像绿色的波浪。仰望天空，漫天的白云缓缓飘向远方。年少的心便涌上莫名的孤独和忧伤，脑海闪出一个坚定的念头：我要好好读书！我要走出去！我不想一辈子待在这个地方。

忘不了的童年，好的和不好的都已经过去了。

2022 年 8 月 27 日

那些陪伴我童年的动物

一、家禽家畜

小时候在农村长大，虽然没有动物园，但是和动物的接触一点也不少，留下许多珍贵的记忆。

对农村的孩子来说，接触最多的动物当然是家禽和家畜。

农村喂养最多的家禽一般是鸡。养鸡是一个农村家庭的主要经济来源之一。油盐酱醋茶，人情世故，很多时候都要靠卖鸡蛋的钱去应对。有时候我们向父母要点零花钱，父母便让我们拿一个鸡蛋到商店卖掉，然后去买自己喜欢的练习本、红头绳或者宝塔糖，等等。

那时候养的鸡虽然很多，但是很少舍得吃鸡蛋，更别说鸡肉了。只有来客人的时候，招待客人时才会打上一碗鸡蛋。那时候的鸡蛋和鸡肉实在太香了。

养鸡不光是为了吃鸡肉和鸡蛋，还有一些附带功能。以前没有闹钟，公鸡的打鸣声极具穿透力，是农村的天然闹钟。公鸡报晓，就知道该起床了。太阳当空，远远传来公鸡的叫声，农人便扛起锄头回家，因为吃午饭的时间到了。还有大公鸡的尾羽是做鸡毛掸子或者毽子的理想材料。

无聊时，我们甚至烧鸡毛玩，鸡毛烧了之后略臭，灰烬很脆，用手指碾搓后立刻变成碎末，棉花燃烧之后变成细灰，而塑料燃烧之后变成一个硬疙瘩。这是我们小时候鉴定蛋白质、棉纤维和化纤最原始的方法。

为了增加收入，除了养鸡之外，一般农家还养猪和牛。养猪和养牛是我家的主要经济来源。我家还养母猪，每到母猪下崽的时候父母都非常重视。当母猪突然不停地向猪圈衔草时，说明母猪要产崽了。妈妈整夜细心地守着，把小猪崽一个个捡好，还要守到胎衣出来，防止母猪吃了胎衣不产奶。

妈妈连夜宰一只大公鸡炖上，给母猪下奶。整只香喷喷的大公鸡倒入猪槽中，母猪一口气吃完，我们在一旁看了馋得直咽口水。妈妈说只有让母猪吃好，下的奶才多，小猪崽才壮。所以我家的小猪崽长得非常壮实，每年卖猪崽是一笔不菲的收入。

那时候家里养的牛也很多，最多时养了三头牛。为了放牛，曾经把小妹送到山区的小舅舅家待过一段时间。卖牛崽也是一笔不错的收入。

其实养猪崽也有乐子。夏天我们在大门楼乘凉，小猪崽纷纷走过来蹭凉。我们用脚尖在它背上轻轻一蹭，它就立马顺势倒在地上。我们继续用脚轻轻蹭它圆圆的肚皮，小猪崽立刻仰躺起来，四肢伸展，全身放松，嘴里还哼哼唧唧，一副十分享受的样子。小家伙们胖胖乎乎、憨态可掬的模样，引得我们哈哈大笑。有时一高兴，我们还帮它们把身上的虱子除掉，小猪崽更是一动不动，温顺极了，像乖巧的婴儿。

养猪和养牛是为了增加收入，养狗一般是为了看家护院。那时养的狗不是什么名贵品种，一般是普通的中华田园犬。

狗通人性，一点不假。有一次妈妈还鸡蛋给婶婶，婶婶死活不要，两人让来让去，拉拉扯扯。我家狗狗以为在打架，立刻冲了上去，咬住婶婶的衣服使劲拽，引得众人大笑。

还有一次我放假回家，一只小狗远远地迎了上来，摇着尾巴蹭我的腿，表现出热烈的友好与欢喜。这只小狗是在我上学的时候抱养的，还没见过我，它竟知道我是主人，真是神奇。

一天清早，天还没有亮，我轻轻地带上门去上学，正趴在院子休息的小狗"噌"的一下从门缝冲了出来。可能担心我害怕，小狗一路护送我，走了很远很远。

我怕小狗被别人偷走或者走丢了，命令它回去，它不听使唤继续跟着我。我只好使劲跺脚，大声呵斥"回去"，小狗吓得往回跑了一段，然后停下来，惴惴不安地看着我。当我转过身时，它又立马跟了上来。我只好再次停下，呵斥它回去，反复几次，小狗见我态度坚决，只好一步三回头地回去了。我大声交代：直接回家，不要贪玩，别走丢了。

后来小狗竟然沿着原路回去了，实在聪明。

二、各种鸟儿

除了家禽和家畜，大自然还给我们提供了一个最朴素、最天然的动物园。

院子里有一棵巨大的椿树，房前也有一棵巨大的椿树。每一棵椿树上都有一个巨大的鸟窝，是喜鹊筑的巢。每当喜鹊朝着一个方向叽叽喳喳叫个不停的时候，我们一帮孩子欢呼雀跃："要来客人啰，要来客人啰！喜鹊叫，客人到。"

喜鹊为什么会报喜？我想可能是喜鹊站在高高的树枝上，视野开阔，能够看到我们看不见的远方。也许它看到了正在走来的客人，便提前通知我们一声，让我们做好准备。那时候没有电话，喜鹊就充当了电话。

传说农历七月初七，喜鹊要飞上天为牛郎织女搭建鹊桥，喜鹊头上的羽毛还会被剪掉一撮，传说不知道是否属实。不过七月初七那天确实很少见到喜鹊。为了验证喜鹊头上的羽毛是否被剪掉一撮，我曾追着一只喜鹊满田野狂跑，可总也追不上，无法验证。

小时候最常见的鸟还有麻雀，它也不避人，但没有喜鹊那么讨喜。

因为爱偷吃粮食，麻雀一度被列为四害之一。刚刚撒下稻谷的秋田里，为了防止麻雀偷食，通常要扎一个稻草人。稻草人穿上衣服，空荡荡的袖管随风飘动，像挥动的手臂，麻雀见了就飞走了。

但时间一长，麻雀就不怕了，甚至落在稻草人身上拉屎。所以稻谷萌发成秧苗之前，一般会派专人看守。

我小时候曾被派去看管秧田。有次我偷懒，正在地上玩抓石子，抬头一看，一大片麻雀悄悄落在秧田里，拼命地偷吃稻谷。我赶紧拿了竹竿去赶，麻雀一下子飞走，却并不飞远，等我稍不注意，立刻落到秧田另一边继续偷吃。我往往要拿着竹竿绕着田埂撵好几圈，麻雀才会飞走。

所以看秧田并不轻松，有时需要不停地吼，不停地追，如果没看好还要被扣工分。

麻雀是一种非常机智的小动物，有一句谚语：麻雀虽小，五脏俱全。麻雀还有一大特点就是忙碌，好像永远没有吃饱，永远在找吃的，大冬天也不例外。所以还有一句谚语：蟾蜍爬爬坐坐冇饿着，麻雀慌慌张张冇得干粮。

现在麻雀已是国家二级保护动物了，想想它机智灵巧的身影，其实也挺可爱。

和人类距离最近的鸟类是燕子。

一般有农房的地方就有燕子，它经常把巢筑在廊檐下，甚至客厅里。

燕子又分为巧燕和拙燕。巧燕讲卫生，会把粪便叼出去，地面比较干净。而拙燕大便时尾部对着洞口，"吧嗒"一声粪便掉在地上，经常把地面弄得脏乱不堪，所以随地大便的拙燕不受欢迎。

　　妈妈教我们辨别巧燕和拙燕，肚皮麻麻的一般是巧燕，肚皮白白的一般是拙燕。在我家筑巢的一般是巧燕，不仅窝造的漂亮，地面也很干净。

　　妈妈说燕窝的形状反映了家里面的运气。比如窝大口小，就是发财的样子。巧燕筑的巢一般口小肚子大。

　　我观察过燕子喂食。老燕子衔着蜻蜓等昆虫，剑一般穿过院子和大门，径直落在燕窝上。幼燕便立即从窝内伸出脑袋，推推搡搡，叽叽喳喳，张着嫩黄的嘴等着喂食。

　　等待哺乳的婴儿，双手扑腾扑腾，小嘴张着，和嗷嗷待哺的幼燕情形很像，俗称"张口燕"。

　　为了养活一窝幼燕，老燕子风里来，雨里去，每天来回穿梭忙个不停，很是辛苦。父母为了养活我们，也是这样忙忙碌碌，任劳任怨。

　　幼燕慢慢长大，羽翼逐渐丰满，老燕子开始教幼燕试飞。开始幼燕飞不高也飞不远，有时候掉在矮树上，有时候跌坐在晾衣绳上，踉踉跄跄、战战兢兢。

　　据说燕子有"反哺"现象。幼燕长大后，要捕食喂养父母。因为幼燕长大以后，和老燕子长得一模一样，实在分不清，所以无法证实"反哺"现象是否存在。

　　终于有一天，老燕子和幼燕都飞走了，只留下一个空空的巢。

　　来年春暖花开，燕子又回来了，但分不清是不是上一窝燕子。

有些鸟儿栖息在树林里，与人若即若离。

有一种鸟叫斑鸠，长得像鸽子，叫声凄厉，关于它有很多民间传说。

有一个童养媳，公婆对她非打即骂。有一天，姑姐回娘家，吃饭时，桌上有两碗饭，一碗饭上面是青菜下面是肉，一碗饭上面是肉下面是青菜。乖巧懂事的童养媳，选择了上面是青菜的那一碗饭。婆婆看了恼羞成怒，一棍子将童养媳打死。为了掩盖罪行，便把童养媳的尸体装在一个大缸里。

有一天娘家人来看女儿，发现女儿不见了。无意中揭开大缸盖子，一群鸟儿轰的一声飞了出来，一边飞一边叫："Duo（端）错了的姑姑，duo（端）错了的姑姑。"

在隐蔽的密林中，经常传出斑鸠低沉哀伤的叫声，像在满腹委屈地诉说着人间的悲苦与凄凉，令人闻之黯然神伤。

还有一些鸟隐藏在树林里很少露面。清晨，窗外传来清脆的叫声，不用看时间，就知道天快亮了。该鸟叫声透彻清亮，像婴儿手中的铃铛，像凌晨清新的空气，给人一种难以描述的愉悦感。它是一种极其欢快的报晓鸟，是大自然的活闹钟，我们方言叫它"嘎铃"。有点像八哥，不知道是不是乌鸫。

还有一种叫声特别清脆的小鸟，声音婉转，尾音上扬，叫声好像在说：快来喝米酒，快来喝米酒。这种鸟也是只闻其声，不见其形。根据声音判断可能是白头鹎。

除了隐藏在树林中的鸟儿以外，还有一些鸟隐没在广阔的田野中。

鹌鹑长得像麻雀，机智可爱，偶尔拖家带口到路上散步。

有一次上学的路上，我看到一只大鹌鹑，带着几只小鹌鹑，在田间小道上排成一串，大摇大摆地走着。小鹌鹑毛茸茸的，极其可爱，看到人，"嗖"的一下钻入麦田中。

还有一次夏日正午，我到房前收铁丝上的衣服，看到一只黑母鸡带着一群黑色的小鸡在田边觅食。我很纳闷，谁家的鸡呀，怎么都是黑色的？我想看个究竟，可没等我走近，它们便迅速钻进了秧田。后来才知道它们是白腹秧鸡。

成年白腹秧鸡颜值不高，除了腹部白色以外，通体都是黑色。但是它有一双修长的腿，弥补了颜值的不足。

它们通常在稻田里做窝，孵卵，幼鸟全身黑色，和普通小鸡几乎一模一样，十分可爱。它们偶尔从稻田里钻出来，到田边亮一亮相。但警惕性很高，见到人，迈开大长腿，迅速钻回稻田。

隐藏在稻田里的还有一种神秘的鸟，此鸟警觉性更高。

走在寂静的田野里，突然听到远处"噔"的一声，它一旦感觉有人靠近立马噤声。等人走远了，它又开始有一声没一声地发出浑厚有力的"噔、噔、噔"声。我们叫它"噔鸡"，学名董鸡。

董鸡是田间隐士，它藏在稻田里几乎不露面，我只听见过它奇特的叫声，从没见过它的真容。

董鸡的叫声并不动听，时断时续，若隐若现，但铿锵有力。我小时候有一段时间，咳嗽不止，久治不愈。二姐经常半夜被我的咳嗽声吵醒，于是，她很嫌弃地给我取了一个外号"噔鸡"。

大自然到处都是鸟儿的乐园。它们不光栖息在树林里，隐藏在田野中，有的还专门栖息在水边。

小时候见过最美的鸟是白鹭。门前有两个池塘，池塘里长满各种水草，经常有白鹭飞过来，优雅地落在水草上。

白鹭羽毛雪白，双腿修长，身姿优雅，翩翩起舞时，美若仙女。

我经常一个人默默坐在大门楼里，陶醉地欣赏飞来的白鹭，念着儿歌："一只白鹭晴，两只白鹭阴，三只白鹭落连阴。"

白鹭飞走了，消失在蓝天白云中，消失在朦胧的远山中，引起我无限的惆怅。

有些鸟儿注定只是匆匆的过客，它们似乎永远属于高远的天空。大雁南飞，传递着季节变更的信号。它们在天空中优美地飞翔，一会儿排成"人"字，一会儿排着"一"字，偶尔传来一声悠远的叫声。

我从未亲眼见过大雁落地，也未曾清晰地目睹过它们的真实容颜。我见到的都是它们在天空中翱翔的朦胧身影，总给人一种遥不可及的感觉。

在我的想象中，大雁在天空中的翱翔，宛如在书写着一首首诗篇。诗里写满：远走高飞，依依惜别，离愁别绪，怅然若失。

回忆起童年，我最调皮捣蛋的事迹无疑是掏鸟窝了。曾有一次，我们将一棵柏树上的麻雀窝整个端了下来，里面藏着四枚鸟蛋。失去孩子的母麻雀悲痛地鸣叫着，在树梢上焦躁地跳跃，甚至一路追逐着我们，叽叽喳喳拼命叫着。后来，当我读到那句"劝君莫打三春鸟，子在巢中盼母归"时，我内心深感愧疚。

三、昆虫等小动物

在那个没有网络游戏、没有玩具的时代，我们依然可以找到很多的乐子。很多小动物就是我们快乐的源泉。

小时候的蜻蜓真多，树林里，竹林里，田野里，池塘边，空中，到处都有蜻蜓的身影。蜻蜓颜色和种类很多，红的，黄的，绿的，花的。有的很大，身体粗粗壮壮，喜欢停在树枝上。有的很小，身体细细长长，在池塘边轻轻地飞来飞去，学名豆娘。

蜻蜓很多，我们也掌握了一些徒手抓蜻蜓的技巧。徒手抓蜻蜓的最佳时间是傍晚或者清晨，这时候蜻蜓的翅膀上往往沾有露水，不容易飞走。有一种大蜻蜓，一到傍晚便停在树枝上一动不动，只要轻轻走过去，快速捏住它的翅膀，逮住它十拿九稳。

我们有时候把蜻蜓关在蚊帐里，让它抓蚊子。蜻蜓不光吃蚊子、苍蝇，如果把它的尾巴塞给它，它也吃得津津有味。自己吃自己，蜻蜓真傻。

夏天是昆虫的天堂。除了蜻蜓，还有蝉、牵牛、金龟子、椿皮蜡蝉、萤火虫，等等。

蝉很机警，一般很难被徒手抓住。我们一般用蜘蛛网去粘，蝉一般落在高高的树枝上，抓起来也有一定的难度。

找牵牛和金龟子是有规律的。破损有疤痕、有木屑冒出的树干上，一般有牵牛和金龟子，有时候还是一窝一窝的。

抓到金龟子和牵牛之后，我们往往在它脚上系一根线，然后松开让它飞起来，我们牵着线满屋子追着跑。

还有一种美艳的昆虫，我们叫它"花姑娘""椿蹦""花蹦蹦"等，学名椿皮蜡蝉。"花姑娘"飞起来惊鸿一瞥，露出鲜艳的颜色。落下时翅膀收拢，鲜艳的颜色立即藏了起来被翅盖住，翅外侧灰色有斑点，看上去极其普通。

夏天的傍晚，蚊子开始活动，蝙蝠低飞盘旋捕食蚊子。萤火虫点亮了小灯笼，一闪一闪的，给童年的夏夜增加了无穷的诗意。

还有一种昆虫可以抓来卖钱。该昆虫身体扁平，褐色，我们叫它团鱼，学名土鳖。扒开柴火堆下面的土砖，往往有一窝一窝的土鳖。我们用玻璃瓶把它装起来，然后卖掉，据说它是一种中药。动物药材中，我们还卖过鸡内金、蝉蜕、甲鱼壳，等等。

小时候乌龟、甲鱼很常见。上小学的路上有条小河，两岸长满柳树，有些树干倒在水面上。夏日寂静的正午，乌龟爬满树干，安适地晒着太阳，有人走过时乌龟扑通、扑通纷纷跳入水中，像很多石块被重重扔进水里。鱼儿成群结队，随便抓起柳树根摔打一下，便会蹦出很多鱼虾。

我们小时候还拿甲鱼壳当玩具。有一次，妹妹玩丢了，我顺着路上东一个、西一个的甲鱼壳，很快找到了妹妹。

感谢大自然赐给了我们那么多动物，让我们的童年变得活色生香，热气腾腾，留下那么多真实、亲切、快乐、美好的记忆。如果没有它们的陪伴，我的童年将会黯然失色。

那时候没有辅导书，没有辅导班，没有家教，没有网络，没有手机，没有电话，没有电子游戏。我们在大自然里，无忧无虑地享受着朴素的自由和美好。

2023 年 6 月 1 日

童年的花草树木

在物资匮乏的年代，对一个小孩子来说，最感兴趣的还是吃。所以童年中跟吃有关的花草树木，记忆特别深刻。

小时候总能找到吃的东西。春天万物复苏，蔷薇蹿出嫩芽，我们叫它刺苔。撕掉嫩芽的外皮，露出碧绿的茎，清脆微甜，味道类似菜苔。和蔷薇嫩芽一同冒出来的，还有茅草尖。我们抽取一根根茅草尖，剥出里面白白嫩嫩的花序，卷成小饼，吃起来甜甜的，糯糯的。

另有一种特别的植物，名为翻白草，因其叶片背面呈灰白色而得名。这种植物的地下茎形状酷似手指，剥去外皮后，露出白白嫩嫩的内质，口感脆爽，味道清甜，因此又被人们亲切地称为鸡肉参。在我家屋后的柏树林里，这种植物随处可见。

尽管我们小时候水果稀少，但不妨碍我们自给自足。

村旁有一片茂盛的树林，一棵大树上盘绕着一株野葡萄，野葡萄一串串挂在高高的树上，十分诱人。表哥麻利地爬了上去，采下一串又一串的葡萄递给我们，葡萄不大，酸酸甜甜。

厕所旁有一棵桑树，可能水肥充足的原因，桑树枝繁叶茂，桑葚又大又甜。桑葚成熟的时候，我们爬上去，坐在树上，吃的满嘴满脸乌漆麻黑，口袋里装满桑葚，衣服也被染黑了。路过的人见了，笑着央求一点桑葚，我大方地折下一根满是桑葚的枝条递给对方。

植物的用途，对孩子们来说，除了琢磨着吃以外，还琢磨着卖钱。

房前屋后、田间地头撒上一些蓖麻的种子，便会长出一株株茁壮的蓖麻。蓖麻成熟的时候，我们采集它的种子卖钱。乌桕树的种子也可以卖钱。乌桕树的果实，早期为绿色球状，成熟之后变黑，黑色的外壳裂开后，露出里面白色的种子。

在乌臼树的果实还是绿色的时候，我们在长长的竹竿上绑上镰刀，把长满果实的树枝割下来。树枝晾晒过程中，果实由绿变黑炸裂开来，最后我们把白色的种子收集起来。

尽管某些植物既不可食用，也无法出售换取金钱，但它们在大人们眼中却具有独特的价值。端午节将至，母亲便吩咐我们去挖掘车前草，采割艾蒿。之后，我们会将这些植物精心捆绑成小捆，悬挂在屋檐之下，任其经受风雨的洗礼，阳光的照耀，直至它们变得枯黄。

至于母亲如何利用这些植物，是否最终会被派上用场，还是会被丢弃，我无从得知。然而，可以确定的是，这样的采集活动每年都会如期进行。

农历七月初七，我们会采一些桑叶，把桑叶洗净，加水揉搓，过滤取汁用来洗头，洗完头皮凉爽头发丝滑，还有消暑止痒的作用。

打猪草是小时候常干的农活之一。不仅野草或水草可以喂猪，有些树叶也可以喂猪。朴树枝繁叶茂时，我们爬上树梢，把篮子挂在树枝上，等篮子装满嫩叶后，再爬下来。嫩叶倒进猪槽，很快被抢食一空。

对一个孩子来说，在玩的方面是最有想象力和创造力的。

上小学的路上有一片橡树林。秋天，橡树的果实掉落一地，踩开带刺的外壳，里面就是橡子，类似于板栗。橡子晒干后，我们用小刀仔细挖出两个相通的孔，做成烟斗玩。

儿时，有些植物就是最好的玩具。把野豌豆荚做成哨子，把芝麻壳彼此扣起来做成表链，把柳树的枝条编成花环戴在头上，抽掉柳条里面的嫩茎，编成长长的辫子挂在耳朵上。

还有一种野草，我们把它的籽粒撸下来，放在一张白纸上，然后对着白纸边缘发出类似唤猪的声音，白纸上的草籽便迅速排成一队，向前缓缓移动，很是神奇。

农村广阔的田野，不像城市的公园那样百花齐放，但也能欣赏到一些独特的野花。

田埂边，山坡上，一丛一丛的野菊花，散发出淡淡的药香。野菊花的花朵不大，也不是十分艳丽，但一丛一丛明亮的黄色，远远看去赏心悦目。芫花一串一串地开着，味道不好闻，但那一丛丛鲜艳的紫色格外别致。无论是野菊花还是芫花，单独每一朵花并无优势，但它们聚在一起却气势磅礴，原来植物也懂花海战术。

地里的庄稼收割了，撒上毛苕子和紫云英的种子。它们是豆科植物，可以为农作物提供绿肥。毛苕子长得很高，花序紫色，牛爱吃，孩子们也爱在里面捉迷藏。紫云英开红色小花，大片大片的红色花海，引来蜜蜂翩翩起舞。

有些植物不能吃、不好玩也不可爱，例如苍耳、鬼针草。农田干活、放牛甚至走路的时候，一不注意裤管上就沾满它们的果实。果实上有倒刺，紧紧钩在裤管上，很难取下来。有的不光扎手，还有一股臭气。

在小道上走着走着，突然衣服被什么扯住了。长长的拉拉藤茎叶上布满细密的小刺，轻轻勾住了衣衫的一角，像主人留客时热情的手。遇到这种情况只好停下来，将枝条小心地轻轻拿开。

这些极其普通的植物，把我的童年点缀得五颜六色。因为它们的陪伴，让我的童年充满了朴素的欢乐。

后来我的生活越来越忙，压力越来越大，真正的快乐却越来越少。想起这些不说话的老朋友，甚是想念。

2023年6月2日

童年的冬天

一

印象中儿时的冬天很冷，经常下雪。

有一次，雪下得很大。门前大片的空地上，很快积了厚厚一层雪。

我迫不及待地冲进雪地里，滚起雪球来。滚雪球时，我是径直往前推，所以形状不像雪"球"，倒像个雪"石磙"。雪"石磙"滚过的地方，雪被"吸"得干干净净，露出枯草的黄色。枯草很快又被飞雪覆盖，和周围浑然一体。

雪"石磙"越滚越大，越滚越重，最后快超过我的身高。

我意犹未尽，继续使劲向前推，直到完全推不动，才停了下来。

天色暗了下来，大片大片的雪花还在簌簌地往下落，乡村的雪夜安静极了。我独自站在漫天飞雪中，欣赏着那个巨大的、样子并不好看的雪"石磙"，内心充满自豪和满足。

早上醒来，屋顶、树林、田野都覆盖上了一层厚厚的雪。柏树、竹子压弯了腰。地上的残枝落叶、枯草，还有动物的粪便，都被厚厚的白雪覆盖了起来。到处白茫茫一片，干干净净。

浅水坑的冰，薄薄一层泛着白色，用脚一蹬，咔嚓咔嚓一阵脆响，一坑碎冰。

池塘也结冰了，像一块巨大的玻璃。我们奋力凿出一块大大的冰，然后高高举起，往地上使劲一摔，"哗啦"一声脆响。摔完，再凿开一块更大的冰，再摔，乐此不疲。

碎冰晶莹剔透，我们忍不住敲了一块放在嘴里，咯嘣咯嘣像吃蚕豆。

风吹在脸上刀割一般。很快小手、脸蛋冻得通红，耳朵也冻得通红透亮。手指冻得生痛，我们哈口气搓一搓，继续疯玩。

下雪天，常有一些意想不到的快乐。

有一次我和堂弟一起到姑婆家拜年，走着走着，发现雪地里有一排清晰的兔子脚印。于是我们顺着脚印寻找，找着找着，草丛里突然窜出一只兔子，径直向前奔跑。

堂弟让我拦住兔子，不要让它往坡上跑。

堂弟说兔子前腿短后腿长，奔跑主是靠后腿的力量。上坡时后腿正好用力，跑得快。下坡如果跑得太快，会失去平衡翻跟斗。

没想到兔子一个劲儿地往坡上跑，我们哪里拦得住？

爬了几个土坡后，我们累得气喘吁吁。我们已被兔子远远地甩开，田野白茫茫一片，早已不见兔子的影踪。

没有抓到兔子，我们便玩起打雪仗。

"蠢才，咋不把兔子拦住？"一个雪球扔了过来。

"蠢才，你咋不把兔子拦住？"一个雪球及时扔了过去。

扔完雪球，我们没心没肺地哈哈大笑。

二

俗话说："下雪不冷化雪寒。"

太阳出来了，树上的积雪开始一团一团掉落，压弯的柏树、竹子重新伸直了腰，屋檐上的冰凌纷纷脱落，掉在地上，"啪"的一声，立即碎成几段。

屋顶向阳一面的积雪已经稀薄，阴面的积雪还很厚实。雪地里偶尔有一片雪先化掉，露出黑黑的石头，或腐烂的枝叶，或一坨动物的粪便，或烧过的草灰。有时小狗一泡尿下去，雪地里立即凹下去一个小洞。

风里有一股刺骨的冷。母亲刚洗好的衣服，晾在铁丝上，立刻变得硬邦邦的。

积雪几乎全部融化了，那个难看的雪"石磙"，依旧傲然独立。几天后，才慢慢变小，彻底融化，悄然消失后留下一滩湿痕。

印象里，父母终日忙碌，几乎无暇顾及我们，但把我们的衣着和屋内屋外总收拾得干净整洁。冰天雪地，虽然农活少了，但父母依然忙个不停。比如挖个地窖，把萝卜、白菜、红薯等埋好过冬。

偶尔我们也会帮大人干点活，比如到池塘里洗个萝卜。先把冰面凿个窟窿，再把装有萝卜的竹筐放进水里，然后用掏火耙（灶膛掏灰或掏瓦罐用的）在竹篮里使劲搅动，搅着搅着萝卜也就洗干净了。我们绝对不会直接用手洗，因为太冷了。

冬天最爱干的活是烧地锅，不仅可以取暖，还可以趁机在灶膛中烤点红薯、年糕什么的。当红薯、年糕变软或鼓起来时，便用火钳把它们夹出来，拍掉上面的灰，瞬间被兄弟姐妹们拉扯成几块，真香。

小时候有一种取暖的工具叫"火炉"，即手提火炭炉。简单说，就是一个加了提手的瓦罐。要取暖时，先向瓦罐里装上一些稻壳，然后覆盖上一层厚厚的热灰或炭火。

一段时间后，"火炉"不暖和了。便拿火箸（铁质，像筷子）把里面半燃的稻壳往上翻一翻，"火炉"又暖和了。

"乖，快来烤烤火。"奶奶见我们冻得手脸通红，立马掏出大襟棉袄下的"火炉"。我们一心贪玩，哪里顾得上烤火。

不过偶尔在"火炉"中烤点花生或荸荠，倒是不错。

三

小时候经济条件差。一件棉袄，老大穿了老二穿，老二穿了老三穿，也没有厚实的鞋子、袜子、帽子和手套等御寒物品。当时也没有护肤品，脸蛋、小手粗糙不堪。

由于没有学习压力，便长时间在室外疯玩，所以我们小时候基本上都生过冻疮。

手、脚甚至脸上、耳朵，开始红肿，随后皲裂。严重时红肿的部位变得乌黑乌黑，最后溃烂，流出水来。

有一年，我的脚后跟和脚面小指处都冻烂了，穿不了袜子，只能光着脚用大拇指夹住鞋子走路。冻疮溃烂流水，水流在鞋子上结了冰，脚和鞋子便粘在一起。手指也肿得像一根根胡萝卜。

上学的路上，我们趿拉着鞋子，咔嚓咔嚓走在雪地上。寒风一吹，仿佛无数刀子划过，最后整个脚冻麻木了，失去痛感。

路边的枯草结了冰，用脚踢上去，脆脆的，断了，冰条中镶嵌的枯草，状如琥珀。

一路上有姐姐们和父亲陪着。同行的父亲看到我们脚上的冻疮，喉咙动了一下，默默掩饰着心疼和无奈。

夜里睡暖和了，冻疮开始奇痒难忍，白天生痛，晚上恶痒，而且白天有多痛晚上就有多痒。

有一次吃饭，我无意中掉了一粒米，不偏不倚正好掉在脚面溃烂的冻疮上。大公鸡见了，立刻冲了过来，一口啄走米粒。溃烂的冻疮瞬间血肉模糊，钻心痛。我抱住那只脚痛得跳了起来……

在冻疮愈合的过程中，白天我们痛得龇牙咧嘴，晚上痒得鬼哭狼嚎。我们每叫一声，父母就会多一份心疼和难过。在那个贫穷的年代，面对我们的冻伤，父母需要多大的忍耐来平复无能为力的苦痛。

上初中后，我开始离家住校，虽然依旧衣衫单薄，但再也没有生过严重的冻疮。

因为上了中学，玩的时间越来越少，几乎整天坐在教室学习，晚上还要上自习。那时候虽然没有空调，但七八十个孩子坐在一起，每个人就是一个天然的小火炉，教室里永远热气腾腾，玻璃窗上总有一层薄薄的雾。

终于不生冻疮了，但那种单纯的快乐再也没有了，无忧无虑的童年也随之结束了。

2023年12月22日

学骑自行车

一

现在的孩子很小就会骑自行车，甚至一个几岁的小孩就能把自行车骑得溜溜转，真令人羡慕。

我们小时候别说骑自行车，连见到自行车的机会都很少。

那时候一般只有工人或者干部才有自行车。当时拥有一辆自行车，绝对是身份的象征。

那时候农村还没有通公路，在弯弯曲曲的乡间小路上骑自行车，比现在城里开一辆跑车还拉风。乡间小路弯曲狭窄，遇到沟沟坎坎的地方只能下车推行。见此情景，有人揶揄："荷，车骑人啰。"其实内心很羡慕。

有一天，村干部被派到我家吃饭。那时候父亲是学校领导，和村干部很熟。

村干部将自行车随意停放在院子里，没有上锁。

我和姐姐顿时来了兴致，很想把自行车推出去玩一会儿。

"你去说吧。"

"你去说吧。"

我和姐姐都不愿意出头。

最后还是我壮着胆子说出了想法。

父亲和客人爽快地答应了，反复交代我们注意安全。

我和姐姐喜出望外，立即推着自行车冲向打谷场。

打谷场宽敞平整，四周都是庄稼地，是练习骑车的理想场所。

月亮也很给力，把整个打谷场照得如白昼一般。打谷场周边田野里，夏虫时断时续地吟唱着，月光下的打谷场安静极了。

那是一辆男式28大杠自行车，车身高，有横梁，上车和下车很不方便，但结实耐用，后座和横梁上都可以驮重物或带人。

相对来说，车子太高，我们太矮。

我和姐姐商量先学会踩踏板。一个人在后面紧紧扶稳车子，另外一个人上去后，使劲蹬踏板。上车的人胆战心惊，反复交代扶车的人："扶好啊，别松手，千万别松手。"

往往上车后没蹬几下踏板，车子便向一边倾斜，摔倒了。

摔了很多次之后，才能歪歪扭扭地骑几步路了。

后来发现如果壮着胆子使劲踩踏板，由于惯性车子反而不容易歪倒，骑得越快车身越稳。

我和姐姐轮流练了一会。看到骑车的人越骑越稳，扶车的人便偷偷松了手。骑车的人本来骑得好好的,扭头发现扶车的人竟然松了手,吓得立刻又从车上摔了下来。

放开胆子后,终于可以独自骑行一段路了,但上下车都必须有人扶着。

对我们来说,车子太高,上下车难度确实很大。

很快我们想了个办法,把脚从横梁下面伸过去踩踏板,这样容易很多。但开始掌握不了要领,一次又一次摔倒。

后来发现上下车时,车身不能太垂直。一边脚蹬上去时,要稍稍用力,让车身向另一边略微倾斜,这样车子重心才稳。

懂得要领之后,上下车越来越自如了。

越来越有感觉,也就越来越得意忘形。有时候一不小心冲进草垛里,搞得满身草屑。我们不禁哈哈大笑,星星笑眯了眼,月亮也笑弯了腰。远处的田野和后山,在月色下显得那么安静和美好,像忠实沉稳的观众。

我们累得满头大汗,但舍不得停下来,不知疲倦地一次又一次练习。

不知不觉中独自行驶了一圈又一圈,我们兴奋不已,劲头十足。

虽然那天我们只勉强学会从横梁下面踩踏板,也只敢在宽阔的地方骑行,但我们已经心满意足。

二

骑自行车上路，是在重重摔了一跤之后彻底学会的。

一次暑假，家里来了很多亲戚，正好有一辆女式自行车，没有横梁，上下车很方便。

我逮住难得的机会练习起来。我先在门前宽阔地面上练习，慢慢胆子大了起来，便到路上练习。

乡间的小路，一般是人工走出来的弯弯的、窄窄的、灰白土路。路边一般是稻田或池塘。

我摇摇晃晃上路了，随着加速，越骑越稳。旁观的人不停鼓掌叫好，我一激动，加快了速度。

前面有一个小石子，绕过去已来不及了，车子咯噔了一下，车把稍稍偏了点方向，车身晃了几晃。

"哎，哎，小心。"路边是一个大陡坡，坡下是一片稻田，看的人担心叫了起来。

"哎，哎，刹车，刹车。"有人提醒道。

我没有刹车，反而加速前行，心想越快应该越稳。正骑着突然想到前面有个池塘，我一惊，下意识使劲捏了一下刹车，结果稀里糊涂地连人带车径直滚下土坡，重重摔在稻田里，溅起一片水花。

我狼狈不堪地从稻田爬起来，浑身湿漉漉的。大家手忙脚乱，嘻嘻哈哈地帮我把自行车拽了上去。

幸好坡上植被茂密，起了缓冲作用，幸好掉进的是稻田，总之没有大碍。

后来发现，小腿前面受了点伤，没出血，能看到白白的胫骨，奇怪的是一点也不痛。后来没有包扎，连酒精都没擦，更没有打破伤风针，很快自动好了。

小时候真皮实。

相对来说，有的人就没有那么幸运。我的一个儿时伙伴，骑着自行车赶集回来，从弯曲陡峭的洪水坝冲了下来，摔得头破血流，缝了好几针，头肿得厉害，差点破相。

后来那个经常出事的堤坝改造后，路拉直了，一下安全多了。

那次摔了之后，我并没有产生畏惧心理，更没有留下什么阴影，胆子反而一下更大了。我后来无师自通，很快学会了骑自行车。不仅能在崎岖的乡间小路上，熟练地骑来骑去，在宽阔的路上还敢带人。

俗话说，艺多不压身，这点后来被证明是对的。

读高三时，我的同桌买了辆自行车，女式，没有横梁，粉色，非常漂亮。虽然带不了重物，但骑行方便。

为了帮我省路费，同桌主动把崭新的自行车借给我用。于是，我沿着铁路边满是碎石的小路，独自骑行一百多里路。

那次骑行回家的壮举，至今难忘。

2024年1月20日

挖花生

最近几天，气温节节攀升，太阳火辣辣的，蝉声热烈，似乎在为酷暑助威。阿玲买菜尽量赶早，在短短的买菜路上，也尽量选择走在树荫下。有太阳的地方，便以百米冲刺的速度跑过去。即使这样，等把买好的菜和西瓜拎到家时，背部已经湿透。

除了买菜，阿玲尽量减少外出。万不得已要外出的话，阿玲选择开车出行，酷暑天气，开车也不方便。汽车在太阳底下稍作停留，就变得像个大蒸笼，坐进去浑身冒汗，犹如旱蒸。所以阿玲上车前擦好防晒霜，上车后赶紧打开空调，关紧天窗，放下遮阳板，穿上防晒外套，戴了墨镜。

由于正值暑假，加上天气炎热，路上车辆比平时少了很多。因为修路，半幅路面被遮挡了起来，但总体还算通畅。沥青路面在阳光照射下，水汪汪的样子，反射着明晃晃的光，路面上的蒸汽在烈日下不停晃动。

马路边的修路工人，浑身湿透，衣服像刚从水中捞出来一样。黝黑、清瘦的脸上满是汗水。他们一般来自农村，没有养老保险。在城里同龄人拿着退休金舒服养老的时候，他们只能选择远离家乡继续打工。这么热的天，这么大的年

纪，中暑了怎么办？想到中暑，阿玲的思绪一下回到了二十
多年前的那个正午。

田野里空荡荡的，炎炎烈日把劳作的人们纷纷赶回了
家，一望无际的田野里除了阿玲三姐妹以外，几乎看不到任
何人影，甚至连一头耕牛或一只小鸟都看不到。"难道都热
得躲了起来？"阿玲看着空旷的、绿得晃眼的田野想。

蓝色的天空洁净得像冲洗过似的，白云散落在上面，像
一块巨大的蓝色幕布上，堆了一团团雪白的棉絮，棉絮飘呀
飘。巨大的棉絮下是一片移动的阴影，阴影随棉絮的飘荡而
缓缓移动。一片阴影移了过来，正好落在花生地里，阿玲顿
时觉得凉快了一些。可惜阴影很快随白云飘走了。

天上的白云静静地流淌。阴影随白云在广阔的田野里
缓缓移动，移过田野，掠过池塘，爬上山坡，伸向远方……
光影明暗交错，产生状如多米诺骨牌般的动人映像。那是阿
玲平生见过最恢宏、最自然、最质朴的实景演出。烈日下的
田野，就像一幅朴素得令人窒息的美好画卷。阿玲站在故乡
空旷的田野里，却生出一种淡淡的乡愁。阿玲感觉似乎不属
于这里，心中的故乡好像在远方。看着眼前悠远而沉静的田
野，阿玲满怀惆怅。

阿玲三姐妹头也不抬地挖着花生。先把花生从土中挖
出来，然后蹲下去，抓住花生的枝梗使劲抖动，尽量把根上
的土抖掉，然后摆放整齐，晒干后再用平板车拖回家。抖落
的土块砸在光溜溜的脚背上，不觉得痛只觉得烫。有些花生

散落在地上，阿玲一一捡起来放入竹筐中。有时阿玲还要用耙锄刨一遍，尽量不让花生遗落在土里。竹筐中的花生越来越多，最后装满了。阿玲拎起竹筐将花生倒进蛇皮袋中，然后将蛇皮袋放到田埂边的平板车上。平板车上的铁皮晒得发烫，平板车的底下有个小小的阴影，阿玲很想坐进去，哪怕喘口气也行，但阿玲惧怕姐姐，不敢歇下来。

花生地不远处有个池塘。池塘里长满了各种水草，一根香蒲上落了只鲜艳的红蜻蜓，见了人，便箭一般俯冲而去。池塘上空一闪一闪的，水蒸气在烈日下微微颤抖。

阿玲看到妹妹拿了块毛巾走到池塘边，打湿毛巾擦了一把脸后，把湿漉漉的毛巾顶在头上，然后径直走向板车，也不管地上烫不烫，一屁股坐在平板车底下那个小小的阴影里，顺便拎开水壶喝了点水。

"池塘的水热得可以直接洗澡了。"妹妹说道。

阿玲走过去搭讪，顺便喝了点水，水壶的水不多了。

"干吗？又想偷懒，还不快点把剩下的挖完，想拖到什么时候，到时候你们上学去了，又只剩下我一个人卖命！"

听到姐姐的训斥，阿玲低着头回去了，其实阿玲也想在开学前把地里的活尽量干完。（虽然每次开学，阿玲差不多都是班上晒得最黑的那个人，为此阿玲还写过一首自嘲诗："暑假离校开学归，口音未改人晒黑，同学相见不相识，笑问黑蛋非洲回？"）

不知过了多久，阿玲发现衣服已经湿透，几乎可以拧出水来。汗大颗大颗砸在土块上，头发因吸热而发烫，大家热得满脸通红。饿、累、渴，再加上热，阿玲几乎快挺不住了。看看前面剩下不是很多，阿玲咬咬牙坚持住，而且更加卖力。

突然隐约有什么声音传来，阿玲抬头一看，妹妹不知道什么时候又悄悄坐到板车下面了，在那号啕大哭（后来才知道她生病了）。

"回去吧，还是吃了饭再来挖吧。"阿玲向姐姐建议道。

"剩下这点不挖完，还想拖到什么时候，还不快点挖！"姐姐又是一顿训斥。

阿玲不敢再说什么，只好继续拼命挖。

花生终于全部挖完了，大家累得几乎直不起腰，浑身骨头像散架似的难受。大家疲惫不堪地收拾好农具顶着烈日回家。走到半路时，阿玲发现姐姐的脸色有些不对，眼看她两腿一软栽倒在田埂上……

导航的提示音让阿玲回到了现实，阿玲不由自主地关了空调，脱下防晒外套，摘下墨镜，把前窗开了条小缝，热辣辣的风吹在阿玲的脸上，长发随思绪飘飞。

如今三姐妹已各奔东西，阿玲已有一份稳定的工作，再也不用在烈日下劳作；妹妹经商有道，颇有经济实力；姐姐在弟妹的帮助下进城打工，依然晒得黝黑。想到这里，一股热流从阿玲脸上滚落下来……

2019 年 7 月 24 日

一条鱼的故事

那年，姐弟俩都很小。

暑假里实在无聊，姐弟俩便齐心协力做了一个钓鱼竿：钓鱼钩是用缝衣针改造成的，钓鱼竿是用一根树枝削成的，钓鱼线是偷妈妈纳鞋底的线。钓鱼竿做成了，挖好蚯蚓，姐弟俩欢呼雀跃，直奔池塘。

很幸运，没多久就钓到了一条一斤多的青鱼。弟弟抱着鱼，姐姐在后面举着钓鱼竿，兴奋地大喊大叫，向家的方向狂奔……

大青鱼在搪瓷盆中活蹦乱跳。

"今晚有鱼吃了！"姐姐高兴地提议。

"吃什么吃，我一会儿把它卖掉，买真正的钓鱼钩，下次好钓更多的鱼。"

结果，弟弟真的把那条鱼拿到集市上卖了一块八毛钱，并兴高采烈地买回了真正的钓鱼钩。

"还不如买几本连环画回来看看。"姐姐遗憾地想。

后来，姐姐一心读书，并坚持读到大学毕业。弟弟本来学习也不错，但中学读完后却不想再读了。姐姐力劝弟弟继续上学，弟弟却说："就算大学毕业，每月那点固定工资哪够我花，我要挣大钱！"

弟弟在辍学后，从做学徒起步，随着慢慢积累了一定的资金，他先购买二手车，再换新车，事业就像滚雪球一样，逐渐发展壮大，直到最后他成立了自己的公司。日子过得忙碌而辛苦。

姐姐大学毕业后选择了教师这个职业，每月领取固定的薪水，过着安稳但平凡的生活。尽管如此，她仍然保持着对文学的热爱和追求，心中怀揣着一个文学梦想。

随着时间的流逝，姐弟俩的人生道路大相径庭，他们的经济状况也出现了显著的差距。这种差异也体现在他们的社会经历和个人能力上，使得他们的人生更加丰富多彩，各具特色。

"同胞姐弟怎么相差那么大呢？"姐姐有时想不通。想着，想着，不由想起多年前钓鱼的情景，原来答案就在那条鱼上。

当时对那条鱼的不同处理方式，依稀预示了姐弟俩的未来。

2019 年 9 月 25 日

吴医生

提到医生，一般想到的是：救死扶伤、起死回生、医者仁心，等等。但下面要说的吴医生，却与这些词语毫无关系。

吴医生是一个赤脚医生，瘦高个子，性格温和。他主业是种田，兼职看病。吴医生在忆往村很有名。譬如：谁家娃娃不听话，哭闹，只要说一句："别哭，再哭就让吴医生来给你打一针！"娃娃立即吓得不敢再哭了，因为吴医生打针生痛，村里很多孩子领教过。

小时候，农村的医疗卫生条件很差。一个生产大队只有一个卫生所，配备一名赤脚医生。村里人有个头疼脑热什么的，一般不是去大医院，而是找吴医生。一是方便，二是便宜。

但吴医生一般不出诊，有时还非常难请。比如说，有人要请他出诊，正巧他在地里插秧。他老婆就很不高兴，推说地里活多、走不开，等等。说完板着一张脸，对人不理不睬。请的人着急了，卑微地说："我来替您干活，麻烦您去看病。"这时吴医生的老婆才不情不愿地勉强同意。得到批准后，吴医生才敢从地里站起来，胡乱洗洗满腿的泥巴，背起那个简陋的药箱。临走还被他老婆喊住："带上儿子。"

以后大家都知道了，要想让吴医生及时出诊，条件是换工，还要对他老婆说尽好话，赔尽笑脸，附带还要招待好他的宝贝独子。

大家多有不满，但乡里乡亲，低头不见抬头见，又有求于他，只能忍气吞声。

有一次我奶奶生病，姐姐去请了好几次，他老婆都推说地里活多走不开。最后姐姐生气了，当着大家的面评理："你不当医生我们自然不会来找你，你当了医生却又不看病……三请四接你不去，难道还要打个轿子来抬吗……"姐姐说得句句占理，捎带着狠话。他们自觉理亏，只好出诊。当然，仍不忘带上他的宝贝儿子。

吴医生本身文化程度不高，平时又忙于劳作，既不钻研又不敬业，医术可想而知。治治简单的头疼脑热，吃吃药，打打青霉素、消消炎什么的还能凑合。小孩生病，一般头疼脑热拉个肚子什么的，大多扛扛就好了。实在不行，才想到吃药、打针。

说起打针，那时主要是臀部肌肉注射。注射器不是一次性的，所以打针之前要对注射器进行消毒。所谓的消毒就是倒一碗开水，将针头放入水中。再用注射器吸满开水，然后推掉。反复几次，就算是消毒了。

因为消毒不严格，发炎化脓很常见。妹妹小时候就因打针发过炎。开始时化脓，后来溃疡。最后伤口越来越大，烂了很大一个坑。为了遏制进一步溃疡，只能往伤口里填药捻子（消过毒的纱条），填进去很长很长的药捻子……想想就心疼！

我小学时，不知为啥，咳嗽不止，久治不愈，长达几个月不断根。打了很多青霉素，两只耳朵差点聋掉，腿差点瘸掉。由于半夜里经常咳嗽，二姐常被吵醒，她生气地说："吵死人啦，你这只噔鸡！"（稻田里一种鸟，经常发出"噔""噔"的叫声，学名董鸡。）

我上初中后又病了一场，在家待了近一个星期。我非常着急，便对吴医生说，我想早点回学校，不想落下功课。打完针，我感到胸闷气短，心跳加快。姐姐正好来倒茶，看我脸色不对，一摸，出气发烫，赶紧告诉大家。

当时妈妈正在厨房里煮鸡蛋，吴医生准备吃完鸡蛋后再走。吴医生一看慌了，"哗"的一下子把整个药箱里的药都倒在桌子上，双手颤抖地找药……又打了一针后我才缓过劲来，差点丢了一条小命。

后来才知道，听我说想早点返回学校后，吴医生便擅自加大了用药的剂量。医术不高，胆子够大！

照说这样的事发生后，应当吸取教训。但吴医生用药胆大的毛病好像一直没改。我住校期间，听说弟弟有一次生病，也是用药剂量过大（也可能用错），打完针后，整个人身体发僵，差点送命……

有时候就没那么幸运。姐姐小时候得过脑膜炎，虽然后来好了，但留下了终生头疼的毛病。不知道是不是治疗不彻底落下的后遗症，还是小时候摔了一次，落下的后遗症。

想想这些经历，感叹我们小时候真是命大，感叹爸妈真不容易，把我们养大的过程中受了多少惊吓啊。

吴医生医术不精，跟他文化程度低有关，也跟当时医疗水平普遍低下有关。这也就算了，最不能理解的是他贪吃的毛病。他每次出诊，如果正好是饭点，他一定要在别人家吃了饭再走。就算不是饭点，也要过个餐，吃碗鸡蛋什么的。关键总带着个孩子，本来只需一碗鸡蛋，不得不准备两碗鸡蛋。

有一段时间，奶奶生病需要长期打针。最后奶奶好了，我们家一大筐鸡蛋也没了。一大筐鸡蛋，对当时一个农村家庭来说，是买油盐酱醋的钱，是买针头线脑的钱，是人情份子的钱，甚至是孩子的学费。怎么吃得下去？怎么忍心？职业操守呢？

很多年过去了，现在农村的卫生条件，医疗水平已有显著提高。现在的孩子大多是独生子女，上学都到镇上或县城，看病也一般到正规医院去看。大家不仅吃得饱饭，看得起病，还有优质的教育和医疗资源！赤脚医生已成历史。

一次无意间谈起吴医生，他得了癌症去世了。他那个吃尽无数家鸡蛋的宝贝儿子结了婚，生了孩子，后来又离婚了。至于他那个不懂事的老婆，懒得打听，估计也好不到哪里去。

其实想想，吴医生也是个可怜人。他没读什么书，底子薄，又忙于生计，无暇钻研，医术有限，更谈不上高尚的职业操守、职业责任感和职业敬畏心。但他不是坏人，只是一个在贫困时代，依赖有限医术，努力求生的普通人。

2019 年 10 月 7 日

C婶的离婚书

那年见到C婶，她满头白发，身材消瘦，面色苍白，衣衫破旧，而且烟不离手。这让我既惊讶又心酸。C婶在给我们倒茶的时候，悄悄换掉了破旧的衣服，端着茶再出来时，已是一身整洁的旧衣。

据说C婶年轻时是个美人，从她苍老的面容中依稀可见当年的风采。

C婶的亲生父母姓甚名谁并不清楚，只知道她的养母对她视如己出。C婶长大后，她的养母为她物色了一户普通人家，男方身材魁梧、手大脚长，看起来憨厚、老实、可靠。

C婶能干、漂亮，像所有年轻女子一样，对婚姻、对爱情充满幻想。这个男人正好出现了，也似乎正好符合她憧憬的样子。

婚后不久C婶怀孕了。那是20世纪60年代初，全国大闹饥荒。大家都忍饥挨饿，C婶也不例外。一个孕妇不仅吃不饱，还要在生产队干很重的体力活。怀孕的C婶馋肉吃，可又买不起，又馋又饿的C婶难受得大哭。C婶的男人蹲坐在门槛上，满脸愁苦，一言不发，既没有主动去想办法，也没有上前去安慰，任由C婶在那嘤嘤地哭。后来男人似乎有点烦，恨恨地扛起锄头到地里干活去了。

C姊只得撑住饿得发虚的身子，拿着一个竹篮借粮去了。青黄不接，大家都快断粮，C姊最终空手而归。

C姊路过一个池塘，池塘清澈，水草茂盛，浅水处还能看到肥壮的螺蛳，缓缓滑行的河蚌。C姊顿时有了主意，放下竹篮，脱了鞋子，走进池塘。

C姊摸了一些螺蛳，抓了一些河蚌。C姊想再多摸一些，便往前探了探脚，没想到脚下一滑，C姊扑腾一下栽入水中。C姊大声呼救，可正值中午四下无人。C姊在胡乱扑腾中呛了几口水，最后碰巧抓住了池塘边的一丛芫花，才得以脱险。

C姊用开水把螺蛳和河蚌烫了一遍，然后取出肉做成菜，味道倒也鲜美。男人从地里回来，因饭菜可口，吃完一大碗饭后又添了一大碗。C姊咬了咬牙，差点落泪。

在半饥半饱中，C姊终于生下一个女婴。男人一看是个闺女，一声不吭，扛起锄头闷头干活去了。但C姊很满意，因为在整个怀孕过程中，C姊又吃了好几次螺蛳肉。有人说孕妇吃了螺蛳，生出的孩子会长出牛一样的眼睛，所以C姊一直忐忑不安。孩子落地，C姊看到婴儿肤白貌美，大大的灵动的双眼，悬着的心终于放下了。

困难还是接踵而至，由于挨饿，C姊很快就没了奶水。C姊只好用瓦罐熬粥给孩子喝，可大米也不充足，大人和孩子都处于饥饿状态。半夜孩子饿醒，既没奶水，也没米粥，C姊抱着孩子哭泣。男人看了心烦，嫌吵得影响他休息，给了女人一耳光，然后气呼呼地抱起被子，到柴房睡觉去了，干脆眼不见心不烦。

C婶怀抱婴儿孤立无助。她多么希望男人能走过来，哪怕说一句温暖的话，或者一个安慰的拥抱也好。肉体的饥饿和精神的孤寂，C婶感觉心里异常空洞，像掉进冰窟一样无力地挣扎。

C婶的养母知道后，便等在村边的路口，有赶集的人经过时，便小心谨慎地交给他们一个包裹，层层叠叠的包裹里面是几个新鲜的鸡蛋。就这样，C婶的养母，一个小脚老人，经常出现在村边路口，请人捎上三个、五个……十几个鸡蛋，接济月子中的女儿。在养母的接济下，C婶度过了饥荒，孩子也养得水灵可爱。

孩子稍稍长大，会说会走了，C婶第一次萌生了离开男人的想法。可在当时的情况下，离婚的人很少，舆论压力极大。C婶不识字，便请村里一位教书先生帮她写了一份离婚书。C婶怕被别人看见，将离婚书小心装在口袋里随身带着。可是，看看年幼的孩子，再看看年迈的养母，C婶咬咬牙，想等孩子长大以后，等养母过世了再说。

离婚书在口袋里揣来揣去，纸片边缘逐渐磨损，字迹渐渐模糊，C婶却当宝贝一样珍藏着。

为了养活一群孩子，C婶拼命地干活。

时间在不知不觉中流逝，多年过去了，还没来得及好好报答，养母却去世了。再也不用顾及养母伤心，C婶再次起了离婚的念头。一大早，C婶趁赶集到了公社。公社的人说："离什么婚啊，孩子怎么办？凑合着过呗……"再看看一群嗷嗷待哺的孩子，C婶只好再次按下离婚的念头，将那张快要烂掉的离婚书小心藏了起来。

日子一天天过去，孩子们一天天长大，后来又一个个成家立业。最后只剩下了C婶和男人相伴。他们依旧无话可说，很少交流，架也懒得吵了。平时饭做得好吃，男人就多吃点；饭做得不好吃，男人就少吃一点。男人吃完饭就去地里闷头干活。

日子不算艰难，但C婶不时拿出离婚书，犹犹豫豫后又藏了起来。

后来有了孙辈，一切又忙了起来，忙到几乎忘了一切。看着一群活泼可爱的孙辈，C婶偶尔长叹一声。随后发生了一件可怕的事情，C婶的一个外孙因没人照顾，便送来让C婶帮忙照顾一段时间。有一次，C婶做了一碗米粉喂外孙。喂了一半，外孙大概呛了一下，咳嗽起来，小脸憋得通红，C婶赶紧拍了拍外孙的背。小外孙又咳了几下，米粉撒在衣服上。等外孙咳嗽平稳了一些，C婶想找条毛巾擦一擦。等C婶手忙脚乱找来毛巾时，外孙满脸发紫，没了气息。经此打击，C婶骤然衰老，人也迟钝了不少。

再后来孙辈们都长大了，C婶终于闲了下来。闲下来的C婶抽上了烟，而且烟瘾很大。人也逐渐干枯、迟钝起来，头发逐渐花白，几乎完全失去了当年的风采。

又过了一些年，那个曾经健壮如牛的男人也去世了。男人走后，C婶昏睡了几天几夜。后来，C婶得了帕金森病，全身抖动得很厉害，像筛糠似的，路也走不稳，但头脑依旧很清醒。

孩子们早都搬离了村庄，在城镇买了房。C婶在城里住不惯，坚持住在村里。整个村里只有C婶一人居住，孤零零的，孩子们不放心，经常回来看她。

在一个寂静无人的深夜，C婶抖抖索索地拿出那张早已字迹模糊的离婚书，哭得肝肠寸断，昏倒在地……

窗外，圆月高悬，清冷的月光，透过窗户，静静照在C婶苍白的脸上。

2020年4月25日

十三岁那年出远门

十三岁那年寒假，家里的荸荠大丰收了。因为施用了大量的农家肥，荸荠长得又大又甜。看到一堆新鲜的荸荠，母亲却有些发愁。"谁能背点到街上去卖？"母亲问。"我去！"我自告奋勇。母亲很高兴，怕我背不动，只装了半袋荸荠让我去卖。我试着背了一下，并不重。

"卖了给你当学费啊！"我迈出大门口的时候，母亲叮嘱了一句。

我背着袋子，自信满满地赶往集市。集市在镇上，离家十多里路。我当时正好在镇上读初中，所以路线很熟。走着走着，发现荸荠越背越重，背上也开始冒汗。中途实在累了，就坐在路边歇一会儿。赶集的人们陆陆续续从我身边走过。偶尔遇到熟人，看我累得满脸通红，笑着和我打招呼，顺便友好地夸奖几句。

终于到了镇上，人很多，我挤进人群，找到了专门卖菜的地方。我把袋子的口打开，露出新鲜的荸荠，然后蹲守一旁。

人群在我面前像流水一样缓缓移动，大多数人匆匆而过，看也不看一眼。偶尔有几个人看了一下我的荸荠，但没有停下来。终于有一个顾客蹲了下来，拿起一个荸荠仔细看了看，最后却走了。

我第一次上街卖东西，脸皮薄，没有经验，也不会推销，甚至连"你可以尝尝"之类的客套话都不会说。

终于有一个人看完荸荠后，问了一句："多少钱一斤？"我刚回答完，他没说买，也没说不买，一言不发地径直走掉了。我想说："可以便宜一点，你要多少钱一斤？"但我不好意思说出口。

蹲守半天，我的荸荠一个都没有卖出去。正在懊丧的时候，看到我的一个同班同学远远地走了过来，我难为情极了，赶紧站起来逃也似地离开，装成逛街的样子。同学走远了，我担心再碰到同学，便远远地站着，守株待兔般盯着装荸荠的袋子。

终于有一个人蹲了下来仔细看了看我的荸荠，很想买的样子。我硬着头皮赶紧过去，还没等我走近，对方却站起来又走掉了。

旁边卖菜的摊位生意很不错，他们既老练又从容，不停吆喝着，讨价还价，好不热闹。他们的菜有的卖出了一大半，有的快卖完了，只有我那半袋子荸荠纹丝不动。

我远远地站着，越站越冷，只好搓搓手，跺跺脚取暖。多么希望有人过来把我的荸荠尽快买走，便宜一点也行。这样我就可以早点回家。

快到晌午，旁边卖西红柿的大妈，筐里只剩下了几个样子不好看或有点破损的西红柿。她挑了一个好点的西红柿递给我："给你吃一个。"我赶紧谢绝。"割点肉，中午做个西红柿汤。"大妈一边收拾笸箩一边自言自语。旁边卖萝卜的大爷剩下的萝卜也不多了，他站起来挑着笸箩也回家去了。

两边的人都走了，我那半袋子荸荠显得更加孤单，我也想和他们一样收摊回家。但我又想，好不容易把荸荠背到街上来了，现在再背回去，一方面很累，另一方面没法向父母交差。

怎么办呢？真希望遇到熟人，统统拿走，随便给点钱都行，或者遇到亲戚朋友，直接送人得了。

"对，送人。"我突然有了主意，并且一下想到了以前的同桌。同桌家里条件非常好，有城镇户口，初中没毕业，正好有一个招工的机会，便上班去了。同桌在市里上班，离镇上还有六十多里路，需要乘公交车。

集市慢慢散了，人越来越少。我背着荸荠在空荡荡的街上边走边想，实在想不出更好的办法。最后还是决定到市里找同桌去。

汽车站人很多。我背着个袋子，既不像走亲戚的，又不像上学的，不少人好奇地打量我。

我长了这么大，到过最远的地方，就是到镇里读书，从来没有单独出过远门。

我仔细看了一下站牌，然后随着人流上了车。上车的人越来越多，很快车里坐满了。"到市里万一找不到同桌怎么办？要不还是先回家吧？"有那么一刻我犹豫了，正准备下车，车门"咣"的一声关闭了。汽车发动了，售票员开始售票。

售票员年轻漂亮，因为不用干农活，没有风吹日晒，白白净净的。"当公家人，吃公家饭就是不一样。"我一边偷偷欣赏售票员的美貌，一边羡慕地想。为了不影响售票员来回走动，我把荸荠放在双腿之间，用双脚紧紧抵住。

窗外的村庄、田野、河流、高山一闪而过，像电影镜头一样快速切换着。那种酣畅淋漓的即视感，和平时走在路上看到景象时的感受大不相同。我第一次坐长途汽车，感到格外兴奋和好奇，几乎忘掉了没有卖掉荸荠的沮丧，也不在乎一路颠簸，更没有感到晕车和疲惫。

终于到达市里。我随着人流走出车站，背着袋子一边走一边打听同桌上班的地方。市里的街道又宽又直，房子又高又气派，城里的人既时髦又自信。我背着袋子，沿着行人指引的方向一路找去。七拐八拐走了很久，终于找到了同桌上班的地方。到了厂门口，看门的大爷问我找谁，我报了姓名，大爷一路指引我到女工宿舍。

楼道狭窄昏暗，我敲着门，一个一个宿舍地询问。终于找到了同桌的宿舍，同桌还没有下班，她的室友热情地接待了我。我赶紧送给她一大捧荸荠，她很开心地收下了。

同桌下班后看到我一脸的惊喜，再看看半袋子荸荠，吃惊地问："这么多荸荠，你是怎么背来的？太多了，吃不完啊！"我像完成任务似的把半袋子荸荠全部送给了同桌，至于她能不能吃完，我就不管了。

同桌宿舍里住着四个女生，上下床。床上架着统一的蓝色蚊帐，是我没有见过的漂亮样式。墙上贴有明星的画报，我不知道是谁。桌上摆放着好看的玩偶、台灯、日历、闹钟等，都是我没有见过的物品。窗外挂着几件刚洗的衣服，还在微微滴水，衣服的样式真好看。整个宿舍显得十分温馨。"还是当公家人好。"我默默感叹。

那时能够招工进厂上班，一般家里条件都比较好，最起码有城市户口。和农民子弟比较，都是非富即贵的家庭。宿舍里的四个女孩子，个个好看，且气质不俗，穿衣打扮引领潮流。和她们相比，我是丑小鸭一般的存在。好在那时我学习不错，加上年轻气盛，并没有特别自卑。

我的同桌长得像演员赫本，气质出众。现在她上了班，不仅有了工资，还没有学习的压力，更加漂亮了。从闲谈中得知同桌已经谈恋爱了，对象也在厂里上班，家里条件也很好。

上学的时候，我的同桌就是校花，非常引人注目。我们的化学老师刚刚师范毕业，十七八岁的光景，娃娃脸，白白净净。化学老师上课总爱提我同桌的问题，但我的同桌学习一般，很多问题答不上来，她觉得很没有面子。

有一次化学课上，化学老师又向我的同桌提问。同桌蹭的一下站了起来，大声说："我不叫×××，我叫×××，你以后别乱叫。"化学老师站在那里，像个做了错事的孩子，呆若木鸡，手足无措，满脸通红，哑口无言，鼻尖上渗出豆大的汗珠，双手不由自主地抠着粉笔，粉笔灰落了一地。可怜的化学老师哪里知道，同桌家里为了给她安排工作，早把名字改了。

同桌从食堂给我买回饭菜，还用电炉煮了荸荠。荸荠煮熟后，同桌仔细地削了皮，把晶莹剔透的荸荠沾满蜂蜜后递给我。不知道是不是心理作用，电炉煮出来的荸荠特别好吃，又脆又甜。我第一次知道荸荠还有那么精细的吃法，城里人真讲究！

我很晚才回到家，母亲见我两手空空。问道："荸荠卖了？"

"送同学了。"

"都送了？"

"嗯。"

"你这孩……"

母亲想说什么却打住了。

那是我第一次卖东西，第一次乘长途汽车。不仅半袋子荸荠没有卖出一分钱，还因为乘车，花光了仅有的零花钱。但我没有沮丧，反而充满了独自出远门的兴奋和激动，还有一种见过世面的自豪和喜悦。

后来我考上了高中，到市里上学。

一次周末同桌到学校找我玩，我俩坐在开满梨花的山坡上，说了很久的话。同桌告诉我她订婚了，让我有空去看看她的新房。当时同桌的工厂效益好，收入高，并且同桌已提拔为车间主任。

在那个年代就有了冰箱、彩电、地毯等等高档物品，同桌的新房一定布置得十分豪华漂亮，我既羡慕又为她高兴。但我那时一门心思读书，没有时间去参观。

同桌临走时硬塞给我十五块钱和二十斤粮票，对当时的我来说，简直是雪中送炭。

很多年过去了，听说那个工厂倒闭了，工人们大多下了岗。我一直没有打听到同桌的消息，不知道她近况如何？

很多事慢慢淡忘了，但那一次独自出远门的兴奋和喜悦，激动和忐忑，我都深深地记得。

2023 年 5 月 14 日

戏剧人生

外出旅游时，经常看到有些深宅大院中专门搭有戏台。站在空荡荡有些陈旧的戏台上，可以想象出当年主人一家看戏时其乐融融的幸福场景。

以前没有手机、电脑、网络，看戏是那个时代主要的文化活动。大户人家还会专门请戏班子唱戏，像《红楼梦》中多次描写的看戏场景。这说明任何年代，人们都需要精神上的娱乐和文化上的滋养。

小时候农闲之后，在宽阔的稻场上搭一个露天戏台，请戏班子唱几天戏，是农村节日般的盛事。

灯光一亮，音乐一响，演员一亮相，整个舞台顿时显得富丽堂皇。华丽的服装，在灯光的映照下，独特而奇美。演员一开嗓，霎时气场全开。唱、念、做、打、舞、翻，好不热闹。音乐时而舒缓，时而急促，时而悠扬，时而低婉，引人入胜。声音穿过寂静空旷的田野，格外动人。

当时不知道唱的是豫剧还是黄梅戏，我们还小，听不太懂，只觉得服装很华丽，唱腔很优美，肢体语言很生动。开始还觉得很新鲜，听着听着就觉得很无聊。因为一件事咿咿呀呀唱老半天，实在太拖沓，我们小孩子哪有耐心听下去，于是就到处疯跑，在稻草垛里捉迷藏。

唱戏结束，听说谁家的闺女和唱戏的小生跑了。大概是唱戏的走了心，听戏的动了情。

相对于看戏，我更喜欢听奶奶讲戏。坐在矮凳上，听奶奶讲故事，是童年最美好的回忆之一。

奶奶出生于富裕人家，听过很多戏剧，会讲很多戏。《乌金记》《白扇记》《小渔网》《文王访贤》《锁麟囊》《荞麦记》，等等。奶奶可以一口气把一个故事讲完。台词十分考究，都是五言或者七言，十分押韵。我被台词的优美深深打动，更被曲折的故事情节深深吸引。我对文学有浓厚的兴趣，可能就启蒙于这些戏剧。

儿时的年画很多都是戏曲类的。像《柳毅传书》《打渔杀家》《贵妃醉酒》《白蛇传》《梁山伯与祝英台》《文姬归汉》《红楼梦》，等等，墙上贴得满满当当。

随着年岁的增长，阅历的增多，心境慢慢平和，感悟慢慢加深。细细品味，发现戏剧这种艺术形式有一种独特的美。华丽的服饰，精美的扮相，婉转的唱腔，悠扬的旋律，丰富的戏剧形式，精湛的演技，栩栩如生的人物形象，曲折动人的故事情节，使人不由自主沉浸在故事之中，并被那种艺术氛围深深感染。

对一个文字爱好者来说，我更感兴趣的是戏剧背后的故事情节和优美台词。我曾上网查询，发现相关的书籍不多，如果失传了那就太可惜了。

老人们常常说唱戏劝人，劝人宽容，劝人行善，劝人贤惠，劝人知恩图报。其实戏剧有精华也有糟粕，比如三从四德、才子佳人、夫荣妻贵、功名至上，等等。

例如《文王访贤》，这个故事得到奶奶和母亲的高度认可，奶奶和母亲对我们讲过很多遍，我从小就耳熟能详，并一直把它当成女孩子的成长指南。

故事如下：

很久以前，周文王外出访贤，途经一所村庄，觉得肚子饥饿，口中发渴，实在难忍，就坐在大树下休息。

正巧，一位农妇手提一瓦罐稀面糊糊，从这里路过。文王连忙问农妇道："大嫂手提稀饭，去哪里呀？"农妇告诉文王："丈夫在田间劳动，时已过午，去给他送饭充饥解渴。"文王又饥又渴，见了瓦罐里的稀面糊糊，肚子咕咕叫得更厉害了，嘴里不觉流了馋涎。

他请求农妇，让些给他充饥解渴。农妇把手里的瓦罐递给他。文王饥不择食，大口大口地吃了下去，顿时精神爽快，口中余味无穷，觉得比皇宫里的山珍海味还要香甜可口……

正在田间劳动的丈夫，见日头偏西，妻子还不送饭来，就丢下手中的农活，回家吃饭。丈夫走到半路上，老远看见妻子与一个过路客人说话，随后妻子又从客人手中接过瓦罐，转身回去了。丈夫便以为妻子行为不端正，气得火冒三丈，追赶上去，抓住就打。

文王看在眼里，心里很是过意不去，想上前去辩白几句，又不知从哪里说起。丈夫发完脾气，到田间去了，农妇回家重新为丈夫做饭。这时，文王追上农妇，抱歉地说："我不该吃了你丈夫的饭，害你遭了打骂。"

农妇说："客人您不要见怪，我丈夫可不是小气的人，他怪我有失礼貌，没有把客人请到家里去招待，才打了我的。"

听了农妇的话，文王想："我专程四下里找贤德的人，眼前的农妇不就很贤德吗？"文王便解下一根玉带，递给农妇说："大嫂今后如果遇到急难的事，就拿上这根带子到京城去找大王，他会帮你解危的。"

一晃三年过去了，那位农妇的家乡遭了天灾，实在是饭都吃不上了，这才想起吃过他们大麦面糊的那位客人。于是，夫妻二人带上那条玉带，一路要着饭，去京城找大王。

到了京城，文王果然召见了他们，把他们安置在王宫住下，并当着满朝文武官员封夫妻俩为"贤德人"。

其实对我影响最大的不是曲折的故事情节和优美的唱词，而是故事输出的认知。那个坐在矮凳上认真听故事的孩子当时想不到，那些认知会影响她的一生。

现在，半生过去了。回头想想自己的一生似乎都禁锢在这样的认知里：做人要宽宏大量、与人为善、知恩图报、贤惠隐忍、勤劳节俭，等等。当然，这样的认知本身没错，遇到善人可能受益，如果遇到恶人往往得不偿失。

他们只告诉我"没事不惹事"，但没告诉我"有事不怕事"；他们只告诉我"忍一口气免百日之忧"，没告诉我"人善被人欺，马善被人骑"；他们只告诉我"善有善报，恶有恶报，不是不报，时候未到"，但没告诉我有时"我命由我不由天"。

我们不能只教育孩子做好人，也要教会孩子遇到恶人怎么办。

早期家庭教育传承下来的文化基因，往往禁锢了思想和认知。有时候想去修正，可能一辈子也修正不过来。所以将来，如果我有孙女，我一定要给她补讲"女土匪"的故事！

2023 年 5 月 14 日

第二辑

校/园/时/光

小学纪事

小学那几年，是我学习生涯中最纯真无忧的一段时光。那时，我们学校设有初中部，大姐正在初中求学，而我和二姐则在小学阶段，父亲也恰好从乡中学调到了我们村的小学任教。

有一次，父亲送给我一支钢笔，却被大姐拿走了。当时我还在生产队上育红班（相当于幼儿园）。大姐认为我还小，根本用不上钢笔。而我认为好不容易有了一支钢笔，那么宝贝的东西，咋能轻易送人。于是我就锲而不舍地跟在大姐后面，一路上像复读机一样哭着叨叨："我要我的钢笔，我要我的钢笔……"最后一直跟到了学校，大姐被我缠得受不了，只好将钢笔还给了我。

父亲拿了个小凳，把我安排进了一个特殊班级，一个有一年级、二年级、三年级小孩的混合班级，都是老师的孩子，调皮捣蛋的，不听话的，没大人带的，等等，归在一起。于是我在混合班级上了半天课，算是提前感受了一下小学生活。

我上小学的时候，大姐初中还没毕业。上学的路上，大姐的同学总是喊我和二姐的外号逗乐。大姐只是温和地笑笑，当大家叫二姐的外号时，二姐却伶牙俐齿地回击："把你驾到地里犁。"学长们听了也不生气，反而哈哈大笑。

老爸也真是，给自己的闺女起什么外号，起外号也就算了，还弄得全校皆知。老爸肯定把我们的外号当成笑话讲给学生们听过。

一次放学的路上，我已经走到了上山坡湾附近。突然传来吼声，说是有人打架，还说我的二姐和别人打起来了。我回头一看，在下山坡湾的塘坡上，确实有一群人在围观。我拼命往回跑，等跑过去的时候，二姐和某华抱成一团，在草地上滚来滚去，难解难分。我怕二姐吃亏，立刻冲上去帮忙，对方高大结实、力气很大，我们二比一也不占上风。

我们手忙脚乱，几个回合下来胜负难定，只好停战。让一旁看热闹的人很是失望。

弟弟出生后，为了带弟弟，二姐辍学两年。带弟弟的过程中，二姐自己也才九岁左右，平心而论，二姐肯定比同龄孩子吃了更多的苦。等二姐复学的时候，就比一般的孩子大两岁，再加上她本身性格泼辣，所以顺理成章，成了名副其实的孩子王。

有一次我到二姐的班级找她玩，她的同学不小心把鼻涕擤在了她的鞋帮上。二姐跷起二郎腿，命令那个同学把鼻涕擦干净。那个女生低着头，蹲在地上，撕下一张又一张白纸，使劲擦着，直到二姐满意时，那个女生才拿着快撕完的新本子，战战兢兢地站了起来。我在一旁看得目瞪口呆。

又有一次，二姐的毽子被同学搞丢了。毽子的底座一般用电池盖，条件好的用铜钱。毽子的穗子，可以用纸条，塑料条，讲究的用鸡毛。

二姐的毽子很高级，底座是两块来之不易的铜钱，穗子是我家大公鸡的尾羽。为了得到这些鸡毛，我们可是下了一番功夫。

有一次二姐怂恿我和她一起逮大公鸡。我们往地上撒了一些稻谷，大公鸡见了径直走了过来。二姐赶紧用竹筐将正在专注吃稻谷的大公鸡迅速扣在地上。我帮忙按住大公鸡，捂住它的嘴。二姐手忙脚乱地拽下一些漂亮的尾羽。拽完羽毛，为了安抚大公鸡，我们又往地上撒了一些稻谷，大公鸡却吓得拖着乱糟糟的尾巴仓皇而逃。

好不容易搞好的宝贝毽子，没踢几天竟弄丢了。二姐很生气，后果很严重。二姐责令那个同学还回一个一模一样的毽子。那个同学想尽办法，绞尽脑汁，二姐都不满意。

我目睹过最后的还债场景：那个同学，小心翼翼地将几枚铜钱和许多电池盖，整齐地码放在桌子上，一字形排开，花花绿绿的。二姐像个大佬一样，跷着二郎腿冷静地看着那个同学从口袋一枚一枚往外掏。看到那个同学可怜巴巴的样子，二姐只好勉强同意。

电池盖来自旧电池，手电筒的电池用完了，砸开电池可以取下盖子。收集那么多花花绿绿的电池盖，该砸了多少电池啊！我再次目瞪口呆。

　　和二姐的飞扬跋扈相比，我就是菜鸟一般的存在。因为我上学比一般孩子略早，在班级里年纪比较小，别说欺负人，能不被人欺负就已经很不错了。

　　我的同桌，一个男生，长得很任性，举止很粗鲁，外号"牛屠夫"。"牛屠夫"擤鼻涕时总是惊天动地，最后甩出一大坨绿鼻涕，把人恶心得要死。他还特别喜欢往脸上擦蛤蜊油，一坨一坨使劲地往脸上涂，左三层右三层、右三层左三层，好像他家生产蛤蜊油，蛤蜊油不要钱似的。本来蜡黄蜡黄的脸变得油光闪闪，惊得年少的我目瞪口呆。这么多年过去了，我在小摊上只要一看到蛤蜊油，就立刻想起那张蜡黄的脸。

　　"牛屠夫"不好惹，他在桌子中间画了一条"三八"线。有时我写作业不小心胳膊越界了，他就用手掌使劲砍我的上胳膊。生痛生痛的，我忍着眼泪，以后写字尽量缩着胳膊。

　　那时候，大家下课时无聊，爱玩那种砍"猪崽"的游戏。一个人撸起袖子握紧拳头，胳膊上肱二头肌和肱三头肌拱起，我们叫它"猪崽"。另一个人拿手掌砍上去，看谁不怕痛。我们试过，有经验的人把肌肉绷得很紧，砍上去不太痛。如果没有经验，肌肉没有绷紧，或者对方用力过大，还是很痛的。

　　其实我可以告诉老师换一个座位，但我不想给父亲添麻烦，怕别人说教师子女搞特殊化，所以忍了。

　　后来我考上了初中。周末回家的路上，经过一个田埂。

"牛屠夫"正好在水田里犁地，他被晒得黝黑黝黑，满身泥浆，见了我，他立刻低下头，不知道是难为情还是愧疚。我也装着没认出来的样子，匆匆而过。

碰到"牛屠夫"这种野蛮同桌，还不是最倒霉的事。

有一次早上跑操，大家绕着操场跑。因快慢不一，跑着跑着挤成一堆，后面有人推了我一下，因为惯性，我一下撞在篮球架上。我用手一摸，发现手里满是鲜血。我被紧急送到医务室包扎，父亲很心疼，但没有多说什么。

跑操的人很多，我在前面跑，一下被撞晕了，也不知道后面究竟是谁推了我一下。其实当时只要仔细调查，肯定能查出来是谁。父亲作为学校领导，顾全大局，没有追究。我至今都不知道那个推我的人是谁，甚至不知道是有意还是无意。

我跑步跑得好好的，为什么推我一把呢？我也没有和任何人结仇啊，也许是无意的吧？

后来我突然开窍，学习越来越好，迎来了高光时刻。我的抽屉里经常有各种零食，花生、荸荠、藕，甚至栀子花……有的是为了抄我的作业，有的因为纯友谊，有的好像什么都不为，我从来不认为这是由于父亲是学校领导的缘故。总之，老师都很喜欢我，同学们对我也很友好。

我的自信和体力也上来了。有一次因为越了界线，我和同桌准备决斗。决斗很正式，感觉像比赛。为了公正，我俩径直走上讲台，毫不害臊地抱在一起，蹲下身子使劲扳对方的腿，三下五除二，我竟然把对方扳倒在地。

同桌吃了亏，感觉很没面子，估计回家哭诉了。第二天他的大姐来到学校，坐在我们中间调解："同学之间要友好，不能打架哦……"我当时气呼呼地，理直气壮地指责对方的种种不是，同桌的大姐微笑着抚摸了一下我的头。

后来想想，同桌虽然个子不高，但作为一个男孩子对付我一个女生应该没问题，估计有让的成分。再仔细想想主要是我太较真了，那是我小学里唯一一次不讲道理。

多年以后，那个同桌也考上了大学，是整个小学同学里考得最好的。这个同学的兄弟姐妹，读书个个聪明，如果条件允许的话，估计人人都能考上大学。父亲经常说整个大队有两家小孩个个读书聪明，他们就是其中一家。

我读四年级的时候，妹妹入学了。左建华老师带着一群小不点在排队。妹妹穿着蝴蝶图案的短袖上衣和短裤，抱着个小凳子，站在队伍前面。妹妹抱着小凳一步一步慢慢往前挪动。太阳火辣辣的，我心疼太阳把妹妹晒坏了。

整节课我都没有心思听讲，不停地从窗户往外偷看。我目不转睛地紧盯着妹妹，直到妹妹进了教室看不见为止。

妹妹虽然很可爱，但当我脾气犟上来的时候，仍免不了欺负她。

我有一个漂亮的毽子，妹妹下课拿去玩了之后，不想还给我，还跑回了教室，我追过去讨要。眼看我要追上，妹妹边跑边把毽子往身后一扔，正好打在我的眼睛上。我感觉很没有面子，径直走上前把妹妹按在桌子上狠狠揍了一顿。

其实妹妹非常机灵。一次暑假，父亲到镇上集训一段时间。父亲临走时，妹妹抢过父亲的提包，很乖巧地说："爸，我送你。"父亲笑着说："在家听话。"

父亲回来的时候，给妹妹买了一条花裙子，还有一双凉鞋。妹妹穿上凉鞋和裙子，在门前不停地转圈，百褶裙转成圆圈，像一只翩翩起舞的蝴蝶。妹妹不停地转呀转呀，我羡慕到心疼。

妹妹是家里第一个穿上凉鞋和裙子的女孩子，这和妹妹的乖巧有关。多年以后，我更加相信：性格决定命运。

小学留给我很多快乐的时光。每年毕业生照相的时候，父亲经常让我们兄弟姐妹顺便照个合影。遗憾的是搬家时搬来搬去，一张照片都没留下来。

父亲每年拿回来一张毕业照，老师们坐在第一排，父亲坐在中间。老师们都一脸严肃，眼睛正视前方，腰挺得笔直，双脚并拢，双手整齐地摆放在腿上，看上去整齐划一，十分搞笑。

小学面积不大，校舍简陋，但有宽阔的操场，大片的桃林。桃花盛开之时，校园便淹没在一片花海之中，宛若仙境。桃花谢了，枝头挂满果实。从桃尖慢慢红起，然后整个桃子都红了，像少女绯红的脸，用手一掰，果肉果核自动分离，很甜。

为了防止学生偷摘，一天做完早操集合后，左大金老师背着打农药的喷雾器走过来，往地上喷了一阵农药，然后告诫大家："不能偷摘桃子吃，已经打药了。"有一个眼尖的机灵鬼嘀咕道："没有药味啊，估计是米汤。"

当然光靠自觉是行不通的，桃子成熟的时候会派人专门看管，我替父亲看过一次。那时候我是好学生，好孩子，听话又自律。满园红红的桃子十分诱人，整整一天，我竟忍着一个桃子都没有偷摘。

2015年，我回去了一趟。原来的小学被改造成了三层水泥楼房，已经人去楼空。教室里空荡荡的，门窗洞开像张开的大嘴，楼前竖着一根孤零零的旗杆，旗杆上面空荡荡的，旗杆下面拴着一只老水牛。

校园旁边堆满了草垛，到处荒草丛生。上学的小路，几乎被野草淹没，芳草萋萋，布满荆棘。

后来孩子越来越少，大家纷纷转到镇上或县城上学去了。经济条件好的家庭直接在镇上或城里买了房子不再回来。随着孩子的减少，小学最后停办了。

操场长满荒草，完全夷为平地，桃园也不见了，我拼命寻找，却找不到一丝当年的影子。一切的一切，早已不是当初的模样。

我的小学，我美好的童年再也回不去了。

2023年6月4日修改

学渣转变记

有人问我的父亲："你的三女儿是怎么考上大学的？是不是特别聪明？"父亲回答："主要是专心。"知女莫若父。

我刚上小学的时候，成绩中等，不爱学习也不知道怎么学习。下课踢踢毽子，上课开开小差，成天无忧无虑，躲在人堆里稀里糊涂地混日子。

我当时满脑子想着怎么玩，倒是把开发玩具的潜能极大发挥了出来。比如把一个野豌豆的豆荚做成哨子，把一段木头削成陀螺，把一个树杈做成弹弓，把废电池盖做成毽子底座，把塑料纸剪成毽子穗子，把废纸折成方块，把泥团撮成弹丸，把废铁圈改成铁环……就算一段细绳也能开发出 N 种玩法（翻花绳），手指一勾一搭，然后翻、转、勾、挑，一根普通的小绳随即变换出星星、太阳、蝴蝶等各种造型。就算什么玩具都没有，还可以玩老鹰抓小鸡，藏猫猫，斗鸡，翻跟斗，侧翻……在制作玩具和开发各种玩法的过程中，我得到了无穷的快乐。

很快到了三年级，开设了自然课，自然课由父亲兼任。

一次在父亲的自然课上，我正感到无聊，突然发现同桌的棉袄有个破洞，一团棉絮露在外面。当时还没有羽绒服，大家穿的棉袄都是棉花芯子。很多同学的棉袄是哥哥姐姐穿小的，大多很破旧。我顿时有了主意，轻轻地从同桌棉袄破洞中一点一点掏出棉絮，再拿出皮筋，把棉絮放在皮筋上，拨动皮筋，破旧的棉絮，在皮筋的弹力下魔术般变成松软的棉团。我津津有味地玩着，棉团越弹越大。

正玩得开心，突然听到有人叫我，同学们的眼光齐刷刷地看着我，原来父亲在向我提问。第一次听到父亲叫我的学名，我很不习惯，感觉怪怪的。我慌忙藏起手中的活计，站在那茫然不知所措，也不知道父亲提的什么问题。绝望中，一个声音传来：切断电源，切断电源。我装出深思后的样子回答道："切断电源。"众目睽睽之下，父亲只好让我坐下。原来父亲的提问是："人触电后怎么办？"

我松了一口气，总算逃过一劫。但纸是包不住火的，我上课不专心的毛病就这样被父亲发现了，一向温和的父亲对我说了人生第一句狠话："不好好读书，就回家放牛。"我不想放牛，从此只好专心听讲、认真读书。

一次正在上数学课，学校东门进来一辆拖拉机，拉着红砖冒着黑烟，发出咚咚咚的巨大声响。在那个见识有限、极端闭塞的年代，见到一辆拖拉机比现在见到一辆坦克还要稀奇，大家又正处在人生最好奇的阶段，同学们不约而同地把头转向窗外。

大家都不听讲了，局面有点失控，年轻漂亮的左秀凤老师停下板书，气得满脸通红，指着正在认真做笔记的我说：

"你看xxx同学多专心，这就是她学习好的原因。"其实，我准备写完笔记后再看热闹，被老师一夸，既羞愧又自豪，只好死了偷看拖拉机的心，坐得更加端正。

拖拉机开得很慢，足足开了五分钟才从学校西门离开。我想看又不好意思看，内心激烈斗争着，为了表现出好学生的样子，整节课我不仅坐得端端正正，而且尽量专心听讲。

下课后，同学们聚在一起，七嘴八舌地分享着刚才的种种见闻。拖拉机的轰鸣声渐行渐远，最后彻底消失在远方，我静静地坐在那里，怅然若失，突然觉得自己瞬间长大了许多，那些曾经无忧无虑的日子似乎也随之悄然逝去。

数学老师回到办公室后，在父亲面前又把我狠狠夸了一通。

从此以后，我上课越来越认真，专注听讲慢慢变成了一种习惯，受到的表扬也越来越多。受到夸奖后我的学习习惯更好，自制力更强，成绩也越来越好，一不小心竟变成了尖子生。

有一次我到乡里参加数学竞赛，左秀凤老师一路陪着我，不停地鼓励我，还出数学题给我做。我跟在老师后面，默默走着，内心充满了温暖和力量。那温和的语气，那谆谆的教导，还有老师的青春和美貌，都历历在目。后来我真的变成了大人们口中的好孩子和所谓的学霸。

严格地说，就是从那时候开始，我才真正认真、主动、专心地学习。那是我学习生涯中一个最重要的转折点。如果没有父亲的"指正"和左秀凤老师"夸奖"，也许我还是那个懵懵懂懂、稀里糊涂的学渣。

后来我上了初中，左秀凤老师也出嫁了，不知道她嫁到了哪儿，有没有继续当老师，也不知道她过得好不好。现在，我也快要退休了，老师应该也不年轻了，希望老师健康幸福。

其实读书也是一场赛跑，当你偏离赛道的时候，有人给你指正和鼓励，你才能勇往直前地跑下去。我有幸遇到了这样的人。

2023年6月4日修改

美老师和丑老师

初中时有两个老师给我留下了极深的印象。一个是男教师，一个是女教师，都是教英语的。他们俩长得一丑一美，对比度很大。

首先提及的这位男教师，外貌上确实不那么出众，甚至可以说是有些丑陋。如果他有机会在戏剧中扮演一个丑角或者反派角色，那么他的形象与角色设定将会高度吻合，以至于完全不需要任何化妆来增强效果。为了叙述方便，我们在这里暂且称他为"丑老师"（请允许我使用这个不太礼貌的称呼）。

但丑老师教学水平很高，他教过的学生都对他交口称赞。那时候的学生普遍单纯，大多一门心思读书，不太在乎老师的长相，一般更在意老师的教学水平。丑老师住教工宿舍楼，据说夫妻不和，很少回家。所以丑老师一心扑在教学上，教学水平越发精湛。

丑老师虽然英语教得极好，但普通话却不标准，总是把"你"读成"ðen"。为了发音准确，经常憋得满脸通红，看上去相当痛苦。有人说丑老师有轻度口吃。

丑老师还有一大特点：生活上不拘小节，衣着随意。随意到什么程度，举个例子吧。当时人们系裤子普遍用腰带，讲究的用皮带。丑老师用的既不是腰带也不是皮带，而是一根绳子。绳子很长，到了腰前面反复打结，最后一嘟噜挂在那里。

丑老师上课极其投入，往往附带着肢体动作。丑老师一激动一抬手，脚尖还跟着一踮一踮。结果那一挂肠子似的腰带就露了出来，随着身体很有节奏地一甩一甩……大家看了忍俊不禁。尤其坐在第一排的同学，想笑又不好意思笑，憋得满脸通红。

尽管如此，同学们依然很尊重他，毕业的时候大家抢着和他合影。班上有个极帅的男生极力邀请他合影，丑老师坚决不从，笑着说："万一你有出息了，就麻烦了。"

拿到毕业照一看，丑老师很自然地叼着一支烟，正好挡住了极不对称的半边脸，猛一看颇有几分英气。

再说说美老师吧，城镇青年，干部子弟，典型的白富美。

美老师皮肤白皙，个子高挑，发型时尚，穿着时髦，性格文静，声音甜美。在我们一群傻不拉叽、衣着破烂的孩子看来，简直就是仙女下凡。

暑假补课，美老师和丑老师在隔壁两个班级同时上课。几节课下来，同学们一交流，发现丑老师的课优势明显。于是同学们默默地向丑老师班级转移。结果丑老师班上门庭若市，教室里挤得水泄不通。美老师班上门可罗雀，冷冷清清。

最后美老师干脆让剩下的学生都搬到丑老师班级，自己也搬了一个凳子坐在教室后面。美老师文文静静地坐着，浅浅地笑，看上去楚楚动人，也楚楚可怜。

美老师虽然教学水平不尽如人意，但因为美貌，更因为性格，同学们并不讨厌她。有人私下说美老师某某学校毕业，按说只能教小学，因为家里背景过硬，所以分配进了中学。

美老师的确很美。美到什么程度呢，举一实例。那时候学校附近有一些地，种的是油菜。菜籽成熟后，我们全体师生要去收割。

有一次劳动课，我们收割完菜籽后，每人扛着一小捆回学校。

美老师戴着草帽，抱着一捆菜籽，细高个儿往那儿一站，面若桃花，气质如兰。我突然一下懂了"沉鱼落雁，闭月羞花"的含义。这哪里是劳动啊，不知道的人还以为在拍电影呢！美老师连劳动都能美得惊心动魄！

后来我看电影《小花》，总觉得让美老师去演，肯定更好看。"老师啊老师，你美貌如花，温润如玉，为什么非要当老师呢？"我不禁心生几分悲伤和同情。

很多年过去了，两位老师后来如何，不得而知。现在回想起来都格外亲切。

2020 年 8 月 14 日

赶夜路

荆棘丛生，小路弯弯，石路颠簸，田野空旷，树林茂密，街道冷清，茫然四顾，寂寥无人。穿过荆棘，走过旷野，爬过危桥，钻过窄窗，翻过高墙，一会断头路，一会又迷路。

担心迟到，焦急万分，竟脚下生风飞奔而起。飞过田野，小河，村庄，湖泊，高墙，城市，森林，大山……突然脚下一滑，惊出一身冷汗。

原来是梦，又在梦中艰难赶路了。上初中时，走夜路的印象实在太深刻了。

一、开学

小学毕业后，我考上了当地最好的初中，也就意味着从此开始了住校生活。母亲一边发愁一边为我准备相关物品：一张板床、一套棉被、一袋大米、一罐头瓶咸菜，还有学费。

父亲给手电筒换了两节新电池，决定亲自送我上学。我们五更就起了床，外面一片漆黑。父亲在前面挑着担子，我在后面用手电筒给父亲照路。当时父亲还年轻，挑着重重的担子还不算太吃力。

　　寂静的乡间小路上，只有我们父女俩静静地走着。一路上父亲不停地给我讲一些勤学苦读的故事。

　　父亲上中学时，为了赚学费，暑假到工地帮小工。暑假结束，父亲怀揣着学费高兴地回家。奶奶远远地迎上去，看到又瘦又黑、脸上晒得死了几层皮的父亲，心疼得号啕大哭。父亲却很开心，因为他终于攒足了一学期的学费，不用奶奶和大姑卖菜、卖柴火了。

　　父亲还讲到一个穷苦人家的孩子，为了读书，放学后到餐馆吃客人剩下的饭菜，碰巧被舅舅发现……

　　我认真听着，很受鼓舞，同时暗下决心：将来一定要轰轰烈烈干一番事业，不辜负父亲的期望。

　　翻过一座山时，父亲有些气喘，背上的衣服也汗湿了。走上坡路时，父亲换肩的频率越来越高。板床体积很大，父亲换肩时，板床在空中打转，看上去有些吃力。我心疼父亲，但帮不上忙，只能细心地给父亲照着脚前面的路，遇到沟沟坎坎的时候提醒一下父亲。

　　下了山是一段平坦路，在清晨微风的吹拂下，父亲汗湿的衣服慢慢被风吹干了。接下来走上坡路时，父亲的衣服又湿了。

　　一路上，父亲的衣服湿了干，干了又湿。为了赶时间，父亲没有停下来歇息，只是将担子从左肩换到右肩，走一段路后又将担子从右肩换到左肩。虽然很累，父亲仍一路不停地讲一些求学的故事激励我。

在那个物质匮乏、生活清贫的日子里，我能不颓废，不沮丧，还对未来充满信心，主要来自父亲的教诲和支持。

离学校越来越近，手电筒的光线越来越弱。天蒙蒙亮时，我们赶到了学校，手电筒几乎没有光，一对新电池彻底用完了。

父亲帮我整理好床铺，千叮咛万嘱咐：不要随便拿别人的东西，学习上不懂的多问老师，要和同学友好相处……最后带着对我的满腔希望离开了学校，匆匆赶回去上课。

初中住校期间，我一般一周回家一次。通常周六放学回家，周日下午带好一罐头瓶咸菜和一洗衣粉袋大米，返回学校上晚自习。夏天天热菜容易馊掉，改为一周回家两次，即周三下午放学后回家，周四早上赶回学校上早读课。当时村里只有我考上了初中，我没有同伴，父母也没有时间送我，来来去去，我只能一个人赶路。

二、赶早自习

周四早上返校，起码要清晨 4 点起床。我一般以公鸡打鸣为依据（后来买了闹钟，父亲帮我定好时间）。鸡叫第三遍的时候，我悄悄起床，拿着毛巾和牙刷到池塘边洗脸漱口。

黎明前的村庄、树木、田野都沉没在深深的黑暗中。池塘边的乌桕树静静伫立一旁，像认真站岗的哨兵。我把手电筒平放在池塘边，走到搭在池塘边的板凳上，对着亮光洗脸漱口。

池塘的水清澈甘甜微凉。偶尔有鱼儿突然跳出水面，银白的肚皮闪了一下，随即跃入水中。一群不知名的水鸟静静落在水面上，我还没看清，"哗"的一声飞走了。

洗漱完毕，父母还在睡梦中。为了不影响父母休息，我提着装有米和菜的网兜，轻轻抽开大门的门闩，出了门，立即返身悄悄关好大门，然后一个人默默向学校走去。

凌晨的村庄异常宁静，雾很大，视野只有几步远。我走了一小段路，就不敢再走了，便在田埂上坐了下来，想等雾散开一些再走。学校在镇上，如果能碰到赶集的人就好了。可是一般人不会起五更去赶集，所以碰到同行人的机会很少。

秧苗在抽穗，正是生长的旺盛期。空气异常清新，嫩绿的秧苗散发出醉人的清香。我深吸一口气，五脏六腑像被清洗过一样舒坦。

我在田埂上静静坐了一会儿，雾依然很大，一直没有等到赶集的人过来。我担心早读迟到，便鼓起勇气站了起来。我把课本中学过的英雄人物仔细回忆了一遍，然后把自己想象成一个孤胆英雄，一个整装待发的士兵，有使命在召唤，有任务要完成，我要出发，我要去追逐梦想……调整好状态后，我鼓起勇气提着网兜继续赶路。

雾似乎越来越浓，陷于黎明前深深的黑暗中。走了约一半的路程，来到了麦儿贩，再往前走就是山路了。因为山上有很多坟地，我突然犹豫起来，再也没有胆量往前走了。我便在村旁的路边坐下，想等雾散开一些再走。

坐了一会儿担心迟到，便站起来走了一小段路。想想还是害怕，便又停了下来。坐下来后又担心迟到，于是站起来再往前走一小段路。就这样走走停停，停停走走，站站坐坐，坐坐站站，始终没胆量上山。

忽然后面传来一声咳嗽，总算有人了。我于是站起来慢慢走，边走边等后面的人过来。奇怪的是后面的人半天都没有过来。等了好久，后面的人才终于走了过来，一看是我，哈哈大笑："你个娃，吓死我了！"

来人是我的小学老师，爸爸的同事。她为了天亮前赶回学校上课，起了个大早去赶集。我在前面走走停停，停停走走，站站坐坐，坐坐站站，在浓雾中时隐时现，她也吓得不轻，便咳嗽一声给自己壮胆。我一听差点笑喷，原来大人也这么胆小。

老师后来把我当成爱学习、能吃苦的榜样，在一帮学弟和学妹面前狠狠夸奖了一通。很遗憾，我碌碌无为，对不住老师的夸奖。

因为有人做伴，接下来一路顺利。

到了镇上，店铺里透出温馨的光，刚炸好的油条散发出诱人的香味，有些摊位已经摆好了，等着赶集的人光顾。

赶到学校的时候，教室里灯火通明，同学们正在早读。

我的刘海被大雾打湿了，一缕一缕地贴在额头上，因急着赶路脸上红扑扑的。班主任站在教室门口，见了我，柔声地说："快进去吧。"我赶紧走进教室，放好物品，掏出书本，专心早读起来。

三、赶晚自习

每次周六回家，二姐都会抓住这个难得的机会，让我狠狠地干活。

一个周末，母亲走亲戚去了，这周的菜我只能自己准备。地上有很多新挖的藕，带着泥很新鲜。我不敢拿好的藕，便挑了些不好的藕节（不是藕带）。我让妹妹帮我烧火，妹妹说："二姐不让，不然她不给我做新衣服。"

我加了很多辣椒，炒好一搪瓷缸藕节。我装好米，提着网兜走到大门口时，二姐将脚翘起抵在门框上，我过不去，也不敢走。"薅完草再走。"二姐命令道。我只好放下网兜，拿起锄头到地里去薅草。二姐怕我偷懒或中途溜掉，便亲自当监工。

太阳逐渐西沉，我开始焦虑起来。我几次想走，二姐坚决不让，她说把地里的草锄完了才能走。天色逐渐变暗，我只能抓紧时间拼命除草。地里的草终于都锄完了，太阳也快落山了。我飞快跑回家，抓起网兜，向学校的方向一路小跑。

走了不到一半的路程，天色就彻底暗了下来。接下来是一段很长的山间小路。小路穿过一座山，山上有很多坟地，有时还有新坟，这是我最害怕的一段路。不知道为什么，那次尤其发怵。

我站在山边内心挣扎了很久很久，始终没有勇气走上去。这条路白天人少的时候我都害怕，更别说晚上了。四顾无人，本能的恐惧让我选择逃避。最后我决定不走山路，沿山边绕行。绕行的路程要远很多，一路要经过小河和田野。

我沿着河边走了很久很久。河边的枫杨高大繁茂，草也长得很深，已经起了露水。农村的夜晚很安静，我轻轻的脚步声在寂静的旷野里显得非常清晰。一些不知名的虫子此起彼伏地叫着。

正走着，"嘭"的一声，几只鸟儿飞了起来，吓我一跳。河边枫杨上夜宿的鸟儿被我的脚步声惊扰，陆续飞了起来，"嘎"的一声飞远了，凄冷的叫声响彻整个寂静的田野。虽然夜风凉爽，我却不由自主冒出一身冷汗。

我加快了步伐，最后离开河边，走到一条田埂上。周边是一片开阔地，大概是麦田。我心情顿时轻松起来，一边走一边哼着小调，给自己壮胆。

走着走着，忽然间，我注意到前方似乎有个人影在晃动。夜风中，伴随着有节奏的刷刷声，我的心弦紧绷：难道是遇到了鬼？我的脑海中闪现出"无常""水鬼"等恐怖的形象。然而，老师的话语在我耳边回响：鬼都是虚构的，现实中并不存在。接着，我又回想起奶奶曾经说过的话：鬼在岸上是毫无力量的。这些念头让我稍微平复了些许紧张的情绪。

我咬紧牙关，鼓足勇气继续前行。随着距离的拉近，我确信那个"鬼"确实在动。不知为何，我心中涌起一股莫名的勇气，紧握拳头，毅然走向前，对着那"鬼"狠狠地挥出一拳。击中的瞬间，我感觉它轻飘飘的，似乎毫无实质。我趁机再次猛烈地挥出一拳，这一次，我清晰地听到了纸片被撕裂的声音，与此同时，我的手中还抓住了一小片纸。我恍然大悟，这可能是一个新坟，而我击打的，竟然是一个花圈，手中抓住的，是花圈上飘舞的彩带。我一直以为坟地只存在于山上，却没想到，庄稼地里也有坟地。

我不敢多想，也不敢快跑，因为越跑越害怕。我鼓起勇气，稳定情绪，脚步稳稳地走出了那片麦地。终于到了平坦地方，心情才平静下来。

远远看见了街上淡淡的灯光，离学校越来越近了，我彻底放松下来，放声歌唱，向着亮光的方向奔跑。

赶到学校的时候，整个校园静悄悄的，校园里的路灯显得格外明亮。宿舍楼熄了灯，住宿生已经睡下了。到了宿舍，我悄悄放下网兜，才发现自己已经浑身湿透。

初中赶夜路的日子，虽然只有短短的几年，但走夜路的恐惧一直刻在我心里，还无数次出现在梦中，变成了一个过不去的坎。

有一次，我在百度上查了一下初中上学的路线。从家里出发，途经山坡湾，麦儿畈，赵家畈，淌子湾村，最后到太平镇。全程约6公里，步行一个多小时。

2015年我开车回了一趟母校，路比以前宽敞多了，开着车一晃而过，全程只需十多分钟。可当时对一个孩子来说，却是一个难逾越的障碍，像一个恐高的人面对悬崖。

我的初中已经改成了一所小学，到处都是新盖的楼房。我们洗脸淘米的小池塘，杨柳依依的小河，都不见踪迹，连当年的班主任也已去世多年。一切的一切，早已改变。

想当年年少气盛、满腔热血，以为可以改变世界，最后发现连自己都改变不了。但正是凭借那股毅力和勇气，才熬过了清贫孤苦的岁月。

回想那段孤勇的日子，甚是感叹。

2023年5月4日

高中时的两个挚友

我这辈子最幸运的事情，就是高中时遇到了两个最好的同学英和芳。

我小时候踢毽子，本来玩得好好的，突然肚子痛了起来，痛得满头大汗。爸爸背起我一路狂奔，到了诊所，往地上一放，我竟好了，又活蹦乱跳了！

这样的事断断续续发生过几回，每次爸爸都被吓得不轻。二姐取笑我装病。

长大后，肚子痛的毛病本来已经好了，没想到高二时又发作了，而且越来越频繁。我最好的朋友英也替我着急，她陪我到医院看过几次，说是阑尾炎。

有一次痛得比较厉害，趁周末英陪我到城关的大医院再检查一次。医生检查下来，还是说阑尾炎。

那段时间，我偶尔肚子痛，一般痛完之后自己又好了。照顾我的都是英，她有时看我脸色不好，晚自习后还特意帮我把被子捂热。

那段时间，除了偶尔生病外，我们还是很快乐的。

课间，我俩经常一起打羽毛球。

有一段时间我的视力下降得很厉害，打了羽毛球之后视力竟然又恢复了。我的视力一直保持1.5，可能和那段时间坚持打羽毛球有关。

还有一次国庆节放假，为了看飞机，我和英一起赶到城关机场。我们虽然走了很远的路，但很开心。

高中生活是清贫的，为了改善伙食，我们有时候到铁路食堂去买点发糕、花卷、包子或馒头。英的姨妈在火车站上班，住在铁路边上。那时候工人的条件比农民好很多，有一次英的姨妈还特意炖了排骨给我们吃。

英的爸妈平时种菜，经常运到街上去卖。有一次英邀请我到她家去玩，我们一起摘了好几筐西红柿，我还第一次吃到了美味的西红柿瘦肉汤。

第二天凌晨，英的爸妈用板车拖着西红柿到街上去卖。上陡坡的时候，我和英使劲帮忙推，费了九牛二虎之力才把板车推上坡，原来卖菜也是很辛苦的。

因为卖菜有一定的收入，所以总体来说英的家庭条件不错。她有很多漂亮的裙子，尤其那套粉色连衣裙特别漂亮。穿着得体，再加上性格温和，英特别讨人喜欢。

再过一年多我们就要参加高考了，大家都在为前途拼搏，学习生活紧张且忙碌。

一天夜里，我突然肚子痛发作了，而且比以前任何一次都厉害。英赶紧叫来班主任刘老师，把我紧急送到医院。情况危急，需要马上手术，刘老师又叫来谌校长签字。

那时没有电话，第二天一早，英匆忙赶到我家报信。等父亲赶到医院的时候，我已经做好了手术，多年的肚子痛问题终于得到解决。

那次要不是英及时把我送到医院并紧急做了手术，我也许就完蛋了。

手术后我休学了，等复学的时候，英已经毕业了。我们的生活从此没有了交集。

再后来我上大学去了，毕业后又到外地工作。生活忙忙碌碌，我们再也没有见过面，但我一直想念她，中途托弟妹们打听，终于要来了英的电话号码。

2015年暑假，我带着先生、儿子和侄儿特意去找她。终于找到了英，我们匆匆见了一面。几十年过去了，英变化不大，得知她已有一儿一女，生活还好，我的心里安慰了很多。因为我一直愧疚我的生病影响了她的学习。

我生病复学后，又遇到了一个终生难忘的好朋友芳。

芳是我的同桌，城里人，非常单纯善良的一个女孩子。我俩关系融洽，非常投缘。

我家的经济条件与芳家相差十万八千里。

当时由于搬迁、父亲不再教学等原因，我家的经济状况一下陷入困境。虽然我多次评上奖学金，依旧杯水车薪。虽然父亲说过砸锅卖铁也要供我读书，但家里的锅，就算砸了也只能卖一次。

马上就要高考了，芳看出了我的困境，对我说："你成绩那么好，好好读，别担心。"

预考后的一个清晨，我正在学校梨园里背书，芳气喘吁吁地跑了过来，手里挥动着一个小本本。为了让我安心高考，芳把她的存折交给我。存折上是她省下来的早点钱。

为了让我省路费，芳还把她的新自行车给我用。高考前，我骑着芳的新自行车，回了一次家。

平时坐火车没有感觉，骑自行车才发现50多公里的路程挺远的。

我不认识路，便沿着铁路骑行。铁轨两边的路面很窄，有不少石子，一路上非常颠簸。

每当火车经过的时候，我胆战心惊，立刻握紧车把，放慢速度。有时火车还会发出刺耳的鸣笛声，让人心惊肉跳。遇到这种情况，我干脆停下来或者推行，等火车通过之后再继续骑行。

中途因为累和怕，满头大汗，我便坐在一个土坡上休息。一望无际的庄稼马上就要成熟了，不远处的池塘上，有一只白鹭停在水草上，像亭亭玉立的少女，伸长脖子眺望着什么。旷野的风吹过来，一阵凉爽。

返回学校的时候，自行车灰头土脸，螺丝也被颠丢了几颗。我想给自行车擦擦灰，再修一修，芳不让，接过自行车，二话没说。

高考前，芳和镇上的另一位女同学，还特意送给我一双红凉鞋。

在芳的帮助和鼓励下，我顺利参加了高考。

大学毕业前，我专门找过一次芳。遗憾的是，她的家已经拆迁了。那时候没有固定电话，更没有手机，加上我的工作地址暂时没有完全确定下来，因此，我们失去了联系。

这么多年我一直惦记着她，一直在打听她的消息。2015年暑假我又回去找了一趟，仍没找到。

我想过通过网络寻找，但芳性格低调，我想以合理的方式找到她。

找到芳，是我接下来人生中的一件大事，我期待见到她，更希望她过得幸福美满。

2023年6月6日修改

乘火车的往事

有一次经过一个隧道，无意中听到了火车一声尖亮的鸣笛和随后沉闷的铁轨声。那熟悉的声音，像一只无形的手，推倒了我心中的多米诺骨牌，一下打开了很多尘封已久的记忆。一种天涯孤旅的悲怆感和漂泊感潮水般涌进心间，倒灌脑海。思绪像平静的水面扔进了一个石块，荡起无穷的涟漪，久久不能平静。

我上了高中之后，主要的交通方式是乘火车。那时候火车速度很慢，我经常一个人来来往往，留下了很多乘火车的记忆。

那时候火车站人员纷杂，拥挤不堪，乞丐、小偷很多。经常有穿着破烂、拄着拐杖、拿着一个旧碗的乞丐，颤颤巍巍地在我面前晃一晃碗，用乞求的语气说："行行好，给点吧。"当时我也是一个穷学生，哪有钱施舍给别人。对眼前的乞丐，我深感无奈。为了避免麻烦和尴尬，往往看到有乞丐走过来时，我就提前避开。

那时候坏人也多。有一次我和虹等三个高中同学一起在信阳乘火车。我们所乘的班次在夜里，还没有到时间。我们便坐在候车室外的台阶上聊天，夜色如水，繁星满天。我们正聊得起劲，突然我的书包被一个人强行拽走了。那人是一个精瘦的少年，跑得却飞快，我们追了一段没有追上。

书包里没有贵重物品，但我的身份证和高考分数条都在里面。丢了这两样东西，后来给我带来了很多麻烦，甚至影响了我的人生选择。

那时候火车不仅慢，而且班次很少。我所坐的那趟火车在深夜，我经常一个人走在通往火车站的街道上，孤独的影子被路灯拉得又细又长。深夜的火车站人员稀少，只有站前卖夜宵的摊位上冒着稀薄的热气。

深夜，我一个人坐在空荡荡的候车室里，候车室的椅子是木头的，我的腿起了一大片疙瘩，仔细一看才发现椅子的缝隙里有虱子。我再也不敢坐下，只好在候车室里来回溜达，开启漫长的等待。

火车终于来了，我赶紧检票进站。站台上空荡荡的，火车停稳后，只有两节车厢的门被打开，乘务员走了下来。

我背着书包向最近的一个车厢入口走去，入口处离我还有好几个车厢的距离。我突然发现旁边有一个男人迅速向我走来，嘴里还不干不净地说着什么，男子空着手，不像是要乘车，更不像好人。

我于是加快速度，跑到车厢入口处，迅速上了车，上车后紧张地对乘务员说："后面那个人像坏人！"车门关了，火车慢慢启动。透过车窗，我发现刚才那个男人并没有上车，继续在站台上溜达。

火车离开，留下空旷昏暗的站台，想想有些后怕。火车加速前行，窗外的北方小站一晃而过，我的心终于安定了下来。

我后来到北方上大学。那时候火车速度很慢，一路上需要十多个小时。车上一般很拥挤，没有买到座位票的话，有时候连站的地方都没有。不过每到一站，总有一些人上下车，一路上车厢里旅客的口音也随着发生变化。下车的人多时，可以幸运地找到座位，还可以欣赏窗外一闪而过的风景，来缓解一路的疲劳。

站台上经常有小商小贩在吆喝，有水果、面包、饮料，甚至花生、荸荠、菱角，等等。谈好价钱后，乘客伸手把钱从窗口递下去，小贩一手接钱一手递上物品。

有一次我坐了很久，人也饿了，突然闻到了一股诱人的香味。对面乘客不慌不忙地打开层层包裹，露出一只金黄诱人的烧鸡。他从容地扯下一条鸡腿，使劲咬了一口，我不由偷偷咽了一下口水。当他拽下第二条鸡腿的时候，我的肚子咕咕叫个不停。为了缓解尴尬，我转过头假装欣赏窗外的风景。

他慢条斯理地吃着，我实在受不了，便装成很困的样子，趴在桌上假睡起来。一直等到他享用完那只香喷喷的烧鸡，香味慢慢散去之后。我才伸伸懒腰，假装睡好了慢慢醒来。

火车上的人来自四面八方，一列火车就是一个小社会。

偶尔也有乞丐，据说扒手也不少，更有明目张胆的骗子。

一次，中途上来一个中年男人，举着个健力宝瓶，边走边激动地大喊："中奖了，中奖了，特等奖，谁要买？便宜卖啊！"一路过去没人搭理。骗技实在太拙劣了。

还有一次，中途有一个年轻人突然倒地，浑身抽搐，口吐白沫……过了一会儿竟自己好了，爬了起来，很不好意思地迅速离开了。那是我第一次目睹癫痫病的发作过程。

骗子不仅存在于火车上，有时还紧盯着上下火车的人。

有一次我假期结束返校，出了火车站，天色微明，我赶往汽车站，准备再换乘汽车回学校。

凌晨的北方古城显得格外静寂，街道上行人稀少，不远处传来清洁工扫地的声音。突然从我身后赶过来一个人，对我说他捡到了一条金项链，可以便宜卖给我。我没搭理他，旁若无人地继续往前走，他一直跟随我到了汽车站，见我不为所动，便讪讪离开了。

那时候火车班次很少，又挤又慢，又脏又乱，却为乞丐、小偷、骗子提供了温床。他们的目标不光是火车站，甚至包括火车站附近的路口。

有一次我从火车上下来，凌晨的站台冷冷清清，只有零星几个刚下车的乘客。我要再走一段路才能到家。

当我走到一个隧道口的时候，突然一群小混混不知道从哪里冒出来的，向我围了过来，其中几个人假装和我搭讪。从他们的口音中，我迅速判断出这些小混混都是附近的人。

我心里有底了,尽量不慌不忙地笑着说:"我是xx村的,xx是我的亲戚,我好像见过你们。"我瞎报了一些厉害人的名字,见我说得有名有姓,语气从容,这帮小混混听完立即客客气气地把我送到了家附近的国道口。

离开国道口,马上就要到家了,我的心终于踏实了。突然一辆长途卡车在我身旁紧急刹车,一个中年男子从车窗伸出头来说:"小姑娘上来啊!"因为快到家我胆子更大了,立刻从路边捡起一个大石头,举在手里恶狠狠地瞪着对方。车上的人一看,吓得赶紧开车溜了。

我仍心有余悸,紧紧抓住手中的石头。到了家门口,我连续拍打着大门,父母听到了我的敲门声,从睡梦中醒来,不停地应着给我开门。听到父母慌乱中打开门闩的声音,我才把手中的石头轻轻地放下。家里灯火温馨,父母满脸惊喜。

当然乘火车也留下了很多有趣和难忘的记忆。

上大学的时候,每到寒暑假,火车站总是人满为患,从车厢的入口很难挤上去,上火车就像打仗似的。于是放假时我们经常组团乘车。我们先进站,在站台上找好位置,把包堆在一起。火车到站停稳后,一个最机灵的男生迅速从窗口爬上去,在上面接应,下面的男生立即齐心协力把女生从窗口一个一个塞上去,然后再把包递上去,下面的男生最后扒着窗口上去。

有一次,女生多男生少,火车一进站,一个瘦弱的男生立刻脸色煞白，双腿发抖。要把那么多女生从窗口塞上去，估计他感觉压力太大。偏偏有一个女生长得很胖，上面的人使劲拽，下面的人使劲推，费了九牛二虎之力才把她塞进火车。因为耽搁了时间，人还没上完，火车就开动了。

还没来得及上车的那个男生无奈地追着火车狂奔，一边狂奔一边喊："我的包哎，我的包哎！"大大小小的包乱七八糟扔了一堆，要把那个男生的包找出来再扔下去已经来不及了。

大学毕业的时候，同学们送我。上了火车，站台上的同学纷纷招手，我挥手告别，从此天各一方，有的再也没有见过。那种依依惜别的场景，至今历历在目。

火车站是一个写满故事的地方，依旧续写着人间的悲欢离合、劳累奔波、踌躇满志、孤独漂泊、壮志未酬、离情别绪……

2023年5月13日修改

梦回河大

1990年9月的一天，我提着一只空荡荡的皮箱，孤身一人站在河大校门前。古朴庄重的校门气势恢宏，让人肃然起敬，门楼上"河南大学"几个字底蕴十足。

进了校门便是宽阔笔直的大道，大道两旁茂盛整齐的红叶李像迎宾的队伍矗立两旁。沿着宽阔的大道继续往前走，一座雄伟的大礼堂映入眼帘。大礼堂前的广场上熙熙攘攘，有的人在驻足观赏，还有很多人在合影留念。

在学长的引领下，我一直走到大礼堂后面一栋朴素的楼前，那就是我们的宿舍楼——学五公寓。就这样，来自四面八方、性格迥异的六个女孩共住一室，开启了未来四年的大学生活。

走进食堂，面食的种类令人目不暇接，多得让人眼花缭乱。虽说食堂以面食为主，但仍有一个窗口常年提供米饭。虽然数量不多，但还是细心地考虑到了南方同学的饮食习惯。

教室在不远处的教学楼里，很多课程是在实验室上的。上人体解剖课时，掀开尸体上白布的一刹那，女生们吓得不由自主后退的情景多年后我仍记忆犹新。我们还解剖过绦虫、蛔虫等，我天生害怕软软的动物，加上福尔马林的刺激，当时胃里一阵翻腾，几天都没有胃口。为了写毕业论文，待得最多的地方是微生物实验室。

自习有两个好去处，阶梯教室和图书馆阅览室。这两个地方十分安静，几乎没人讲话，但往往人满为患，去晚了一般没座位，只能背着书包一个教学楼一个教学楼地去找。所以一般情况下我和郭玉萍商量好，一个人去打热水，一个人去占座位。找到后放上书包、一本书或者一瓶矿泉水就表示有人了。

我课余待得最多的地方是图书馆。我通常周末找一个临窗的位置坐下，看书累了，便站起来欣赏一下窗外的风景，或对着温暖的阳光伸个懒腰，真是莫大的享受！

打开水要到开水房，开水房有固定的开放时间，晚饭后排队打开水成为校园一景。因为人来人往，所以开水房也是学校信息交流的窗口，开水房的墙壁上经常贴有各种海报，信息众多，五花八门。

我就是从海报中获得了很多的信息，由此参加了许多活动。

其一参加了学校的书评学社，并且坚持了三年。

其二听了一些讲座，例如插花讲座。

其三参加了一期交谊舞培训。交谊舞培训班是一位学长办的，异常火爆，办了很多期。我参加时好像已是二十几期，收费合理。

其四沾中文系的光，在科技馆二楼录像厅蹭看了很多名著电影，如《飘》《围城》等。

其五到大礼堂看了好几场电影，例如《红高粱》《菊豆》《大红灯笼高高挂》《秋菊打官司》，等等。

其六听了一些演讲，例如彭一清教授的演讲，他好像还被河大聘请为名誉教授。

我自己也有幸登上过一次大礼堂的舞台，那是纪念一二·九运动五十五周年进行的全校合唱比赛。第一次化妆、第一次站在聚光灯下，大家都紧张、兴奋，卖力地演唱，有的甚至跑调了也浑然不知。在大礼堂我们还观看过一次校园歌曲大奖赛，集体为参赛的尹君同学加油。

除此之外，我们班也组织了几次像模像样的集体活动，像秋游、野炊、元旦晚会，等等。

印象深刻的是诗歌朗诵。梁燕朗诵的《致橡树》引人入胜，我也朗诵了余光中的《乡愁》。虽然我多次预演、感情也算到位，但由于普通话不够好，同梁燕相比相形见绌。尽管这样，我还是从此喜欢上了朗诵。

还有一次举办迎春晚会，每个宿舍表演一个节目，我们宿舍表演的是《109晨曲》。这是我第一次绞尽脑汁写的剧本，相当于哑剧，反映宿舍晨起时大家的焦急和慌乱。表演后我向同学们了解情况，张令要一脸懵懂地说："没看懂。"

节假日还有不少休闲娱乐的好去处。

一个是东操场的网球场，我和牛会巧经常在曙光初照的球场上挥动球拍，直到精疲力竭。西操场很大，是饭后散步的好去处。学了交谊舞之后，周末还可以到东灯光球场跳舞。在风和日丽的假日，我还和一帮同学游览过学校东面荒草丛生的城墙，学校北面的铁塔公园，还有龙亭、包公祠、相国寺，等等。

当然还有夜市，夜市小吃琳琅满目，价廉物美。例如晶莹剔透的冰糖梨、美味的杏仁茶、肉夹馍、凉皮，等等。天下第一楼的包子很贵，小姨请我吃过一次，里面的灌汤包堪称一绝。

熄灯之后，整个校园恢复了宁静。

大家通常拉好床围，点上蜡烛或看书或编织或听收音机。我编织的第一件，也是唯一的一件作品是一条长围巾。

有时吹灭蜡烛，打开收音机听小说。《白鹿原》《穆斯林的葬礼》《平凡的世界》都是那时听过的经典。

当然有时也卧谈，有一次不知道怎么来了兴致，集体侃大山到很晚。半夜听到打开饭盒的声音。

"谁？"有人问了一句。

"饿了，吃点馒头。"打开饭盆的人应道。

"我也要吃。"其他几个人几乎同时醒来。

于是，一个小小的馒头硬是被掰成了六份，在年轻肠胃的消化下，竟是十分美味。

说到美味，最应感谢的是梁燕。她离家近，可以经常回家，每次回来都是大包小包的，不知道让我们打了多少次牙祭，共享过多少美味。在那个经济拮据、物资贫乏的年代，她把我们宿舍的生活水平和幸福指数直接提高了不少。在我心中，我始终坚定认为梁燕是一个德才貌俱佳的女子。

时间过得飞快，飘逸的长发剪成了齐耳的短发，又长成了中发，转眼大三了。激动和向往了三年的连云港野外实习终于到来。

半个月内我们踏遍了连云港的山山水水，也认识了许多植物。

记得每次尚老师停下来讲解时，大家便蜂拥而上，将尚老师围得水泄不通。小组里负责记录的同学赶紧写下标签，负责采集标本的同学立即剪下一根合适的枝条。

有人指了指"王保长"，他一个人背着小组里六个水壶，全身披挂、任劳任怨的无私形象却又令人忍俊不禁。

归来已是黄昏。晚饭后一般要整理标本，换吸水纸，有时忙到深夜，虽困顿不堪，但第二天又都满血复活，上山下海，精神抖擞。

半个月下来，人瘦了黑了，但充实和快乐！

大四和几个同学到开封市回民中学实习，真正走到孩子们中间，尝试当"孩子王"的职业生涯。

我在回民中学实习时，听说北京朝阳区教委到我校招聘教师。我抱着一摞作业本就去凑热闹。记得当时我穿着宽大的、土里土气的红棉袄，学生头，齐耳短发……估计是一个无知无畏、初生牛犊不怕虎、傻里傻气的形象。没想到两所中学的校长都拍板要我，当场让我签合同。其中姜宝忠校长拍着桌子说：你很有教师样！

很遗憾，我后来违约没去北京。家人反对的理由是：北京太远，宁向南千里，不向北一步。另一方面，我没有男朋友，一个人去那么远，家人不放心。还有一个重要原因：表哥曾在北京当兵，快结婚时却意外去世。北京是母亲的伤心之地。我的违约，很对不起慧眼识珠的姜校长。

转眼分别在即，我在留言册上写道："请留下你的尊名，请留下你的佳影，我将把它当成珍贵的财富带向我的人生。"踏上火车，向站台上的同学们挥手告别时，一丝惆怅涌上心头。再见了河大，再见了开封，再见了同学们！

拮据、平淡的大学生活结束了，我将走向社会，自力更生。

回首四年大学生活，不免遗憾：四年中没有把字练好，没有把普通话学好，没有把英语口语练好，没有直接考研，甚至没有好好谈一次恋爱，尤其没有把握好参军的机会。

但河大四年让我培养了一些爱好，养成了一些习惯。例如我喜欢上朗诵，喜欢上插花，喜欢上花花草草，喜欢上多种球类活动，尤其养成了以书为友、以文为伴的习惯。虽然大学时舞场简陋，舞步笨拙，但没有任何音乐细胞的我从此对节奏有了感觉。

简简单单的一枝一叶一花都能变成一幅插花作品，给平淡的生活增添了许多亮色。郊游时看到新奇的植物，总忍不住细细观赏、琢磨一番，还对大学校园、对图书馆、对书籍有一种由衷的亲切和喜爱，并从中吸取营养，即使面对生活和工作中的困难和挫折也能从容不迫，面对得失宠辱不惊。

此时才发现，河大低调厚重的文化氛围熏陶了我，在我的心里埋下了种子，在我的血液里贮存了养分，并生根发芽，让我受益终身。

河大啊，离开了你，我才真正懂你！

河大的一草一木、一砖一瓦渐渐模糊，但经历过的人和事却更加清晰。

记得有一次实验课结束后，一向温文尔雅的尚老师看到一片狼藉的实验桌发火了。后来我带学生做实验时，经常想起这一幕，从而更深刻理解了严谨认真的可贵，也自觉养成了一丝不苟的教学习惯。

毕业前试讲，系里很多教师坐镇打分，卢书香老师对我进行点评时说了一句"很有教师样"，那句话差点让我热泪盈眶，那是我默默无闻大学生活中得到的最高褒奖。

那时候，我的普通话水平几乎是我们班里最糟糕的（自豪地说，现在已经今非昔比了，普通话测试我考了90分以上）。真不知道我哪点打动了卢书记，让她撇开我的塑料普通话和平凡的外貌，硬是发现了我做教师的潜质。

也就是那句话，激励我义无反顾地投入到教学工作中，在教学中不断提高和完善自己，并且充满职业的自豪和自信！

大学四年也让我收获了珍贵的友谊。

一个雪后初霁的正午，我和崔香环站在十号楼楼顶相谈甚欢。俯瞰整个校园，突然发现白雪衬托下的河大美得令人心醉。我也曾和徐展在大礼堂的草坪上晒过冬日的暖阳，她送给我的厚棉袜让我在北方的冬天里再也没有冻过脚。我还和石华在校园中挖过荠菜，并偷偷用电炉炖过荠菜排骨汤，那是我吃过的最难忘的美味。更可贵的是，石华还把她漂亮的衣服借给我，让我在河大留下了许多靓照。

课余我经常和牛会巧逛到南门，吃上一份凉皮，然后踱步到西门书摊看会书，饿了再回到南门分个肉夹馍。

还有普通话测试之前，梁燕等很多同学积极热情地帮我矫正方言口音……

今天，大家各奔东西，甚至有的远在海外。同学们虽然平时联系不多，但有事能互帮互助，并建立了兄弟姐妹般的亲情。

大学四年有两件事非常难忘。93年9月23日，凌晨2点27分34秒申奥结果公布的那一刻，整个校园几乎沸腾，我在一片巨大的呼声中惊醒。中国在三轮领先的情况下，却在第四轮以两票之差输给悉尼，2000年申奥失败，百年奥运梦破灭。还有河大和郑大申请重点院校的竞争，河大主要因地理位置的劣势而败北，校园再次沸腾。从这两件事可以看出何大学子深深的家国情怀和爱校之情。河大啊，原来你给了我那么多！

"因为梦见你离开，我从哭泣中醒来，看夜风吹过窗台，你能否感受我的爱。"歌声从江南烟雨中轻轻飘来。

2017年9月27日

暴雨与考试

昨晚睡前，窗外雨哗啦啦下着。早上眼睛一睁，雨还在哗啦啦地下。难道下了整整一夜？这还了得？我趴在窗台上一看，到处湿漉漉、水汪汪的，水中一片片倒影。

从家到车库短短的距离就有几处积水。我只好提起裙子，踮起脚尖冲过去。

从家到学校一路很堵，只好走走停停。从积水中快速开过去时，水流冲刷着车底，溅起两排浪花。雨水不停泼在前窗上，像覆盖了一层厚厚的水帘。

京杭大运河的水，满满当当，感觉快要溢出来似的，水面甚至比某些地面还要高。运河边，几台工程车在紧急抽水排涝。

好不容易到了学校，地下车库被淹，只好倒车回来停在地面上。校园里到处水淋淋的，树叶一尘不染，干净得发亮。

明天就要高考了，刷爆朋友圈的，除了暴雨就是高考。由于特殊原因，高考日期自2003年来第一次延迟到7月。

虽然每年都有毕业生离开，但今天看到高三学生离开的情景，还是不由感慨。尤其看到老师们挂起意味着"高中"

的粽子、精心准备的纪念品、亲手制作的蛋糕，等等。依然被深深打动。

学生一届一届地离开，比翻书还快。他们意气风发地走向自己的人生，"从此学校叫母校"。

老师们只能站在原处挥手相送，像个参照物。复制粘贴般的日子，就这样悄悄流逝，不觉青丝变白发。

考试常常和个人、家庭的命运息息相关。经历过的人，估计都终生难忘。我这一辈子一直和考试打交道，不是自己考试，就是经历儿子和学生们考试。其中有几次重要的考试都和暴雨有关，印象特别深刻。

一

我小升初那年，独自步行到很远的镇上参加考试。答完题，我简单检查了一下，便没心没肺地提前交卷了，然后开开心心地回家。

途中走到麦儿贩附近，突然狂风大作，乌云密布，比《西游记》中的妖怪出场还瘆人。很快下起瓢泼大雨，我只好冲进一户人家的大门楼下躲雨。主人认出我是武老师的女儿，热情地邀请我到里屋躲雨。我谢绝了。

暴雨如注，雷电交加，很快水柱瀑布般沿屋顶的瓦沟冲了下来。

雨很快停了。我脱下鞋子，拎在手里，一路小跑。光脚踩在蓄满水分的草地上，奔跑中带起一片水珠。草丛中长满了黑黑的地衣，被雨水浸泡后异常饱满，像盛开的花朵。

雨后的庄稼绿得发亮，空气十分清新。经过一个小河沟时，我发现一群鲫鱼正在"上水"。我赶紧扔下鞋子去抓，手忙脚乱中一条都没抓住。最后我拎起鞋子，爬上土坡，回头正好看到天边一道美丽的彩虹，美得惊心动魄。

回到家，没有人问我考得怎么样，我自己也把考试的事忘到九霄云外去了。母亲看我在家晃来晃去，无所事事，感觉很不习惯，偶尔会问一句："你怎么不去上学？"

发榜那天才知道，我运气不错，以优异的成绩考上了镇里唯一的初中。从此，我就像刹不住的火车，在求学之路上向前奔驰。

二

儿子中考那年也赶上下大雨。当时我正做班主任，平时对儿子疏于管理。所以临近考试，我比自己考试还要紧张。

我请不了假，便让先生请了两天的假。

考前那天晚上，为了让儿子放松一下，我提议打一会儿扑克，可每次都是先生赢牌，先生扬扬得意，儿子垂头丧气。我只好从桌子底下狠狠踢了先生几脚，他才明白过来。儿子抓住机会终于赢了一回。

不久先生又认真起来，儿子输了后，先生非要罚儿子贴纸条或者顶塑料袋，被我用眼神制止了。在我们的配合下，儿子最后又赢了。我及时建议休息，儿子便开开心心睡觉去了。

雨整夜下个不停，滴滴答答砸在栏杆上，我几乎彻夜辗转难眠。我4点左右起了床，剥了新鲜的虾仁，细细地切了芹菜，包好了饺子。

天亮后雨下得更大。

后来才知道，进入考场的巷道积了很深的水，有人搭了木板，木板上仍有一尺多深的积水。儿子不肯穿雨靴，也不肯让他爸背过去，自己蹚水进入考场。儿子竟穿着湿漉漉的鞋子和衣服参加了中考，考完还把一件新外套弄丢了。

不过，儿子最后考上了心仪的一中。

雨还在哗啦啦地下，再大的风雨也冲刷不掉往事留下的印痕。

2020年7月6日夜

漫漫求学路

20世纪七十年代一个秋天的早上，我正准备和往常一样，吃完早饭后高高兴兴地去上学，无意间发现爸妈在客厅商量着什么事情，很严肃的样子。我仔细一听，原来是在讨论留谁在家带弟弟。

当时弟弟一岁左右，小妹才四岁，我八岁左右，二姐十岁左右，大姐约十四岁。爸爸要教书，妈妈要干农活。大姐已务农，帮父母挣工分养家。小妹又太小。带弟弟的人选，只能在我和二姐之间进行选择。

当时我正值贪玩的年龄，要我辍学在家带胖乎乎的弟弟，我绝对不愿意。于是我悄悄溜进厨房盛了米饭，不敢到客厅去吃菜，简单扒了几口饭，便沿墙根溜出大门，然后飞也似的跑到学校。

学校空荡荡的，我感到无聊极了，便玩起了双杠，一不小心我从双杠上摔了下来，肚子着地发出"咕"的一声，像青蛙的肚皮被重重撞在地上。我咬牙爬了起来，过了好大一会儿才缓过劲来。真是乐极生悲！

最终结果当然是二姐辍学照顾弟弟。一直到弟弟三岁左右二姐才复学。二姐复学时比同班同学大很多，已经学过的知识也基本上忘光了，自然跟不上。成绩不好还当孩子王，于是老师总是拿她和我比较，经常讽刺她。二姐没有化悲愤为力量，而是更加无心读书，小学一毕业便早早辍学了。而我早已一路顺风上初中去了。

父亲曾写过一封信，嘱托我交给初中的校长，希望校长能批准二姐进入初中就读。然而，事情并未如愿。从此，二姐心中埋下了对我怨恨的种子。遗憾的是，这个心结，直至今日都未能完全解开。

我考上的初中是镇里唯一的重点中学，能考上的人凤毛麟角。据说还是全镇第七名。

对于我考上初中这件事，妈妈没有露出任何喜悦之情。但开学时还是帮我收拾好东西：一张板床，几件旧衣服，两床旧被子。

五更天，爸爸喊我起床送我上学。爸爸在前面挑着担子，我在后面打着手电筒。为了赶时间，十几里路爸爸都没有歇一下，还一路不停谆谆教导我。到了学校天刚蒙蒙亮，爸爸将我安顿好后，匆匆赶回去上课了。

初中住校，每月三元伙食费（蒸饭的钱）。一周回家两次，每次回家带走一洗衣粉袋大米，一罐头瓶咸菜。

我经常一个人往返在乡间小路上，路过一些村庄时，经常听到树荫下一群纳凉的乡亲好奇地议论："那孩子是谁呀？"

"武老师的三闺女。"

"女孩子读那么多书干啥，迟早还不是嫁人？"……

走远了，我还能隐隐听到议论声。

一次回家拿伙食费，家里没钱，我只好空手返回学校。

刚走到一个小河沟，隐隐听到喊声，我没在意，继续赶路，上坡时喊声更响。我回头一看，远远看到一个人影向我跑来，仔细一看是爸爸，他边跑边喊。原来我走后，爸爸便四处借钱，借到钱后立即一路气喘吁吁追了过来。

初中毕业的暑假，中考的消息还没有出来。

一天，爸爸下班回家，拿给我一张试卷，原来第二天招聘小学老师。

母亲希望我早点就业，缓解家里的经济压力。那时候，作为一个农村女孩，上完初中已经很不错了，而且上了高中也不一定能考上大学。但我想上高中考大学，父亲说："只要你读得进，家里砸锅卖铁也供你读。"就这样在多数服从少数的情况下，我上了高中。

开学时妈妈还是给我做了件新棉袄。爸爸依然起了个大早，把我送到更远的高中，离开时依然千叮咛万嘱咐。

上高中后一月回家一次。我越走越远，父母越来越老。

高考后我幸运地考上大学。考虑到家庭困难，我选择了有补贴的师范院校。妈妈也终于松了一口气！

大学更远了，因涉及一笔路费，这次爸爸没有送我。

我拎着一只空荡荡的皮箱，站在异乡古城庄严的校门前百感交集。四年平淡和清贫的日子里，我成长了许多，也盼望着有一天能自食其力，减轻家庭负担。于是放弃考研，直接就业。最后辗转来到南方某城教书。

工作多年，经济好转，想继续求学的念头像野草一样在我的内心疯狂滋长。

于是在儿子五岁那年我选择了考研，当时我还担任高三班主任。身为班主任，对那五十二个即将进入高考考场的学生放心不下；作为母亲，对年幼的儿子有着义不容辞的责任和义务；还有对年迈父母的牵挂……

我奔波于学校和家庭之间，生活过得忙碌而充实。多少个华灯闪烁的寂静夜晚，我放下手中沉重的教科书和繁杂的家务，开始思考我的论文，在儿子均匀的呼吸声中，挑战着寂寞和疲惫。

读研期间很多人给予了我帮助和支持。在我学习的暑期，姊妹们毅然帮我带儿子，用朴实的行动支持我。在我修改论文的关键时期，我经常把自己关在一个空教室里废寝忘食地工作。蒋老师经常掀开窗帘的一角，默默递给我一瓶水和一个面包。为了支持妈妈，儿子小小年纪就学会了独立和坚强，八岁时就一个人乘车上学。

年近不惑之时我终于获得硕士学位，实现了年少时未尽的梦想。

现在，最爱我、支持我和懂我的老爸去世了，我最心爱的儿子也迈入了大学校门，他的人生有了更好的未来，更多的选择，能在更少的顾虑和羁绊下，去选择更好的生活！

我的上学之路早已走完，但学习之路永无尽头。

2018年9月27日

吃百家饭的日子

刚工作的时候，因为编制问题，工资被拖欠，生活十分拮据。好在我没有什么大的消费，日子简简单单，仅靠课时费和监考费，倒也勉强过得去。

为了解决教师住房问题，学校新盖了一幢大楼。论资排辈，只有资深的老教师才有资格入住新楼。他们原来的平房腾出来分给年轻教师。分到我们新入职的教师头上，只剩两套平房。由于女少男多，于是我一个人住一套，他们几个男生共住一套。

房子前面有一个花坛，常年开满鲜艳的月季，旁边还有一块菜地。房子虽然破旧，但被我收拾得干净整洁。

我那一排的平房共有四户人家。除我之外，另外三个同事都已结婚成家。

嫂嫂们见我年龄小，不会做饭，工资又被拖欠，都特别照顾我。所以不管谁家的饭做好了，嫂嫂们都会在家门口大声喊："武冰，饭好了，吃饭啰。"

其实大家都不容易，都要养家糊口，老师的工资又不高。我不好意思总到他们家去吃饭，更不想打扰他们。

有一次又到了饭点，我不想给嫂嫂们添麻烦，便躲在屋里看书。李国胜老师家的嫂子在门前大喊："武冰，吃饭。"我听到了，但不好意思去吃，便躲在屋里一声不吭。结果嫂嫂走到我的窗前，大声说："吃饭，我看见你了，快吃饭，谝能。"原来我的窗帘没有拉严，嫂嫂透过窗帘缝隙看见了正在看书的我。

在那一段最困苦的日子里，我东一家西一家地吃着百家饭。

晚饭后，嫂嫂们担心我一个人孤独无聊，经常喊我过去看电视。记得当时看的是连续剧《年轮》。

有一次下雨了，我从教室匆忙赶回宿舍的时候，发现我的衣服已经被嫂嫂们收好了。

一年后我要调走了，先生回来办理我的调动手续。我想请嫂嫂们几家聚聚，一方面告别，另一方面表示感谢。

说是请客，其实我一无所有，别说碗筷，连桌椅都没有。我也不会做饭，嫂嫂们让我上课去，不用操心，她们来做。

那天先生买好了菜。嫂嫂们把自己家的锅碗瓢盆、桌椅板凳甚至调料都拿了过来。她们自己动手，在我的小厨房里忙活了一上午。等我中午下班的时候，嫂嫂们已经做好了满满一桌子的菜。大家热热闹闹，无拘无束。

虽然都是些普普通通的饭菜，但大人孩子都很开心，我简陋的小屋热气腾腾，充满欢声笑语。

饭后，嫂嫂们麻利地洗好碗筷，打扫好卫生，收拾好桌椅板凳、锅碗瓢盆，最后离开时顺便把自己带来的东西带回去，没有让我操一点心。这哪是我请客，倒像是嫂嫂们在请客。

后来我调走了，我的门前长满了爬山虎。虽然走了，但我经常想念他们。

后来我回去了一趟，我想看望当年的嫂嫂们。可一切物是人非，当年的平房早已拆迁，很多老师也调走了，我只碰到了李国胜老师一家。

看到李国胜老师一家，我们都非常开心。我对李国胜老师的爱人说："嫂嫂，我还记得你给我做的饭呢。"嫂嫂一下热泪盈眶，说："当时条件不好，那算什么饭呀？"

正是嫂嫂们的那些粗茶淡饭，让我在最困顿的时候，感受到了极大的温暖，至今想起来依然热泪盈眶。

2023年6月6日修改

一位中年女教师的一天

7：00—7：30	看早自习维持纪律、检查卫生、统计迟到、作业情况等等
10：15—10：55	上午第4节，高一（3）班
11：50	吃午饭
12：20—13：30	看班，12：50学生开始午休
13：30—14：10	下午第1节，高一（13）班
14：20—14：25	①看眼保健操 ②从C楼回到D楼，拿好班主任资料和高一（4）班教学资料 ③到教务处打印一份期中分析，准备班会课用
14：25—15：05	下午第2节，高一（4）班
15：05—15：30	看课间操 体育老师打来电话，说梁某某课上脚崴了，急忙电话告知家长
15：30—16：10	下午第3节，高一（3）班会课
16：20—17：30	下午第4节，高二（12）辅导课 回办公室，梁某某的爷爷和爸爸早已等在那里
17：30—18：00	①到教室检查 发现梁某某的脚已肿得很厉害，安排学生给他买饭 ②有两名学生（一男一女）滞留，婉转劝回家
18：30	到家 ①车库停车（看车库的老头、老太已经吃好了饭，在搓麻将） ②儿子自己坐车回家了，饿坏了，正在削苹果吃

18：30—19：30	洗菜、做饭、吃饭 （上次儿子说菜有沙子，这次洗得很仔细）
19：40—20：50	①给儿子准备 6 大件（红领巾、水杯、手机、饭盒、眼镜、钥匙） ②开好电热毯 ③对照家校通逐项检查签字 （发现儿子又有作业忘了带回家，磨磨唧唧后完成） ④儿子突然发现学校发的体温表丢了，于是在那画表格 （眼看快9点了，我火急火燎、软硬兼施、边吼边劝"动作快点，睡晚了，明天早上又起不来"）
20：50—21：00	体温表画完，给儿子洗澡
21：00	儿子睡下（儿子要求讲故事，我直接残忍拒绝） 儿子睡着后，先生准时下班到家

（无意中看到以前的记录，为自己骄傲一小时，心疼两小时。这只是我早期生活中极普通的一天。）

2009 年 12 月 7 日

苔花如米小，也学牡丹开

雨下得很大，因为忘了带伞，我在校门口下车后，便以最快的速度向教学楼冲去。突然有人向我跑了过来，一把伞在我头上高高举起。"老师，您淋雨了！"我回头一看是一个学生。

早自习的铃声已经响了，班主任陆陆续续走向教室。我对他说："你快走吧！你先走，别迟到了……"我坚持让他先走，他却坚持把我送到教学楼下。

该生是一个非常特殊的孩子，在很多老师和同学眼里，他是一个"差生""问题学生"……他甚至被当成"怪人""神经病"。比如上课不专心听讲，作业不认真完成，却总是问一些稀奇古怪的问题，钻研一些艰深的难题，还研究什么思维导图……而且他还喜欢看些"乱七八糟"理论高深的书。

他曾经向我推荐过一本书，还经常追着问我："老师，那本书你看完了吗？"我经常借口忙，其实是懒，没有去看，让他很是失望。

当然我也不认同他的很多做法：比如上课不专心听讲，下课老提些奇怪的问题；作业不好好完成，却钻研一些无关的题目；不好好看书，却一心去研究什么思维导图……我多次耐心和他谈话，鼓励他，陈述利弊，告诫他注意轻重缓急，当然也尽量耐着性子听他讲那些奇怪的想法……

或许是因为我向他展现出了足够的尊重，同时也不乏耐心，他便因此视我为一位好老师。对于这种长期受到冷落的孩子而言，我们的耐心和平等对待无疑是对他最大的支持与鼓励。

后来，我了解到这位学生的家庭背景——他的父母离异，家庭经济状况非常拮据。得知这些情况后，我内心感到十分难过，因此在与他相处时，我竭尽所能地表现出更多的耐心和友善。他似乎也感受到了我的关怀，很愿意与我分享他那些奇思妙想。

正因如此，尽管那天他已经迟到了，却仍然毫不犹豫地为我撑伞。他的举动如此真诚而自然，深深地打动了我。

在多年的教学生涯中，我深刻领悟到一个道理：那些看似"弱小"的孩子，往往内心更为纯净、敏感且充满善意，他们对肯定和关怀的渴望超乎想象。正如那句话所说，"一个始终不被善待的人，最能识别善良，也最懂得珍视善良。"

令人敬佩的是，尽管他长期遭受冷遇和漠视，却仍然保持着那份难能可贵的单纯和善良。望着他匆匆离去的背影，我的脑海中浮现出一句诗："苔花如米小，也学牡丹开"。他的坚韧和善良，正如那不起眼的苔花，虽然小却同样能绽放出生命的美丽。

　　我衷心希望我们每一位教师，都能以最大的善意去接纳和帮助每一个所谓的"问题"学生。因为在很多时候，我们以为是我们在帮助学生，殊不知，其实是这些纯真的孩子们在救赎我们的心灵。他们的善良和纯净，让我们重新审视教育的意义，找回那份初心和热爱。

2016 年 10 月 28 日

一场误会

　　暑假期间，我正在上海攻读教育硕士学位，突然接到同事的电话："你接下来的班级相当有挑战性，得做好心理准备啊！"我了解到，在分班的时候，学校把一个特殊的班级交给了我，这个班级几乎聚集了全年级最难应对的学生。那时我年轻气盛，毫不畏惧，毅然决然地接受了这个挑战。经过一年多的不懈努力，我凭借着坚韧不拔的毅力，成功地将这个充满挑战的班级稳定地带入了高三阶段。

　　离高考只有104天了，升旗仪式上，一位高三学子发表了热情洋溢的百日誓言。"只有100多天，这次我班没有考好，接下来该怎么办呢？"我走在队伍中，苦苦思索着对策。我扫视了一下队伍，期待能从中再发现几棵有希望的苗子。

　　几天前，我根据学生的学习状况和潜力，将他们分为第一梯队、准苗子和潜力股等几个层次，并分期分批地与他们进行了谈话。这些谈话后，我高兴地看到，大部分同学都能够迅速调整自己的学习状态，他们的学习积极性也有了显著的提升。

　　我其实最头疼的是几个消极的学生。任课老师告状不断，我也很恼火。这几个人以前都受过处分，是德育处的常客。前班主任、任课老师、德育处包括家长都无可奈何。后来家长索性不管了（其实是管不了），也不配合。这几个人像炸弹一样随时可能引爆。他们自己不学习也就算了，还可能影响到整个班级。"我得把他们的不良影响控制在最小范围内，确保整个班级积极向上的氛围……"正想着，早操解散了。

解散时，我正好看到了ZB，班上的问题学生之一。我想起早读时，直到英语老师进教室，他还没有到校，便问了一句："ZB，你几点到的？""我没迟到！"对方气呼呼地说，还轻声补了一句："干吗老盯着我看，神经病！"说完嘴里还在嘀咕着什么，看脸色和口型绝不是什么好话。态度之蛮横，大大出乎我的意料。散场时人很多，虽然他的声音不大，但肯定不少同学都听见了，我非常生气。

回到办公室，我越想越气，给ZB家长打了好几个电话，都没有人接，便到教室叫ZB出来，他竟气愤地说："我不高兴！"说完还拍了一下桌子。为了不影响下面上课，我训了他一句，生气地回到办公室。

家长的电话还是打不通，我只好到德育处。德育处老师也十分了解该生。德育处的主要意见是：要安定，要安顿，别出事，尤其是一些家里也管不了的孩子，多做思想工作，防止逃学、跳楼、自杀、他杀等恶性事件发生。总之，万不得已才会对其处分或开除。

　　我本希望德育处的老师能协助处理，最好给个处分，杀一儆百，结果却没有讨到好主意。我心里闷闷不乐，胃又痛了起来，于是吃了一粒胃药，便到休息室躺下。我又想到儿子发了一个星期的烧，现在在学校，不知道情况怎样……我躺在那儿睡不着，胃痛也没有减轻。

　　快吃饭了，我只好强行起来，吃饭、看班、布置周一大扫除、看中午的午休、发放试卷……"最近有很多同学进步很大，还有100多天，坚持下去，还会有进步的啊……"我一边巡视一边打鸡血。

　　我顺便安排几个大个子男生搬水。我装成无意间走到ZB面前，轻轻敲了敲他的桌子，示意他出来一下，然后在教室外走廊上耐心等他出来。没想到他态度来了个180度的大转弯，语气急促、神情慌张地说："早上我错了！""我说ZB，给了你多少次机会，你仍然不改正，为什么老是迟到？不交作业，上课说话，考试还不交卷子，不管……"说着说着我停住了，因为我发现ZB的鞋子很不对劲，两只运动鞋，一黑一白一新一旧。"这是怎么回事？"我指着他的鞋问。"唉，不说了！"ZB憋得满脸通红，惶恐不安。原来他早上起床晚了，慌乱中穿错了鞋子。

　　可以想象他穿着如此滑稽的鞋子出操，行走在同学中，该有多窘迫啊！他肯定特别害怕别人注意他，害怕别人发现了异样。我不知情，还追着批评、教育他，怪不得他强烈反抗……想到这里，我忍住了笑。

走廊上人来人往，看到他局促不安的神情，我让他赶紧回教室。我建议他悄悄向住宿生借一双鞋子，他怕大家知道，坚决不借。我又给ZB家长打了几个电话，仍然没有人接，便打消了让家长送鞋子的念头。放学后，我让ZB最后悄悄离校。

后来想想，幸好没有把他送到德育处，幸好自己先把火气压下去了，幸好了解到实际情况，幸好没有让家长来校，幸好一场误会被及时消除……如果盲目处理，结果肯定不好，谁知道会发生什么呢？

当班主任，要冷静，冷静，再冷静，只有班主任先冷静下来，学生才会不冲动。多少教学事故不就是在冲动中发生的吗？这样想，德育处的老师也许是对的。

2009年2月23日

闯进课堂的小动物，
给我上了难忘的一课

我正在上课，不知道什么时候飞进来一只马蜂，很可能是被学生们校服的颜色吸引进来的（学生们校服为黄色，被戏称为小蜜蜂）。马蜂在教室里盘旋了几圈，有人试图拿书拍打，被我制止。如果马蜂认为受到威胁，就会释放外激素，其他马蜂就会蜂拥而至前来救援。"十只马蜂蜇死一头牛！"

我希望能够人蜂和平共处，最好马蜂逛累了，自己飞出去。可马蜂在教室逛了好几圈，没有要走的意思，最后竟飞上讲台，在我的头上盘旋起来。糟了，当天我也正好穿着鲜艳的黄色上衣。马蜂似乎把我当成了向日葵，目标坚定地绕着我转圈。我开始手心冒汗，但强装镇定继续上课。

讲完两道题，马蜂还在绕着我飞，几度碰到我的头发，估计闻到了洗发水的香味。马蜂估计感觉不对，没有落下来，继续盘旋，寻找落脚点。前排有个学生试图拿书去打，被我用眼神制止了。

其间，马蜂有一次差点降落到我的脸上，幸好犹豫一下放弃了。我的声音开始有些发抖，但不好意思让学生们看出我的恐惧，继续假装若无其事地上课。教室里有些骚动，有人轻声议论，有人偷笑。

"怎么办？怎么办？可别蜇着我的脸啊！我万万不能逃出教室，再说万一蜇到学生也不行啊！"我大脑中飞速想起邱少云、黄继光、董存瑞等英雄。一边给自己打气，一边飞快想办法，还一边开小差：万一我被蜇伤或蜇死，算工伤吗？是不是也成了英雄？

急中生智，我竟有了主意。我让学生们立即把灯关上，把门窗统统打开。教室里一下暗了下来，马蜂很快从窗户飞了出去。我让学生们赶紧关好门窗，开灯继续上课。

一切回归平静，完美！

看到学生们一个个佩服的眼神，我得意地现学现卖："知道我刚才用了什么原理吗？"学生们一脸懵懂，物理、化学、数学……各种公式、定理、公理想了一遍，也乱回答了一通。"趋光性啊！……"我气定神闲地进行了专业解答。

后来才知道教室外面高大的雪松上，有一个很大的马蜂窝，幸好当时没有让学生们拿书乱打，否则，后果可能不堪设想！于是，我又佩服了自己一把，差点为自己倾倒！

这件小事为什么让我这么扬扬得意、无比自豪呢？因为我曾经发生过很糗很糗的事。今天自豪的程度和当年糗的程度是成正比的。

我从小就对某些小动物有一种天生的恐惧，比如说蝎子、蜈蚣、蛇，等等。蝎子翘起尾部像个高举大刀的猛士，感觉它随时都可能发起进攻。蜈蚣那么多脚齐刷刷地走来，有种有千军万马的气势，那么多脚已够瘆人的，竟还有毒。蛇那软软的扭动的身躯让人发怵，它还时不时吐出示威的信子……真惊叹这些小小的动物，竟能进化出一套特殊的吓人本领。小时候认为，敢毫不畏惧地捉拿这些动物的小伙伴，就是英雄。

记得刚工作不久，一次正在专心上课，板书完转过身时，"啪"的一声，一只壁虎从天而降，不偏不倚地砸在讲台上。我吓了一跳，条件反射地缩回放在讲台上的手，同时尽量保持镇定。

从高高的屋顶上掉下来，壁虎却既没摔死也没摔伤，扭动着身躯，昂首挺胸正对着我爬过来。我吓得赶紧闪到讲台一边。坐在前排的一个男生，眼疾手快，拿起书，"嗖"的一下把壁虎从讲台扫到地上。"吧嗒"一声，壁虎重重砸到地上，竟然还活着，但尾巴脱落。断尾在地上活蹦乱跳，三下五除二跳到我的脚边，我吓得退到教室门口。断尾壁虎迅速向门口逃去，正好追到我的脚边。"哎呦"一声，我只好继续逃到门外。

几个男生冲过来，手忙脚乱狂踩壁虎。一阵混战后，壁虎被踩得稀巴烂。最后有个学生还拿来扫帚和簸箕麻利地清扫。我胆战心惊，站在门外紧张地向教室内张望……

打扫好战场后，一个学生向我招手："老师，好了，进来吧。"

"真的好了吗？"

"进来吧，放心！"

在学生们的哄笑声中，我战战兢兢回到讲台……

后来我深刻反省，作为一个老师遇到问题不冷静、不镇定、不勇敢……哪有一点表率的样子？再说壁虎一般不会咬人或蜇人。我当时为什么不能勇敢点、镇定点、自信点、哪怕装着点……甚至还可以风趣地说："同学们，壁虎知道我们在上生物课，特意空降过来做标本，还亲自给你们免费表演断尾求生术……"顺便科普一下壁虎属于哪个门、纲、目、科、属、种，壁虎的生活习性，壁虎的断尾原理，等等。多么鲜活的教学素材，多么生动的教学实例啊！

最后应该放壁虎逃生，而不是眼睁睁地看着学生们活生生把它乱脚踩死。关键还让一群十六七岁的孩子来保护我一个成年人。当时有多胆小、愚蠢、残忍，后来就有多羞愧和后悔。

最后又想，如果没有当时的胆小、愚蠢、慌乱和窘迫，估计也就不会深深地吸取教训，也就不会有今天的淡定和从容。

生活总是让人跌跌撞撞后才磨炼成貌似老练的样子。

2019 年 10 月 6 日

监考时的胡思乱想

　　长假过后，学校一般会安排一场考试，这是一贯的策略。

　　有考试就有监考。发完试卷，贴好条形码，接下来一大把的时间怎么打发呢？不能老是呆坐着，傻转着啊！为了打发漫长的监考时间，我做过眼保健操、口部操、颈椎操，想过语文的作文，听过英语的听力。

　　今天监考数学，时长两小时。在不影响监考的情况下，我得找点什么事做呀。做什么呢？我无意中看到讲台上的考场名单，对了，顺便认认人吧。其实我也"脸盲"，往往一学期下来，很多学生的名字还叫不出来，有时还张冠李戴。

　　正好可以利用监考熟悉一下学生。我看了一下考场名单，大致看看哪些是我所教班级的学生。然后把名字和学生对了一遍。装成巡视考场，再把名字和长相对一遍。一次记不住，借巡视又复习了几遍，最后才把名字和人对上号。

　　监考毕竟是件严肃的工作，得防止抄袭。本场考的是数学，同学们都拎得清，知道数学的重要性，所以大都在认真答题。从表情上看，好像都没有抄袭的意图。

　　满眼看过去都是一些稚嫩的面孔。后来想想明白了，我在以儿子为参照物，以前教的学生都比儿子大，现在所教的学生都比儿子小。儿子大了，怪不得觉得学生小了。还有，现在我老了，有个毛病，觉得凡是比我小的都是小孩，比儿子小的都是小小孩！

十六七岁的孩子，灵动得像水。一想到水，我马上想到成人含水量60%至70%，如果挤掉水分，每个人基本上就是一小堆蛋白质。再想，虽然都是蛋白质，基本单位都是氨基酸，竟组装得各不相同。美貌大概是蛋白质最合理的组装方式吧。

我想起了女娲造人的传说。估计女娲造人时，有的精雕细琢，有的随意捏造，有的捏着捏着打了个盹儿，有的干脆拿树枝沾了泥巴随意一甩。结果人的相貌便各不相同，有的眉清目秀，有的国色天香，有的其貌不扬，有的尖嘴猴腮。

某排有个丫头，虽然不是十分漂亮，但是透出一股恬淡的诗书气息，我默默赞叹，她似乎感受到了我的注视。为了不影响她考试，我赶紧把目光移向别处。无意中看到了另外一个丫头，吓了我一跳，女娲啊你在造人时，是不是闭着眼睛瞎捏啊！鼻子、眼睛等五官组装得太随意了吧！关键是身材，如果胖也能分成ABCD等级的话，这个孩子已达到了A+级别。我又偷偷观察了一下，该生表情从容，阳光正气。孩子，你一路走来，一定遭受了很多冷眼和歧视吧？老师默默希望你以后哪怕受尽嘲讽，还能是个淡定的少年。

此生遗憾之一：缺个闺女。我好想有个女儿啊！最好聪明，漂亮，懂事。在我耄耋之年能拉着我的手，说着贴心的话，让我感受一下人间最温馨、最体贴的亲情。

每个孩子都是父母的杰作。有时不得不感叹基因的强大，透过每个孩子的面容几乎可以想象出他们父母的模样。

看看放学时的校门口，看看家长会，千人千面，有的不用介绍，几乎就能猜出是谁的家长。每个孩子的长相都是父母基因重组的结果，他们自己无法选择。每个孩子都是父母的心肝宝贝，都是独一无二的天使，都应受到尊重。

有个孩子抬头看了一眼时钟，还有一个多小时。我站起来四处巡视。窗外有个小院，有几棵雪松，宝塔形的树冠，是讲述顶端优势的理想材料（职业病又犯了），还有几棵高大的银杏，叶片开始泛黄，是色素变化的典型实例（三句不离本行）。院子一角，一丛竹子的细枝轻拂窗台，勾勒出一幅江南水墨画。

对面大楼的窗台上几盆长寿花静静地开着，分外娇艳，那是教师节普发的的礼物。有的早已枯死，有的花开不断，同样的盆栽落入不同人手中，结果大相径庭。所以同样的孩子，在不同的家庭里，结果能一样吗？

高一到高三都在考试，整个校园静悄悄的。一只喜鹊叫了一声，落到对面的红色屋顶上去了。一只小鸟掠过屋脊，没看清模样。两只斑鸠在楼顶上嬉闹了一番后，飞走了。窗外飘起了细雨，一丝凉意袭来，有入秋的感觉。

今天是寒露，时间过得真快啊！今早，看到办公室有个座位空荡荡的，又有一位老教师悄悄退休了。心中突然漫过一丝伤感。掐指一算，再过几年我也到了退休的年龄。不知不觉我已在三尺讲台上度过了二十多个春秋。曾经的豪情万丈，终究归于平凡。

有一天，我也会像他们一样默默地离开。告别昨日的青春、梦想和热血，捧着一颗心来，不带半根草去。时间真是一把无情、公正的大刀，咔嚓一下，往事归零，不管你是否依依不舍。

想到未来，又涌上一丝伤感。突然想到我的老家武汉，又有一座跨江大桥竣工通车，军运会马上召开，家乡越来越美。生活在不经意间一点点变好起来。对，退休后看大江大河去！

有几个孩子探头探脑。我看了一眼时间，离结束只有二十分钟了。

这个时候，会的基本做完，不会的也就不会了，但总有人希望能抓住最后一丝侥幸。我立刻站到讲台上，密切关注着每一个人，等着收卷。顺便想想，明天的课上什么内容。

东想西想中，考试顺利结束。那只喜鹊又飞了回来，对着我一阵狂叫。

如果岁月空洞，时间留白，好好欣赏一下周围的一切吧，哪怕只是一阵风，一丝雨，一片叶子……你的心又会丰润起来。

2019年10月8日

遭遇以貌取人

我的兄弟姐妹都长得比我好看。父母生他们的时候，基因进行了优化组合。什么好看的、智慧的、机灵的优良基因都整到他们身上去了。到我时，一些极其普通的基因随意组合了一下，以致我其貌不扬，资质平平。

先天不足后天补吧，于是我加倍努力读书。可能是命运的馈赠，或是我走了狗屎运，我一路读到大学。作为一个农村女孩，也算小小逆袭了一把。

上大学时，二姐送我到火车站。有人指着二姐问："听说你考上了大学，你是大学生？"语气里充满A++级别的羡慕和崇拜。我一旁心想：什么眼神，我才是大学生呢！对方知道实情后，好奇地打量着我。看我体格健壮，晒得黑不溜秋，竟不戴眼镜，一双大眼睛炯炯有神，丝毫看不出书生的文弱气质。从对方质疑、惊讶和失望的神情中，我第一次意识到，我可能长得不像个文化人。

阴差阳错，可我偏偏喜欢读书，不仅看了很多书，而且眼睛还不近视。再看看我的同学们，几乎清一色戴着眼镜，时不时优雅地推推镜框，散发出浓浓的知识气息，好生羡慕！

大学里，有一次大家一起去看电影，一个个习惯性地拿起桌上的眼镜，看到大家都从桌上拿东西，我条件反射地顺手抓起一把梳子……

初到无锡一无所有，日子异常清苦。好不容易贷款买房，安顿下来。当时我正值怀孕，整天挺着个大肚子，四处买材料，讨价还价，人又胖又黑。在妇幼医院待产，同室一产妇，见我讲着普通话，模样黑胖，问道："你在哪里卖菜？"

"卖菜？还是买菜？"我听得有点莫名其妙。

我只好傻傻地如实回答："我在xx菜场'买菜'。"她听了也有点莫名其妙。

先生下班后来看我，看到先生戴着眼镜，文质彬彬，她吃惊不小。于是偷偷看我床头的牌子，知道我是老师后，非常不好意思，硬塞给我几个水果。

一般本地人认为讲普通话的都是外地人，再一看我那尊容，便认定我是卖菜的外地人。

顺便说说我先生。衣着整洁、戴着个眼镜，见人客客气气的，俨然一副知识分子模样。以前的邻居听说我家有人当老师，早上跑步时碰到我们，客气地向先生打招呼。

"请问，你贵姓？"

"免贵，姓李，木子李。"

"哦，李老师好，李老师好。"

以后，每次见面邻居都客气地打招呼："李老师好！"我在一旁站着，完全被忽略！

最后我们搬家离开，老邻居拉着我先生的手恋恋不舍："李老师，好小伙啊！"后来先生私下调侃："大爷，对不起，我骗了你，我不是老师，我是赝品啊！"我笑道："和我比，你长得确实更像知识分子！"

我虽然长得不像知识分子，但我成天干的就是知识分子加保姆的工作。

上完课，匆匆接儿子。在儿子学校楼梯上，我经常遇到孩子们对我恭恭敬敬叫道："老师好！"很奇怪，在孩子们眼里，我估计又很有老师的样子。

孩子们一定是透过我坚定、正气的眼神，发现了我教师的灵魂！

虽然这样，我和先生在一起时，如果说我们有一人是老师，一般人毫不犹豫地认为：我先生是老师。我先生，戴着副眼镜，貌似文雅。再看我，长得不文弱就算了，连个眼镜也不戴，连知识分子的标配都没有。一双大眼炯炯有神，还大手大脚，尽显劳动人民本色！

儿子高考，我托学校照顾，可以开车进校给儿子送饭。到了校门口，我还没来得及出示证明，门卫便顺利放行。换成先生开车，果断被拦下。因为先生开车到了校门口，犹犹豫豫，举棋不定，目光既不坚定也不自信。就算有证明，就算长得再像老师，还是露馅了。简言之，空有教师的形，缺乏教师的魂，连看门的大叔都能识别出来。

　　我虽然长得不像老师，但只要往讲台上一站，老师的气质便展露无余。在学校里、讲台上等特定环境烘托下，我就特像老师。再说那些书也不是白读的，那些题也不是白做的！

　　其实，你是什么人，就是什么人。你读过的书，做过的题，走过的路，见过的人，经过的事，享过的福，吃过的苦，受过的罪，等等等等，都浸润在你的气质中，而不仅仅在外貌中。

　　虽然这样，我还是渴望由内而外地像个知识分子，最好集才华、美貌于一身。可上天只给了我一颗倔强的灵魂，却忘了安排配套的肉身！哈哈！

2019 年 10 月 21 日

2019 再见，2020 你好

一

2019 年最后一天，我收获了满满的感慨和感动。

12 月 31 日学校照例举办元旦晚会，在新落成的大礼堂隆重举行。我们高一全体党员教师还贡献了一个节目：唱红歌《中国人》。高一学生现场观看，其他年级在教室看直播。

在观看节目的过程中，我见识了学生们的多才多艺。尤其是《白雪公主》中皇后的扮演者——高一（6）班肖同学，简直是戏精附体，演技炸裂。该生平时紧挨讲台而坐，被安排坐在这样特殊的位置，一般都有特殊的原因：比如上课不专心啦、爱说话啦，等等。当然也有特别要好的学生主动要求坐到讲台边上。我后来才知道肖同学属于后一类。

照说坐在这样特殊的位置上，多少有点尴尬，但该生没有丝毫不自在，仍旧淡定从容。一个小小的孩子，竟毫无世俗压力，心理素质真好啊！我自叹弗如！

仔细想想，抛开学习，其实有些孩子十分可爱，甚至有过人之处。我夸肖同学有表演天赋，建议他报考表演专业，他假装害羞地捂着脸。我笑说："你妈妈知道你有表演天赋吗？赶紧告诉你妈妈！"他依然做害羞状，以为我在开玩笑。其实，我真不是开玩笑，该生如果经过恰当引导，说不定真能成为未来的表演艺术家。

我从教二十多年，越来越坚信：并不是每个孩子都擅长考高分上名校、适合当科学家。我们往往自己平凡，却不愿接受孩子的平凡。什么算成功？我们以分数论英雄太久了！用自己并不成熟的经验去盲目要求下一代！

还有一点意想不到的是，我们高一党员教师上场后学生们的反应。幕布拉开，孩子们掌声雷动，好久才停了下来。当朗诵的老师一张嘴，又是雷鸣般的掌声。开唱时，掌声再次热烈响起，整个过程掌声数次响起，结束后还经久不息。我被孩子们浓浓的热情和满满的真诚所打动。

论唱功我们并不专业，除了几个领唱的老师以外，大多数老师缺乏艺术细胞，比如我就是滥竽充数的。

论服装也是极其普通，黑毛衣、黑裤子，再搭上一条极其普通的红围巾。其实土得掉渣。

论形象，老师们平时忙于教学，大多灰头土脸，也没有好好化妆，基本上都素颜出镜。

而且由于期末较忙，老师们几乎没怎么排练，全仗着一身胆量和勇气。相对于学生们的精彩表演，我们的节目要逊色得多。

但整个演出过程中，孩子们热情高涨，掌声不断。节目结束之后回到准备室，几个负责后勤的学生还兴奋地对我们竖起大拇指。

事后冷静想想，孩子们为什么给老师这么高的评价呢？思来想去无外乎以下两个原因：一是好奇，老师们平时一个个正襟危坐，突然有一天戴上大红围巾站在台上一本正经地唱歌，在孩子们看来，本身就是笑点和热点，自然会引起他们极大的兴趣。还有一个非常重要的原因，就是孩子们对老师怀有极大的包容和善意。只能说我们唱得确实不算难听，但谈不上精彩，就这样孩子们依然给予了满满的真诚和热情。想到这里，我突然分外地感动和惭愧。

想想平时，我们经常抱怨学生不够认真，不够刻苦，不够聪明……而孩子们对老师却要宽容很多。

再想想做父母的，普遍认为很爱孩子，一切为了孩子，却又肆无忌惮地抱怨孩子吃苦不够、学业不佳，而很少反思自己。并且很少有孩子公然责怪父母地位不高，金钱不多。

儿子两个多月没有回家，偶尔电话联系，通话结束时，儿子不忘补充一句："爸妈，你们有空要多出去散散步，别老宅在家里。"

大人总以为自己更爱孩子，其实孩子又何尝不在默默地关心着大人呢？

老师和父母，只是拥有更多话语权而已！

还有在生活中我们总是感觉自己付出了很多，得到的很少。其实我们也许得到了很多，只是我们没有意识到而已。

孩子们用实际行动告诉我：掌声、鼓励、热情、包容、善意、真诚，肯定能催生出世上最美的花。

感谢孩子们，在2019年岁末，反过来给我上了这么深刻的一课：生活纵有不完美，仍要给以最大的宽容和善意。

让2019在温暖中说声再见。

二

2020年已经开始十多天了，我还经常习惯性错写成2019年。

2020年就像一个初生的婴儿，带给人欣喜，还有隐隐一点不安和茫然，但又情不自禁地满怀期待。

回顾2019年，总体上浑浑噩噩、碌碌无为。想看的书没看，想码的字没写，想做的决定，因怯懦、因懒惰……想想还是自找借口：算了吧！内心积攒的更多是惭愧和自责。

面对新的年代，总想说点什么。说吧，总感到语言苍白，文字匮乏；不说吧，又觉得憋得难受，似乎少点什么。就像一个多年的旧友没有好好告别，新到的客人又欠礼节性欢迎。又像过年，不管是真难过还是假欢喜，总要习惯性说上一句"新年快乐"。说完便觉得交代妥当，情绪落地。我就是在这样矛盾的心情中憋了好多天。最后决定写点文字，来安置我不安的灵魂。

茫然回看，已是知天命之年。眼前年轻人一波又一波走来，才突然发现自己老了。这是一个年轻人的时代，虽然我经常忘了年龄，误以为自己还年轻。

数十年就这么"嗖"的一下过去了，突然发现几乎每个十年的起点，都是我人生的一个转折点。

1970年，我已"自告奋勇"来到人间，还好，父母并没嫌弃，不仅给我关爱，还寄予厚望。童年的我犹如乡间野草般，吸取日月之精华，恣意生长……满脑子尽是幻想：快快长大，去很远很远的地方，干轰轰烈烈的事业，归来时鲜衣怒马……那时坚定地拒绝平庸，向往伟大。

1980年，处于寒窗苦读中。父亲微薄的工资，对一大家子的生活来说杯水车薪。可我梦想饱满，不在意衣衫破旧，不在乎饭菜粗陋，饥寒中也能热火朝天地学习，有一股子使不完的狠劲、蛮劲和傻劲。在最好的年华，穿最旧的衣服，吃最差的饭菜，读最苦的书，却乐在其中。那时读书还算聪明，学习也算刻苦。

1990年，有幸进入大学。那时意气风发，眼中有光，心中有梦。那时沉醉在三毛、琼瑶、汪国真、席慕容等的文字里。那时不知天高地厚，视金钱如粪土，深信有情饮水饱，贫穷却不气馁。

2000年，儿子前来报到。小子的降生让我明白什么叫生活。从此，那个无知无畏的女子，彻底缴械投降，收起锋芒，臣服现实。柔弱的小生命让我内心无限柔软。生活狠狠地给我上了一课：锅确实是铁打的。育儿的辛苦裹挟着工作的压力，深感女子本弱，却不得不百炼成钢。

所以现在特别理解青年教师的辛苦。感慨自己爬过了人生的雪山，越过了生活的沼泽，最终到达了普通的平地。

不过，2000年稳扎稳打，幸运评上一级。

2010年，几乎把所有的精力都用在教学和儿子身上。生活就像一把凌厉的鞭子，我就是那个被迫旋转的陀螺。生活的常态是：放下教鞭拿起炒勺，训完学生再吼儿子，在昏天黑地的忙乱中苟延残喘。当年唯一的一点欣慰：战战兢兢评上了高级，算是有了一点回报。

总体上，儿子阳光善良，还算好孩子，工作上也问心无愧。

人生数十载，我依然没有成为自己想要的样子，理想的将军被现实蹂躏成了厨子。年少时埋下的彩蛋，数十年后终于揭晓：用尽全力却归于平凡。

年幼时以为自己能改变世界，长大后期望能改变家庭，最后发现连自己的命运有时候也把控不了。

生活就像一把锉刀，慢慢地锉掉你的锐气，不知不觉中把你锉得面目全非。理想有了合适的借口，失败却找不到真正的原因。

跌跌撞撞中，有些美好无意间丢失，有些小快乐却在无意中拥有。曾经的困顿，今日想起竟变成了美好。幼时执着地想逃离的故乡，后来成了梦中永久的牵挂。那天读到"愿你出走半生，归来还是那个少年"，差点泪崩。

生命之树即将老去。虽然大树逐渐枯萎，不再枝繁叶茂，但它依旧可以不断汲取养分，长出新根，发出新叶……

生命仍可期盼。

一天下班途中，冬雨绵绵，寒意阵阵，突然发现马路对面仙蠡桥旁有一棵柳树，在寒风中依然婀娜多姿，烟雨朦胧中充满了春天般的诗意。我头脑一热，开了好远硬是再掉转车头回去，只为了近距离欣赏，只为了拍几张照片。后来还在草丛中看到几朵无名小花，在冷冷的冬雨中开得娇艳欲滴，美得让人心生怜悯。

我还是傻傻地为一棵树欣喜，为一朵花感动。我依旧内心柔软，不可救药。原谅我，心里还固执地住着那个当初的少年……

2020年，又是一个十年的起点。明天的太阳照常升起，我照样过着平凡的日子。世事纷繁，逐渐坦然，更多地期望内心的安宁和踏实。茫然四顾，也许只有"共享流岚、虹霓"，没人"分担寒潮、风雷、霹雳"。其实生活哪有那么多浓情蜜意，其实"有人为你立黄昏，有人问你粥可温"便是幸福。原来人生最大的成熟就是和自己握手言和。

感谢学校，让我的教学压力适当减轻；感谢儿子还算懂事，没有让我操太多心；感谢家人，能够理解和体谅。

2020，愿岁月静好。2020，将在期待中前行。

2020年1月16日

猴儿们，再见！

一学期又过去了。

最后一节课讲评试卷，看到满眼青春的面孔，清澈的眼神，我突然黯然神伤。高一结束面临分班，很多学生就此别过，遗憾的是，还有很多学生的名字我没有记住。

虽然是最后一节课，我还是用心地评讲完整份试卷，还把选修和必修的有关要求，分别进行了一个详细的说明，交代得认真到位。试卷评讲完成之后，我向学生们额外补充了两点。

"第一，有的孩子，我批评过你，希望你不要恨我！"

"不恨！不恨！"学生们笑道。

"第二，有的孩子，我依然没有把你教出理想的成绩，对不起！"

"不怪你！不怪你！"几个孩子立刻摇摇头说。

我的心触动了一下，没敢继续说下去。最后我在同学们的再见声中离开。

放学时，学生们纷纷离开校园，住宿生开始整理行李物品。校园内遇到一些学生，他们远远地向我挥手告别，大声喊"武老师好""武老师再见""美女再见"。我突然后悔没有留下他们的合影，因为最后一节课忘了带手机。我应该给他们拍张照片，这样即使叫不出他们的名字，但能记住他们的面孔。（我后来请班主任帮忙，她们在休业式前帮我补拍了同学们的合影，避免了遗憾。在此非常感谢！）

我也许是年纪大了，内心越来越柔软，总是容易被一些细微的东西打动。从教近三十年，我依然热爱学生。就算是做班主任，被一些顽劣的学生逼得焦头烂额之时，也没有真正恨过任何一个学生，甚至连讨厌也不曾有过。

学生怎么评价我，我不全知道。有些孩子多年以后提到我还是充满了感激和怀念，这一点让我很欣慰。6月21日，2009届的张同学给我快递了一杯很好喝的奶茶。他和另外一个老师聊天的时候提到了我，说"想念武姐姐"。很遗憾，这个孩子长什么样，我已经想不起来了。谢谢孩子，这么多年你还记得我！

一届届学生从眼前走过，像翻书一样。我曾经骂过他们"泼猴""泼孩""猴儿"。他们称呼我"姐姐""美女"，后来直接喊我"妈"。许多情景至今想起依然记忆犹新。有一次我从食堂回办公室，碗里有一大块红烧肉，被一群放学的学生看到了，他们为了吃那块红烧肉，追着我喊"妈"。那群泼猴的馋样，至今想起仍忍俊不禁。

2017年高考结束，同孩子们聚了一天，他们教我各种玩乐，还说带我玩最有趣的游戏，并利用我的好奇心，哄我戴上VR眼镜。那惊心动魄的代入感，吓得我双腿发软，差点瘫坐在地，幸好被几个孩子使劲扶住。我狼狈不堪，他们却开怀大笑。儿子还和他们一起唱卡拉OK到很晚，也是玩得不亦乐乎。告别孩子们，我第一次怅然若失。

今天休业式，我赶到学校时，学生们已经放学回家了，办公桌上留下了孩子们送的花和盆栽。看到那些留言，我再次黯然神伤！其实我就是一个普普通通的老师，能获得学生如此厚爱，满怀感动。

有时想想，我也有需要反思的地方。期中考试时，12班考得很不理想。我极尽鼓励，想尽办法，依然没有起色。

有一次走进教室时，大家有些吵闹，我指了指胸口警告说："火到这儿来了！"（我一般生气时会指着胸口，如果沿着胸口往上指说明火越来越大。所以我一般指向胸口时，他们就会收敛起来。）可这次不灵，他们依然吵闹，这让我一下想起他们的种种气人之处：该订正的作业不订正，该交的作业不交，还有不少抄袭作业的现象。

于是我勃然大怒，狠狠把他们骂了一顿。平时我一般都和和气气的。这次看到我真生气，整个教室顿时安静下来，孩子们面色凝重，气氛压抑，整节课十分沉闷。下课时他们依然静静坐在教室里，没人追出来跟我说再见。（平时上完课，总是有人跟出来说"老师再见""美女再见"。）

其实我回到办公室的时候，就有些后悔，胸口也有些发闷，晚上更是辗转难眠。

第二天学校组织研学，我在公园里偶遇到他们。他们兴高采烈地向我招手，依然大声喊："老师好！"看到他们不计前嫌、满脸纯真的模样，我突然惭愧不已。下班后我立刻跑到超市，买了一包最好的果冻，第二天借口儿童节发给了他们。他们开开心心，有的立马吃掉，有的说不舍得吃先留着。我静静看着他们，无限感慨。和分数相比，我更愿意看到他们纯真的笑脸。

作为老师，我们总是自以为为他们好，总是恨铁不成钢。怨他们不用功，怪他们不专心，怨他们不聪明，怪他们不认真，甚至肆无忌惮地批评他们。

可学生呢，却很少怪罪老师。偶尔来不及批作业，他们说没关系；偶尔上课失误，他们一笑而过；体力有限，中午无法单独辅导，他们表示理解；课下见了，热情有礼貌，发自内心地尊敬你。

静下来想想，学生其实比老师更包容，更宽容。想到这一点，我不禁汗颜。

其实除了学习以外，他们有很多优点。从他们身上我也学会了很多。

真想对他们说一句：谢谢，猴儿们！

2021 年 7 月 1 日

又逢期中考试

临近考试，师生们的紧张程度都提高了好几个百分点。

老师们恨不得把所有的知识点再讲一遍，划重点，敲黑板，语重心长，口干舌燥，殚精竭虑。然而，当考前最后一节课结束时，许多老师都感叹时间过得太快，还有很多内容没有来得及复习完。他们心中无底，担心学生们在即将到来的考试中表现不佳，甚至幻想着如果能再多上几节复习课就好了。

总之，老师们渴望倾囊相授，将自身所学毫无保留地教给学生。他们好比想把珍贵的宝藏装进学生的口袋，又生怕学生不小心遗失，甚至想帮他们紧紧拉上拉链以确保安全。在复习过程中，老师们总是全力以赴，然而每当看到试卷时，他们总觉得试题过于简单，从而担心学生会因为成绩太好而变得骄傲自满。但结果往往证明，这样的担忧是多余的。特别是在监考自己的学科时，老师们发现，尽管题目看似简单明了，但学生们却常常束手无策。在那种情况下，老师们内心焦急万分，恨不能把学生推到一旁，自己坐下亲自解答试卷。

有些学生会在考试前夕如梦初醒，急切地渴望汲取知识，于是他们带着书本急匆匆地找到我。"老师，能不能请您把xx章（或者xx节）的内容再给我梳理一遍？我之前没太理解（或者我当时走神了）。"然而，最让我心惊胆战的是，有的学生居然捧着整本书，用充满渴望的眼神望着我，一脸认真地说："老师，能不能麻烦您把这本书从头到尾再讲一遍？"听到这话，我差点没站稳，感觉一阵眩晕。

好在大多数学生的要求还算在情理之中，于是我只好耐心地重新讲解。有些学生一点就通，而有些学生即使再听一遍，仍然是一副茫然不解的模样。

我突然想起《射雕英雄传》中，郭靖练功太笨，直接气哭七师父韩小莹的情景。我当时觉得韩小莹过于矫情，现在是深深地理解了，太理解了啊！如果可以的话，多少老师也想扔下书本，大哭一场啊！有些孩子，平时不努力，考前临时抱佛脚，还以为学习能催肥和速成。

能主动问问题，请教老师的孩子，总体上还是值得肯定。而有的孩子意志坚定，心理强大，任何时候都能坦然应对。平时上课昏昏欲睡，考前无论你是敲黑板还是画重点，他（她）依然佛性，就算你告诉他（她）明天就考这道题，他（她）还是漠不关心，甚至连考试也昏昏欲睡。把他（她）推醒，他（她）抬头冷冷地看你一眼，草草写几个字又昏昏欲睡……遇到这种情况，老师差点抑郁，满心愤恨地想：不教了，不教了，再也不想教书了……

但一看到学生们甜甜的笑容，马上心软了，又满血复活，充满斗志。就这样爱恨交加，哭笑不得。

一群孩子经过考察，看中了我办公桌旁的一块空地，调皮地问："老师，我们可以把书放在你办公室吗？"我说："不行，不行，要收费的，而且丢了我可不负责任！"孩子们知道我在开玩笑，笑着跑了。又趁我不在，留了个字条，一下子把办公桌旁塞满得满满当当，倒还知道给我留了个窄窄的过道。

考完试，书一下子都被搬走了，但地上总会落下一本书，一个本子，一支笔，一个钥匙链，甚至一个棒棒糖，最后我还得想办法一个一个还回去。

其实想想孩子们也怪可怜的，高一共九门功课，一到考试，各门功课的试卷，像雪花一样飘向学生。看到孩子们一边打着哈欠，一边面无表情地传递试卷，然后机械地、麻木地、条件反射地答题。在黄色校服的衬托下，一个个神情疲惫，面色蜡黄，看上去就像一只只被钉在标本夹上的蝴蝶。有的在有气无力地挣扎，但大多数习惯了，麻木了。

又想，如果真的取消考试行吗？估计更行不通。因为对很多学生来说，只有要求考试，他们才知道书是要认真看的，题是要认真做的，课是要认真听的。如果连考试都取消了，是不是就像去掉了紧箍咒的孙猴子，不仅不去西天取经，很可能还要大闹天宫。再说读书本来就是辛苦的，不然怎么有"十年寒窗苦"的说法。再说世上哪一件事不辛苦？这样想想，心里也就释然了。

　　我由衷地希望老师们能愉快地教书，学生们能愉快地学习。老师神清气爽，学生朝气蓬勃，学校真正变成充满生机和活力的地方。

2019年11月13日

在六中教书的日子

一、人情暖

1996年，我调入无锡市第六中学。当时的六中还是一所完全中学，校长是陈龙宝老师，副校长是胡耀清老师，教务处主任是许益超老师，生物组组长是惠玉梅老师。他们给我的印象都很和蔼可亲。

我现在还记得初到六中应聘时试讲的情景，上课的具体内容，因时间久远我已记不清了。只记得当时特别紧张，因心里没底而忐忑不安。试讲结束时，看到教务处主任默默点了点头，我心里稍稍安稳了一些。尤其看到惠老师满脸温和的笑容时，我心中的石头基本落地。后来转关系是韩文振老师经办的，他也是一个极其温和友善的人。

我初到六中时，因教材不熟，语言不通，饮食不习惯（无锡菜太甜），再加上经济基础差，一度极不适应。在我最茫然失措的时候，王娩君老师给了我极大的鼓励。她对我说："武冰，你肯定行！别怕！自信些！"王老师的话让我醍醐灌顶，我突然有了战胜困难的勇气和信心。

顺便说说王娩君老师，她德高望重，为人正直，工作出色，有口皆碑。

1999年无锡市第六中学改为纯高中，我被调到无锡市第十中学任教。虽然我调走了，但王老师依然关心着我。有一次她到十中评课（她是无锡市数学中心组成员），还特意来看我。我当时很多个人问题还没解决，正在纠结是先生孩子还是先熟悉一轮教学。王老师帮我果断拿定主意：先把孩子生下来，然后安心教学。听了王老师的建议，我顺利生下孩子，然后全力以赴地投入到教学中。同年我还买了房子，拿到了房贴，并且评上了一级职称。从此，生活基本进入正轨，这些得感谢王老师在关键时刻帮我理清了思路。

在十中，领导们给了我极大的肯定和鼓励。他们信任我，给我压担子，让我多年担任高三教学，再加上不停地开课、磨课、听课，那几年我在教学上迅速成长，终于站稳了三尺讲台。

现在想想依然充满感激，感谢领导们对我的信任。他们是：厉鼎浩校长，余力行书记，刘燕华副校长，顾祺坤副校长，迮伟锋副校长，颜燕雁书记……

在十中的日子里，我不仅得到了领导的信任，还得到同事的关心。我怀孕在家休养时，陆新婵老师特意包好馄饨送到我家。还有一次，华宏霞、包蓉敏、陆新婵、刘谷毅四位老师带着各自做的拿手菜来看我。饭菜很香，她们的到来让我简陋的小屋充满了温暖。饭后我们坐在阳台上喝茶、聊天，沐浴着冬日的暖阳。她们怕我一个人在家寂寞，特意陪我到日落时分才离开。

我现在回想起来心中依然充满了暖意。她们工作上认真，生活中能干，心地善良，是我学习的榜样。目前她们都已退休，但我时时想起她们。后来我又遇到一些温暖的人，像李曼泓书记，等等，我在此就不一一列举了。

回想生活中的点点滴滴，正是这些人与人之间的友好，抚慰了我这个外乡人不安的心！他们的人格魅力感染着我，也促使我尽量善待周围的人。

二、校园美

初到六中，印象最深的是校园很美。小桥流水，假山怪石，凉亭曲径，典型的江南建筑风格。尤其是墨涵池、思源峰、三曲桥等景点特别雅致。池边太湖石错落有致，池上建有石桥、石狮，旁边假山上有藤本植物攀缘而上。花开时节，花儿在假山衬托下，显得分外娇艳。该景点也是我们拍照的热门之选。还有毓秀山，它是麻雀虽小，却五脏俱全。山上有凉亭、石径，有各种花木，环境幽静，是休闲、看书的理想去处。

记得有一次学校还专门抽考校园景点的名称。为此我特意把学校的每一个角角落落都仔细转了一遍，并把那些景点认真背了一遍，第一次全面了解了学校景点的名称。例如墨涵池、成蹊桥、争飞亭、揽月峰、毓秀亭，等等。这些景点都有一定的寓意，比如成蹊桥取自"桃李无言下自成蹊"。

记得还有一棵楝树，据说楝树也有寓意，好像是取"良药苦口，从谏如流"之意。了解了这些寓意之后，我感觉校园更美，而且增添了浓浓的文化气息。

校门口有一家饭馆，名叫小四川，价格实惠，味道不错。饭店虽然简陋，但生意兴隆。

后来学校搬迁，由中桥到阳光，最后到现在的沁园校区。令人欣慰的是，许多景观被保留了下来。例如毓秀亭，原来在毓秀山上，现在被多种树木环绕，形成了一个院落。院子里春天一树树新芽，夏天浓荫密盖，凉亭便掩映其中，秋天又是一片金黄。院子的变化随季节轮回，周而复始。院子也是各种鸟儿栖息的天堂，我曾见到过喜鹊、八哥、白头翁、戴胜等多种鸟儿。

还有墨涵池、成蹊桥、揽月峰等景点也保留了下来，甚至那棵楝树也在。花开时节，细细密密的紫色小花洒落在假山上、草丛中，顿时有了几分诗意。不过墨涵池现已进行了改造，池中增加了喷泉，池旁种上了橘子、石榴、柿子、无花果等多种植物。我每次推开窗户，这些景点便尽收眼底，有一种见到故人般的亲切。

现在的校区在原来的基础上又增加了一些项目，例如感恩林，奔牛石。最近几年还新建了大礼堂，整修了操场。校园环境得到了进一步优化。

走进校园，除了醒目的奔牛石和电子屏以外，最气派的是两大棵香樟树。大树前地面开阔，是照毕业照的理想之地。大树参天耸立，像两员威武雄壮的守门大将，见证一批批新生入校，目睹一届届毕业生离开。

从车库上来后，眼前是焕然一新的操场，操场边是宽阔的林荫大道，它是通往办公楼的主干道。走在大道上，有时会遇到所教的班级正在上体育课，孩子们见了我远远地喊"武老师好"。大道另一侧是感恩林。感恩林种的主要是桂花树，每届学生毕业时种上一棵，已有一定的规模，花开时节满园飘香。

大道两旁是整齐的香樟树，春天开出微黄的小花，散发出淡淡的清香。不久香樟树结出球状的果实，秋天果实脱落，落了一地，像一颗颗黑色的珍珠，踩上去发出噼噼啪啪的脆响。香樟树的树龄不低，树冠状如华盖，相互交错浓荫蔽日，使大道显得十分静谧。走在林荫大道上，仰望头顶那一片浓密的绿色，顿时身心愉悦。每走一步，都在抖落一份世俗的尘嚣，多一份宁静，等走上讲台的时候，已是心无杂念，宠辱皆忘。

三、工作顺

我大学毕业两年后来到六中，三年后调入十中，五年后十中和六中合并，于是我又回到了六中。我就像一只风筝，六中便是风筝上的那根线。六中是我来到无锡的起点，也将成为我职业生涯的终点。我的教学生涯几乎都是在六中度过的，这里留下了我太多的记忆。

　　这么多年下来，有过辛苦，但更多的是难忘的记忆。在中桥校区教高三那年，我和李晓春、郑明秋、廉宁三位老师搭班，我任备课组组长。有一次考试结束，我们连夜阅卷，饿着肚子批到很晚，结束后我们才到大荣饭店吃晚饭。饭后夜已经很深了，我骑着自行车拼命往家里赶。大街上冷冷清清，夜色如水，路边的落叶被秋风卷成一堆，又被吹散开来。

　　当时李晓春和郑明秋二位老师还担任着学校的领导工作，虽然工作很忙，但当我提出连夜批改试卷时，她们都爽快地答应了，而且毫无怨言。后来她俩调到其他领导岗位去了，再过几年我们都将退休，时间过得真快！回想那时我们真年轻！

　　还有一次在沁园校区阅卷，当时有华忠新、汪志二位老师和我。阅卷结束也是很晚，很多大楼的楼梯口都已经上了锁，只能从E楼出去。我一个人穿过A楼、B楼、C楼、D楼向E楼方向走去，感应灯依次打开，很快在我身后又一盏盏灭掉。所有大楼都黑黢黢的，教室里都空荡荡的，整个校园安静极了。走在幽静的过道里，我突然被那种浓郁的寂静深深打动，那种难以名状的感受至今深深留在我的记忆中。

　　其实这样的阅卷工作是常态，因为每次考试，生物基本上都是最后一场，考完一般又是下班时间，我们只能当晚加班阅卷。但这么多年来，大家每次都任劳任怨，及时完成任务。

从教近三十年，虽然没有取得什么显著的成绩，但总体上也是问心无愧。教学过程中难免有疲惫和压力，但我依然热爱教学，热爱学生。六中的孩子大多基础薄弱，但懂事有礼貌。尤其当孩子们发自内心地喊出"武老师好"，甚至脱口而出喊一声"妈"的时候，所有的疲惫和辛劳便一扫而光。

六中不仅给了我一份安稳的工作，也给了我一份宁静的生活。这个江南水乡的学校已经和我的人生紧密联系在一起。高中时读到曹禺那句"无锡是个好地方"时，那是我第一次听说无锡。但我从没有想到，有一天我会来到这个"充满温情和水"（无锡城市的广告语）的地方，择一学校从教到终老，不由感叹命运的神奇。

如今我已在这里安居乐业，生根发芽，梦里不知身是客，已把他乡作故乡。

感谢六中把曾经青涩懵懂的我，打造成一个还算称职的老师。在六高中八十年校庆之际，我衷心祝愿六高中：教师有幸福感，学生有成就感，学校越来越好！

2021 年 8 月 25 日为校庆而写

天空下过一场雨

喧嚣戛然而止，校园回归宁静，一学期又过去了。

终于拥有一大块属于自己的时间，我可以做一些想做的事：打理那些被冷落的花草，阅读那些被束之高阁的书，欣赏那些被忽略的风景，关心惦记的人，写点想写的文字，安放曾经涌起却被压抑的情绪。

一年来，在疲惫和焦虑的裹挟里走过，就像一个手艺人，全情投入打磨着，任时间在无声中默默消逝。

现在，终于可以按下暂停键，清理一下花草的枯叶，掸掉书上的浮尘，仰望天空的云，吹一吹夏夜的风，顺便拿起有些生涩的笔。

考前，我特意留下给学生答疑。晚自习前走进教室，学生们已经吃好晚饭，大多气定神闲的样子，问问题的人却不多。

我请几个同学帮我搬下书本，几个男生愉快地答应了，动作麻利地把书送到我车里。其实我怕影响他们的学习，已经将书本之外的物品搬到了车上。学生们见了说："老师，你怎么不喊我们帮忙？"

我想如果出一道选择题：A. 帮忙搬东西，B. 做一份试卷，估计很多孩子会毫不犹豫选A。

天气闷热，孩子们背上湿漉漉一片。看着他们离开的背影，我暗自感叹：请赐给他们聪明吧，如果做不到，就赐给他们勤奋吧！

在教室里转悠时，我想起《麦田里的守望者》中霍尔顿的一段话："有那么一群小孩子在一大块麦田里做游戏……我的职务是在那儿守望，要是有哪个孩子往悬崖边奔来，我就把他捉住……我整天就干这样的事。我只想当个麦田里的守望者。"

我又想到《射雕英雄传》里的郭靖，还有郭靖的师父们。

想想也是，江南七侠曾长居温柔的江南水乡。当年在茫茫大漠中奔波数千里，苦寻七年才终于在漠北找到了少年郭靖。他们本打算把身上的所有本领倾囊相授，无奈郭靖资质平庸。江南七侠为了郭靖在朔风如刀的大漠一住就是十六年，耗尽青春，怎能不悲？

郭靖的笨，洪七公也深深领教过。洪七公也曾豁出老命一遍又一遍悉心教他招数，可他依旧懵懵懂懂，连洪七公这样的"名师"也被气得烦闷异常，直接躺在地上呼呼大睡。

当年读到这些情节忍俊不禁，今日想起不由黯然。

最近新东方的董宇辉老师很火。我也看了一些相关的视频，董老师确实是一个很有才华的青年。印象最深的一段视频，是当记者问董宇辉"你最想做的一件事"，董老师突然哽咽，喃喃道："等新东方好的时候，把他们（解散的同事）再接回来……"为了掩饰情绪，董老师低头佯装整理物品，反复擦拭着桌子……看到这段，我也破防了。

以目前董老师的火爆程度，他卖货赚的钱肯定比上课多。我想他内心深处最惦记的估计还是"课堂"。

父亲离开教学岗位的头几年，每到教师节都会对我说："今天又是教师节了。"那落寞的神情至今还历历在目。父亲一生工作认真，获奖无数，家里诸如毛巾、床单、搪瓷缸、搪瓷盆、暖水瓶等几乎都是父亲的奖品。

父亲当年跟我说这些的时候，更多的是回忆、怀念，还是惆怅？我不得而知。我当时还年轻，无暇细心体会父亲的心情。

如今我也老了，才懂了父亲。世上哪有什么感同身受？只有身受后才会真正感同，哪怕是自己的父亲。

突然想起儿时的一件事。农忙季节，暴雨来临，大家在打谷场上抢收稻谷。我装了满满一筐稻谷，咬着牙使出全身力气挣扎着站起来，结果踉跄了几步，差点栽倒。父母见了立刻心疼喝止："放下，别闪了腰！"那时我做过手术不久，从此留下伤痕。那是我对力不从心的初次体会！

梅雨季节，天气闷热。乌云涌了过来，哗啦啦砸下大颗大颗的雨点。很快雨停了，雨后空气清新，山清水秀，天蓝树绿。我在小区漫步，几丛茂盛的绣球花开败了。不久前它们还繁花似锦，美得轰轰烈烈。我每次经过，都会驻足欣赏很久。如今芳华已逝，花瓣干枯，太可惜了！正感叹时，欣喜地发现干枯的花丛中又开出了一朵新花，我想，假以时日，又会开出一朵好看的花来。

QQ上看到好几个孩子的留言，追问我下学期还教不教他们等问题。我看了不禁黯然神伤。

抬头，白云飘荡，彩霞满天。

2022 年 7 月 1 日

校园趣事

整理以前的教学资料，有些内容看着看着忍俊不禁。下面我把部分趣事分享给大家。

有一次几节课连上，我疲惫至极，说道："猴儿们再看看下一题。"我其实想说的是"孩儿们再看看下一题"。因为太累，嘴一打瓢，就误说成"猴儿们"。自此"猴儿们"便成了我对学生们的戏称！

在有趣的"猴儿们"面前，老师可能是"戏精"，可能是"骗子"，也可能是"糊涂虫"。

提问

师问：假设你是一位医生，有人来向你进行遗传咨询，你应该怎么做？

生答：先去挂个号！

（正确答案：先对咨询对象进行身体检查，了解家庭病史，对其是否患有某种遗传病作出诊断。然后分析遗传病的遗传方式，推算出后代的再发风险率，向咨询对象提出防治对策和建议。）

师问：小白鼠不死亡说明什么？

生答：活的。（正确答案：没有产生有毒的S菌。）

师问：荔枝的最佳贮藏办法？

生答：吃掉。（正确答案：低温、低氧。）

师问：假设你像小说中的鲁滨孙那样，流落在一个荒岛上，那里除了有能饮用的水，几乎没有任何食物。你身边尚存的食物只有一只母鸡、15公斤玉米。讨论：你认为以下哪种生存策略能让你维持更长的时间来等待救援？

1. 先吃鸡，再吃玉米？

2. 先吃玉米，同时用一部分玉米喂鸡，吃鸡产下的蛋，最后吃鸡。

生一答：玉米喂鸡让鸡下蛋，先吃鸡蛋。等玉米喂完了，再把鸡杀掉吃肉。

（想得美，你是来荒岛度假的吗？）

生二答：种下玉米，玉米喂鸡，鸡下蛋，孵小鸡，再种玉米，再孵小鸡。

（首先这鸡蛋能孵出小鸡吗？又是种玉米，又是孵小鸡，你准备在岛上发展养殖业吗？不看提问要求，胡乱回答。）

总之，猴儿们的答案五花八门，就是不按要求答题。听到这些答案，你是不是很想揍人？

齐声回答

我费了老大的劲，才把一个遗传系谱图画好。

正准备讲解时，下课铃却响了。

于是我满怀期待和信任地看着学生们问："你们说，我是讲还是不讲？"

学生们齐声回答："不讲！"

选B

赤日炎炎正好眠，评讲试卷时，我发现一个学生在打瞌睡，提醒后继续评讲试卷。很快由选择题讲到非选题部分，我发现那个熊孩子又睡着了，便轻轻走过去在桌上敲了一下，该生腾地站了起来，响亮回答："选B！"

心虚

今天下午上课时，突然发现坐在第一排的某个小男生怎么眼睛那么小，小到几乎快看不到了。我仔细一看，呵，好家伙，原来在打瞌睡啊。我只好说："想睡觉的同学主动站起来调节调节吧。"

话音刚落，乖乖，教室里一下站起来好几个人，你看看我，我看看你。有的还在犹豫着要不要站起来，想先确认一下老师说的是不是自己。

上课时，我提醒大家认真看书，并叮嘱道："大家思考一下，试着说说……"话还没说完，一个男生忽然站起来，以为我在向他提问。

一个学生昨天没交作业，课后，我让他到办公室来一下，想问问他为什么不交作业。该生一到办公室，还没等我开口，他立刻主动地、诚恳地向我检讨："我刚刚上课开小差了，没有专心听讲，对不起。"

偷懒

我出了一道遗传题，请一名成绩优秀的学生到黑板上解答。

做完后，猴儿们一看，哄堂大笑。原来该生偷懒，把"男性色盲""女性色盲""礼服型""非礼服型"统统简写，分别为："男色""女色""礼""非礼"。

害得不爱写字的我，从此以后，板书时再也不敢简写了。

传纸条

某生高度近视还不爱戴眼镜。考试时该生作弊，怕被老师发现，他低着头假装答题，同时一只手向身后同学传递纸条。

我正好发现了，便从后面悄悄走过去，轻轻接过纸条。那同学以为传递纸条成功，还对着我打出"胜利"的手势。

老师好漂亮！

早上，一个女生迟到了，见了我猛夸："老师，您今天好漂亮啊！"我被夸得晕头转向，一高兴就让她进了教室，也没批评她。

后来检查作业时才发现，该生不仅迟到，而且作业也没写。

天热出"妖猴"

最近问问题的人特别多，尤其今天中午，很多同学拿着书和练习册纷纷来到办公室问问题，学习热情空前高涨。甚至一些平时不爱学习的同学也来了，笑眯眯地请我把某些内容再讲一遍。

今天是"学习日"吗？怎么突然开窍了，都这么爱学习，我大为感动！

过了一会儿，又来了一拨人。

直接问："老师，办公室需要搬水吗？"

"不用，水还没喝完呢，谢谢！"

"老师，天热了，要多喝水啊！有利于新陈代谢！"

"好好，谢谢！"

"抓紧喝啊，喝完了说一声。"

我又感动了，猴儿们太懂事了！

过了一会儿，又来了几个人。

"老师，办公室需要拖地吗？"

"不用，你们学习辛苦，我们自己拖。"

"不辛苦，我们愿意帮老师拖地。"

太阳从西边出来了，太让我感动了！猴儿们变得又爱学习又懂事，我太幸福了！

孩子们并没有离开，而是聚在空调边上聊天。

其中有一个孩子说："当老师真好，怎么才可以当高中老师啊？"

"要研究生毕业才行？"

"研究生好考吗？"

他们今天怎么了？怎么突然羡慕起老师来了，还把老师作为理想职业，太让我意外了。

过了一会儿，我又听到了两个孩子的聊天。一个说："昨天中午在楼上拖了十多分钟的地，才凉快了三分钟，性价比不高啊。"

呵呵，这下我全明白了，一帮猴儿们原来是来蹭空调的。

天气慢慢热起来了，学校为了安全起见，教室里暂时还没有开空调。其实天气真的热起来了，学校会考虑的。

平时在学习上总是感慨学生们不够聪明。通过今天这件事我发现：这帮猴儿们精着呢！

数学老师很高兴

某生不交作业，还在课上随便讲话，被物理老师"请"出教室，在走廊上"享受"了一下罚站的待遇。

该生实在无聊，先是默默地背诵了几个英语单词，然后又翻出语文习题刷了几道。小家伙可能觉得语文和英语都"玩"得差不多了，居然开始尝试着解起了还未布置的数学难题。这勇气可嘉啊！

说来也巧，数学老师正好去上厕所，路过走廊时，一眼就看到了这位正在苦思冥想的学生。看着他那么投入地钻研数学，数学老师简直是欣喜若狂，立马转身跑回办公室，给学生搬了张凳子过来。

从此，该生迷上了数学，更加不喜欢物理。

启发式教学

一位老师上公开课，讲"群落的演替"，为了适应教改的需要，采用启发式教学。

师问："譬如这两个桌子将来会怎样啊？"

学生们面面相觑，天知道桌子会怎样。

老师又问了几遍："会怎么样啊？"

学生们一个个面露难色，不知如何回答。

该师见启而不发，于是双手边做交叉动作边问："怎么样？"

学生们仍旧一脸茫然。

于是该师由双手交叉运动改为平行运动，一边拼命做动作，一边很期待地问："会怎么样？"

一个学生回答："移动。"

老师兴奋地竖起大拇指："对！"

然后继续问道："说明什么？"

学生们又愁眉苦脸地看着老师，实在想不出说明了什么。

老师双手继续使劲做运动，耐心地问："说明了什么呢？"

学生们使劲想啊想啊，还是想不出来。学生们甚至感觉自己真笨，愧对老师。

一个机灵的学生偷偷翻了翻书，看了一眼新课标题，回答道："会变化！"

"对！"该师如释重负，终于导入了新课。于是在黑板上唰唰写下标题"群落的演替"。

课还没开始，听课的老师就累得几乎要昏死过去！

无厘头的爱好

"植物的激素调节"涉及一个实验，即胚芽鞘的向光性实验。

某老教师上课这样描述：这个实验首先要对胚芽鞘进行"娶你"（什么？什么？"娶"谁？哦，处理啊）。

一节课在"娶你"中开始，最后在"娶你"中结束。

总之，对胚芽鞘"娶"了很多回。

吹牛

最近，诺贝尔奖获奖名单陆续公布，搞得我一个学理科的心情激动、热情澎湃。最后心灰意冷，因为没我们啥事。

我心有不甘。作为一个老党员，一位老教师，一个满腔爱国的热血公民，我得做点什么。对，利用课堂激励学生们。于是，我满怀激情介绍了诺贝尔奖，客观评价了其重要性。

学生们一听得奖率那么低，顿时都没了信心。我继续鼓励："得不了诺贝尔奖没关系，我们可以拼命赚钱啊！"

"拼命赚钱？"学生们一脸懵懂。

"赚很多很多的钱，设立一个比诺贝尔奖还要大的奖，颁发给有突出贡献的科学家、企业家、文学家、经济学家……每次公布时，都有一长串中国科学家的名字。"

"我们还要办一些世界顶级杂志，比 *Nature*、*Science*、*Cell* 等等还要厉害的杂志。其他国家的教授要评职称什么的，必须发表在我们的杂志上才被认可，而且必须用中文书写……"

我越说越激动，越说越自豪。学生们两眼发光，对未来充满信心。

我突然意识到：我是不是在吹牛？是不是有些晚节不保？

唉，都是诺贝尔奖闹的！

声东击西

经常有学生不交作业，检查起来很费时间。于是课前我说："今天没交作业的人站起来！"一下子站起来五个人。其实我只查出来三个人没交作业。

还一次上课时，我说："有个同学在开小差，不专心啊，站起来提提神！"一下子站起来好几个人，还有几个人在犹豫着要不要站起来。乖乖，原来潜伏着这么多不专心的人！

发现这个好使后，我经常声东击西。例如上课时只要发现有人不专心，便假装扫视一周说："有个人不专心啊？待会找你提问。"一下子不专心的人都紧张起来。有时我说："有的同学很认真！"好多同学以为老师在表扬自己，于是变得更加认真！

送考

高考前有各种打鸡血活动（如百日誓师、成人礼、拉横幅、集体签名，等等），最后是送考。高考表面上是考学生，其实也是考老师、考家长。

作为班主任，送考也很重要。

穿着上：什么开门红（红衣服），什么旗开得胜（旗袍），什么马到成功（马甲），还有辉煌（灰色或黄色衣服），等等。

知识上：考前答疑。

心理上：耐心疏导，直至祈福。

行动上：击掌、拥抱，等等。

总之，操碎了心，一切为了学生。

送考那天，我早早站在考点门口，学生们纷纷拥抱我，说是沾沾仙气（书呆子气还差不多）。

这时我看到丁同学从我身边大摇大摆、目不斜视地走了过去，既不来签到，也不打招呼，还一脸漠然，完全无视我的存在。"好家伙，带情绪进考场啊？"于是，崇高的责任感促使我主动追了上去，又是击掌，又是安抚。"没事的，好好考！"对方却一脸茫然地看着我，冷冷地说："谢谢老师！"

过了一会儿，丁同学竟又从校外进来了，把我吓了一跳，他不是已经进考场了吗？

听完我的解释，该生说："哦，那是我哥，也在这个考场，我们是双胞胎！"

你想打架吗

大冷天，蒋同学把袖子卷得老高，整个胳膊露在外面。

我本来想说："为什么把衣服卷那么高，不冷吗？"

结果我却脱口而出："你想打架吗？"

一帮猴儿霎时笑崩。

你能不能不穿衣服啊

晚辅导课，离下课还有八分钟。季同学开始不停地穿衣服（为放学做准备）。我写板书时他套上一只袖子，我再写板书时，他趁机套上另一只袖子，穿好毛衣还准备继续穿外套。

我怕影响其他同学听课，便用眼神制止他，没想到他竟继续若无其事地穿外套。他旁边的几个同学已经受到了影响，开始骚动起来，无心听课。

我忍无可忍，便说："季xx，你能不能不穿衣服啊？"

我说完,一帮不知底细的猴儿直接笑晕!

批评

中午考前自习,有的在看书,有的在休息。

一个同学招呼也不打,随意走出教室,出去时还把门关得很响。我很生气,在门外等该生回来后,狠狠训了一顿:"我说冯×啊,你上次就没考好,还不认真复习,走来走去不浪费时间吗?还有,你把门关得那么响,不怕影响别人休息吗?"

在整个批评的过程中,该生一直面带笑容,最后干脆笑弯了腰。我怒了:"你考那么差,怎么还好意思笑呢?"

"不是的,不是的,老师,我不叫冯×,我叫杨×。"对方笑得上气不接下气地解释道。

神反应

年岁渐长,记忆力开始下降,记学生名字没有以前那么快了。尤其所教班级一多,更是不知道谁是谁,但课代表一般还是认识的。

课间路过所教班级,便走进教室,刚对"课代表"使了个眼色。"课代表"便立马飞快跑到另一个同学面前:"生物课代表,老师叫你去拿作业。"原来我认错了人!

当时,我什么也没说。该生是怎么知道我认错了人,又是怎么知道,我要叫课代表拿作业?真是猴精猴精的孩子啊!

顺手牵羊

上完课，值日班长递上课堂记录本，我填好后便回办公室，该生紧紧跟着我。

"有问题要问？"

"没有。"

快到办公室了，该生还是紧紧跟着，似乎欲言又止。

"有什么事吗？"

"没有！"

我进了办公室，他仍旧锲而不舍地跟进办公室。

"有事？"我很奇怪。

该生脸色尴尬，喃喃地说："老师，我只有这一支笔。"

我低头一看，手里还紧紧攥着刚才签字的笔，竟忘了还给学生。

我说最近我笔袋里的笔怎么越来越多，敢情大多是顺手牵羊来的。估计我拿错了笔，他们一般也不好意思要回去。

我岂能为区区一支笔而晚节不保？于是赶紧告诉学生，当我再"顺手牵羊"时一定要大胆揭发，而且拿一罚十！

教书二十多年，虽辛苦，却充实。回忆起来有烦恼，也有欢笑。当年的烦恼，有的变成了今天的笑料！

现在我真的老了，特别想念那些"猴儿"们。不知道他们现在怎样。

最可怕的是学生毕业后组团来看老师，还故意一个个问我："老师你知道我是哪个班的？叫什么名字？"

记不住学生名字的糗事时有发生。有一次我叫某个同学回答问题，指着的那个同学没动，另一个同学却站了起来。

其实教书也挺好，虽然记忆力下降了，身体衰老了，但心态永远十八岁。

2023 年 6 月 10 日

以匠心致初心

　　小时候跟随父亲在校园中长大，坐在教室后面听父亲上课，使我幼小的心里充满了好奇和崇拜。我后来一路求学，毕业后又回到三尺讲台，这似乎就是我的宿命，也让我产生了深深的校园情结。那安静的校园，那宽阔的操场，那空荡荡的篮球筐……甚至校园内一片飘飞的落叶，都让我感到亲切和美好。

　　刚入职的时候，父亲送我，他既没有告诉我教学方法，也没有向我传授教学技巧，只是反复叮嘱我：把书教好，这是你的饭碗。

　　父亲从教一生，两袖清风，但他高尚的人格和出色的教学水平赢得了满满的尊敬。父亲去世时，他教书的地方，很多人自发前来送行，对我触动很大。

　　工作后，我遇到王娩君老师，她默默教书，无私奉献的精神深深地震撼了我，让我更加清楚要做个什么样的老师。

　　2000年是我人生中最顺的一年：买房，生子，评上中级。生活向我展示了最美好的一面，我想只要继续努力，生活一定像花儿一样盛开。

　　休完产假，我连教高三多年。当时孩子小，工作压力大，那几年是我有生以来的至暗时光，却也是最充实、进步最快的一段时光。

为了更好地提高学生成绩，我挤出空余时间，吃透教材，呕心沥血编成一本《教学笔记》。当时我一腔热血，全心教学，那种执着、刻苦和忍耐，至今想起我依然泪目。

从那以后，我在教学内容的把握上基本游刃有余。我做了几年班主任，也积累了一定的班级管理经验，但心中依然感觉缺失。

2005年，我在离开校园多年后又义无反顾重返校园，实现了年少时的读研梦想。当时我还担任高三的班主任，儿子尚年幼。

在写研究生毕业论文的过程中，我发现了许多以前没有发现的东西，这极大丰富了我的教学经验。多年的高三教学及班主任历练，以及读研的提高，让我在教学和班级管理上轻车熟路。

2010年评上高级，我一点没有"船到码头车到站"的感觉。我知道，教学工作只有起点没有终点。对学生来说，教师是一个良心职业。对老师来说，终身学习才能跟上时代潮流，教学任重而道远。

一次与一个叫李娜的学生闲聊，她说她特别纳闷，为什么她的成绩出类拔萃，但我教她几年，却从没在课堂上向她提问。天哪，她哪里知道我不提问的原因：她的名字对我太有挑战性，我"n""l"不分啊！

从此，我下定决心重新学习普通话，硬着头皮克服习惯性、顽固性语言障碍，不断钻研，一直考到90.1分。我坚持这么做，只有一个小小的愿望：不要因为我的原因，再让某些学生失去被平等提问的机会。

老师的格局影响着学生的格局。我依然感到要学的东西很多。

我虽然是一个理科老师，但爱看书，爱码字。于是我开通了公众号，写了一百多篇原创文章。这些文章不会让我成为名师，但我用实际行动告诉我的学生们：学习是永无止境的，尽心尽力才是最好的生活态度。

从教近三十年，虽竭尽全力，却依然平凡，但我无怨无悔！尤其一届又一届的学生满含敬意和不舍向我告别，走向更好的人生时，我便倍感欣慰和满足。

再过几年我也该退休了。终有一天，我将离开挚爱的校园。退休后，我将住在校园旁边，在某个午后，可以静静聆听校园内那熟悉的铃声。

2019 年 12 月 21 日

第三辑

亲/情/慰/藉

我的爷爷，那个卑微的小老头

爷爷留给我的印象很模糊，他自己的儿女也很少提起他。

我一直奇怪，为什么爷爷和奶奶的待遇差别那么大！譬如爷爷的葬礼简单、冷清，而奶奶的葬礼却既隆重又热闹。

大伯的解释是：奶奶是外姓，是客人，礼节上应当隆重些，是办给外人看的，也是对奶奶娘家的尊重。爷爷嘛，自家人，简单点没有人说。

我看是典型的"重妈轻爸"。

我上中学的时候，爸爸经常送我上学。爸爸一路述说奶奶如何如何辛苦，自己上学如何如何艰难。至于爷爷，只字不提。

爷爷到底是什么样的人呢？为什么大家都很少提到他？这让我越发好奇，我只能从侧面了解到一些关于爷爷的片段。

爷爷的爸爸是个富二代。有多富呢？简单说吧，家里可以"走马穿楼"（形容房子多得可以跑马）。我上大学时，爸爸送给我一只精致的铁皮箱子。那是爸爸祖上的唯一遗物，也是证明祖上阔过的唯一物证。

　　爷爷的爸爸是个败家子。在赌光了祖上的全部家产后，只好投亲靠友，甚至沦落到种庄田住庄屋（旧时地主供佃户居住的房屋）的地步。

　　据说，爷爷出生后差点被饿死在摇篮中，这是爷爷后来体弱多病的根本原因。为了生存，爷爷小时候四处为家，做童工、卖苦力，干过种种营生：撑船摆渡、送门神、当店堂伙计，等等。巅峰时期做过账房先生，据说口算能力超强（这难得的好基因传到我这里大概就变异了，我计算能力超弱）。

　　爷爷成年后依然弱不禁风。后来一个贪吃的媒婆，吃了爷爷家一顿好饭，便把大家闺秀的奶奶，介绍给了一贫如洗的爷爷。在那个听从父母之命、媒妁之言的年代，奶奶没有知情权和选择权。

　　当时奶奶的娘家是殷实的地主。于是爷爷便投靠了奶奶的娘家，在奶奶娘家的资助下安了家，开始了长达几十年客居他乡的生活，成为当地唯一的异姓，也留下了几乎三代人痛苦的记忆。

　　小时候，奶奶经常给我讲《薛平贵与王宝钏》的故事。相门千金王宝钏抛绣球选夫婿，刚好被路过的乞丐薛平贵接到，正如戏曲所唱的"王孙公子千千万，彩球单打薛平郎"。王父不允，王宝钏却坚持随薛平贵搬进了武家坡上的一处旧窑洞。虽然王宝钏的父亲与她断绝了关系，但老母却无法割舍这个小女儿，不时派人来探望他们，送些钱物，使他们的生活得以维持下来。王宝钏苦守寒窑十八载，终于等到丈夫立下战功归来。故事曲折、动人。

我现在才知道，奶奶讲的故事中有她自己的影子。但爷爷和奶奶的婚姻没有这个故事那么浪漫、美好。爷爷既不高大也不英俊，同满腹才情的白富美奶奶相比，爷爷显得更加矮穷矬。

爷爷属于那种身体羸弱之人，用奶奶的话说肩不能挑，手不能提，甚至连水车都背不动，几乎干不了重活。

一次爷爷同别人一起到集市上买红薯藤（用来扦插）。结果同去的人上午就回来了，奶奶一直盼到日落西山，爷爷却迟迟未归。半夜听到有人敲门，开门一看，爷爷狼狈不堪地回来了……

原来，爷爷本来体弱，路上生了病，打摆子（疟疾），只好一路走走停停，停停走走，咬牙坚持十几里路，才把红薯藤挑回了家。再看红薯藤，叶子几乎萎蔫，茎秆几乎摔烂。爷爷一路跌跌撞撞，不知道摔了多少跤……

爷爷不仅身体瘦弱还胆小怕事。当遇到外族欺负时，爷爷作为家里唯一成年男性，选择的不是保护家人而是躲避。于是一个大家庭的门面，硬生生靠奶奶一个弱女子支撑。

奶奶勤劳苦干，省吃俭用，后来又买田置地，终于从无产逆袭成有产。因为这些田产，土改时我家被划成了富农成分，被抄家、没收财产、批斗。后来，奶奶通过卖菜、卖柴，不仅养活了五个子女，而且个个读了书，不当"睁眼瞎"。尤其是我的爸爸，在那个极其困难的年代，还被一路保送读完高中。

爷爷还是一个沉默木讷的人。我幼时，爷爷一边干活一边摇着摇篮中的我。半天过去了，母亲收工回来，对着摇篮中憋得满脸通红的我喊了一声："三。"我"哇"的一声大哭起来。母亲伸手一摸，衣服下面全是屎尿。我憋了整个上午，又不敢哭。爷爷只顾干活，根本没想到把我抱起来看看。

在我稍微记事的印象中，爷爷永远在不停地干活。有一次我跟着爷爷放牛，爷爷一边放牛一边捡花生，还把捡到的花生剥给我吃。这是爷爷留给我唯一的一点模糊的温馨记忆。

爷爷平时寡言少语，整天埋头干活，不会沟通。因此家里并不和睦。尤其下雨天，奶奶常常和爷爷吵架。于是爷爷便一声不吭，扶着梯子爬到楼上，默默地打蒌子（用稻草编织的绳子，用来捆稻子、麦子、柴草等）。

爷爷去世后，他打的蒌子各式各样，码了一堆又一堆，整整齐齐。他备下的蒌子在他去世多年后还用不完……

一次爷爷的忌日，我听到奶奶的哭诉："你这个老东西，走了就走了啊，走了就不管我了啊……你个穷光蛋，穷得比蛋还光啊，蛋还有点糙糙啊……"

奶奶哭得伤心欲绝，我听得稀里糊涂。从奶奶断断续续的哭诉中，想象着爷爷是何等无能，奶奶是何等委屈！我想奶奶是恨爷爷的吧。

爷爷究竟是一个怎样的存在？我依然无法全面了解。只能从大家点滴的描述中补充一些片段：大家人口缺衣少食，开饭时，爷爷盛好饭菜，远远地一个人蹲在角落里，哽哽噎噎吃着，也不管子女们够不够吃，吃完饭便去默默干活。

后来分了家，爷爷和奶奶另起炉灶。只要有好吃的东西，奶奶总是惦记着我们这些孙儿。每当这时，爷爷便坐在厨房门口，气得直瞪眼睛。

有一年大修水库，爷爷因体弱干不了重活，于是被分派做饭。修水库虽然辛苦，但是有肉吃。于是爷爷便把自己的那一份肉省了下来，全部放在一个搪瓷缸里，揣在怀中，赶了整整一夜的路。

爷爷走到家时疲惫不堪，却欣喜地揭开搪瓷缸盖子，里面的肉竟还是热的。爷爷早年缺衣少食，所以害怕挨饿。一旦稍稍解决温饱，他还是知道惦记家人的啊！

至今，爷爷的存在仍是一个谜，因为他的子女大多去世了，我无法真正了解他。

今天突然想起爷爷，想起他卑微的一生：年少时流离失所，在困苦和被忽视中默默长大，养成了懦弱的性格。成家后因体弱不能担负起家庭的重担，只好在抱怨甚至屈辱中度过了平凡的一生。爷爷年少时缺少关爱，成家后沉默寡言，也不会关爱家人。他平静地接受父辈带来的宿命，无力抗争，选择用沉默和劳动来抵御生活的苦难和命运的不公。他的悲苦从不对人言说，因此也没人真正了解他。

爷爷就像一片残败的枯叶，一张破碎的旧报纸，默默地消失在生命的长河里，只留下一些残缺不全的记忆。

几十年后的今天，他的孙女却突然想起他，想起生命源头中那个卑微的小老头。

仔细想想，爷爷一生虽然没有干出什么轰轰烈烈的大事，也没有给子孙留下丰厚的物质财富，但他把吃苦耐劳、忍辱负重、谨言慎行、忠厚踏实的品质传给了他的子孙。他的子孙凭借着这些优良品质，得以从逆境中再次崛起。

2019年6月17日

我的奶奶

想起我的奶奶，满脑子都是温馨的记忆。

母亲说我长得很像我奶奶，奶奶年轻时的模样我没有见过，因为那时候没有照片。印象中的奶奶端庄大气，颇有大家闺秀风范。虽然那时已八十多岁，头发不花白，视力和牙齿也好，皮肤白里透红，而且气场很足。

所以一想到奶奶，我就想到了大观园里的老祖宗，杨家将里的佘太君。母亲曾总结过：你奶奶就像个杨令婆（佘太君）。

因为年轻时过度劳累，奶奶老了总是胳膊等处疼痛不已，但依然精神矍铄，头脑灵活，思维清晰，能把过去的事情像放电影一样地复述一遍。

我的奶奶虽然只是一个不识字的小脚妇女，但见识不凡。

爷爷性格懦弱，体质差，不善谋生。奶奶几乎凭一己之力把五个儿女养大成人，而且都受到了一定的教育，至少每孩子都读过书，不是"睁眼瞎"。

那个时代，一个农村妇女能有这样的认知，已经超越了绝大多数人。

奶奶不仅知道读书的重要性，而且也不像一般的老人那样重男轻女。虽然我们是女孩子，但奶奶从来没有嫌弃我们，更别说打骂了。在奶奶心中我们都是宝贝疙瘩，有什么好吃的总是想到我们。比如二姑炖了鸡送给奶奶吃，奶奶在房间里向我们招手："乖乖，来，来，来尝一点。"我们立即懂事地躲开。

奶奶虽然不识字，却很有文化。

奶奶是一个讲故事的高手，小时候听奶奶讲过很多故事。比如《乌金记》《白扇记》《小渔网》《文王访贤》，等等。台词五言或者七言，十分押韵，奶奶都能倒背如流。感觉奶奶大脑里藏着一个故事宝库，奶奶能知道那么多故事，和她出身富裕，农忙后经常请人唱戏有关。

坐在矮凳上，听奶奶讲故事，是童年最美好的记忆之一。我对文学的兴趣可能起源于此。

奶奶经常通过讲故事，告诉我们一些做人的道理，比如《文王访贤》告诉我们做人要贤德、善良、宽容。

奶奶还讲过这样一个故事：饥荒年为免遭盗匪，有钱人家一般用杠子撑门，而一富贵人家却用"筷子撑门"。就是遇到盗匪时，干脆把门打开，做好饭菜，高桌子低板凳热情招待。酒足饭饱之后，盗匪很是感激，自觉离开。

这个故事对我影响也很大。

奶奶的脑袋不光是一个故事的宝库，还是一个知识的宝库。

夏夜乘凉，奶奶轻轻摇着蒲扇，一边帮我们赶蚊子，一边给我们讲故事，比如牛郎织女的故事，还教我们认识各种星星。奶奶轻轻抚摸着我的头，蒲扇慢慢摇啊摇，我听着故事，数着星星，甜甜地睡着了。

吹着夏夜凉爽的风，看满天繁星，是童年最温馨的记忆之一。

除夕夜，奶奶不仅给我们讲故事，还出题让我们思考，比如鸡兔同笼问题。

感觉奶奶什么都懂，一个不识字、没有读过书的农村小脚老太太，怎么这么厉害？

奶奶年纪大了，经常拄着个拐棍，见到我们第一句话总是："你妈呢？"似乎永远在找我妈。因为爸爸在学校教书，忙得脚不沾地，指望不上，只有我妈能照顾奶奶。每年杀年猪，第一碗汤永远是先端给奶奶，奶奶一直夸奖我妈做的猪肝汤又嫩又香。

奶奶虽然因年纪大了不能下地干活，但依然惦记着一些活计。菜园坡上的柴草长得非常茂盛，奶奶让我帮她砍了做柴火。夏天很热，我把那一整坡的柴草都砍好了才收工。奶奶很高兴，还专门做了饭菜招待我，并狠狠地夸奖："我的孙女，又能干又懂事。"

我读高中时住校，很少回家。有一次我返校前，奶奶颤颤巍巍地拿给我一条包好的手绢，里面是她攒的零花钱，还有几颗糖，一些瓜子、花生，等等，非要我带上。我假装拿着，然后偷偷放了回去。奶奶发现后，有些生气，拐杖在地上用力杵了几杵说："孙，乖乖，拿着，这是婆婆的一点心思，不要嫌弃婆婆的，好好读书，不要忘了根本，儿也好，女也好，都要有'稳劲头'。"我不忍心要奶奶的钱，几次三番后还是偷偷放了回去。

那是我最后一次见到奶奶。早知道这样，我当时就应该把钱收下，让奶奶高兴高兴。可我当时坚信自己做得很对，还认为自己很懂事。

我不知道奶奶当时有没有真生气，可一切都回不去了。

2023 年 6 月 8 日

姥姥

姥姥是一个普通的瘦弱的老人。

我有一次回家，姥姥正在蒸包子，见了我立刻搬过一个小凳，递给我一只热乎乎的包子。包子是萝卜粉丝馅，很香。姥姥见我吃得很香，没等我吃完，又递给我一只热气腾腾的包子，还不停地让我多吃。

那是我第一次见到姥姥，一个朴实的老人。

一次周末我在街上闲逛。我想买件上衣，转来转去，最后在一个摊位看中了一件。我没有经验，讨价还价后还是觉得贵，不想买。没想到，老板娘听到我是外地口音，对我破口大骂。虽然我不懂是什么意思，但一定是很难听的话。

我当时还是一个学生，不知道怎么回击。正在手足无措的时候，姥姥从街的另一头走了过来，拉着我的手，把骂我的人狠狠训了一顿。那人听到姥姥是本地口音，再看到姥姥护着我的架势，没敢再骂。

姥姥心疼地拉着我的手，东西也不买了，街也不逛了，直接离开。

姥姥也是来逛街的，无意中听到了我的声音，碰巧看到我被人欺负，便立即赶过来护着我。要不是姥姥及时赶到，我很可能会遭到更多的谩骂。

　　姥姥，一个弱小的老人，用自己的善良竭力保护着我。

　　后来我到外地工作，偶尔回去。有一次我带着先生和儿子去看望姥姥，姥姥精神状态挺好，还能种菜。姥姥见到我们很高兴，我们赶紧把口袋里的零钱都掏给了姥姥。

　　有一段时间不知道为什么，我总是惦记着姥姥。我买了两套保暖的床单，寄了回去。后来我又买了一件棉袄，正准备寄回去的时候，家里来电话告诉我，姥姥病危，坚决让我把衣服退掉。

　　没过多久，姥姥走了。我给她买的床单，她一次都没用。我给她买的棉袄，也退掉了。

　　我一直后悔，最后一次见姥姥的时候，没有多给她点钱。

　　姥姥，一个朴素善良的老人，我一直没忘记她。我无数次想起，姥姥拉着我的手竭力保护着我的情景。

　　姥姥是干娘的母亲，虽然和我没有血缘关系，却胜似亲人。

　　　　　　　　　　　　　　　　　2023年6月8日

春风十里，不如有你

儿子上大学后，我彻底解放，开始放飞自我。上学期种种学习，下学期正值春暖花开，便种种玩乐。梅花开了看梅花，桃花开了看桃花，樱花开了看樱花，中间还见缝插针地看了郁金香。第一次超值使用游园卡。以前总是因为没有时间，游园卡常常被闲置。

第一次发现，无锡的春天竟是如此美不胜收，各种花儿竞相开放，美得让人目不暇接。也第一次发现，不用围着锅台和孩子转的日子，惬意得超出了我的想象。

无锡的春天从梅园开始。三八节前后，梅花开得正盛。所以，三八节赏梅活动是我校多年的传统项目。那一树一树的梅花雅致地开着，树干苍劲古朴，游人仿佛置身于一片花的海洋。梅花的品种很多：红的、粉的、白的、绿的，小小的花朵散发着淡淡的幽香，宣告着春天的到来。

紧接着，蠡园的桃花红了，柳树绿了。行走在桃红柳绿的湖堤上，穿梭于曲折的回廊里，想象着西施与范蠡的爱情故事。遥想当年他们泛舟太湖，欣赏着美景，享受着爱情，真正的神仙眷侣。

桃花开时，鼋头渚的樱花也在悄悄地开放。鼋头渚的樱花节恰逢无锡马拉松。一路上人潮涌动，人在花中跑，宛如移动的画卷。人们赏花热情高涨，朋友圈里全民赏花，集体晒图，连电视台也来打卡。

上下班的途中，经过运河东路和运河西路，路上有几株樱花开得正旺，在春雨洗涤后，呈现出一片明亮的粉色，梦幻一般，把心都萌化了。我一边开车，一边想象着鼋头渚樱花林动人的美景！

等到周末，终于挤进鼋头渚。盛花期刚过，有不少年轻的女孩穿着汉服在拍照。置身于樱花林，那一树一树的粉，让人迷失在花的海洋里。真想闭上眼睛，像小狗一样在地上尽情地打个滚。樱花花期很短，盛花期一过，花瓣便随风飘落，水面上便荡漾着一层薄薄的粉，让人不由想起黛玉葬花。

幸好樱花节还没结束，有夜樱可看。长春桥上游人如织，灯光交错中的樱花呈现出梦幻一般的景象。

与樱花节同时，梅园的郁金香节也快接近尾声。匆匆赶去，还能看到大片大片姹紫嫣红的郁金香。如果稍作迟疑，就只能看到一地令人惆怅的花瓣，大片大片娇艳、硕大的花瓣铺洒一地。

我常想为什么不放个"赏花假"？三八节、清明节、五一节都不是最佳赏花期。平时太忙，周日太挤，好不容易周末有空吧，又往往错过最佳花期。如果有个"赏花假"，不仅可以提高生活品质，还可以拉动内需，一箭双雕，何乐而不为？

但不管怎样，能到各个公园，尽情观赏各种花儿，我还是感到心满意足。归途中，看到蠡湖边上有许多风筝，在大转盘上空漫天飞舞，我的思绪一下回到了童年。

也是这样一个草长莺飞的季节。没有十里桃花，也没有樱花、梅花和郁金香，只有广阔的田野，绿油油的庄稼。草在吐绿，树在发芽，庄稼在旺盛地生长。

父亲突然决定给我们扎一只风筝。父亲属于那种兴趣广泛、动手能力极强、十八般手艺样样精通的人。说干就干，父亲先到竹园砍下一棵竹子，用刀劈成薄薄的竹片，再分成一根根细丝，然后用竹丝扎成一个支架，最后敷上一层薄薄的纸，一只简易版的风筝便诞生了。

"走！走！走！"父亲小心翼翼地托着风筝，带着我们奔向空旷地带。我拿着风筝线筒，父亲举着风筝飞快地奔跑，一边跑，一边将风筝举过头顶，然后轻轻松手。我跟着一边跑一边放线。风筝一次又一次重重地砸在地上。母亲见了，笑了笑说："无聊，没有事做！"

多次试飞失败后，父亲只好返工重做，把竹篾削得更薄，并调整了一下风筝支架。再次敷上纸，几次试飞之后，风筝竟摇摇晃晃地飞起来了。我拿着风筝线筒，奋力奔跑，满头大汗。

最后，父亲让我来放飞，我学着父亲的样子，一边跑一边举起风筝，然后轻轻松手。几次失败之后，终于来了一阵风，风力正好，风筝竟借着风力飘飘荡荡地升上去了。我们欢呼雀跃，在田埂上卖力地奔跑……

江南的春天令人陶醉，可我一次也没有带父亲来玩。父亲在去世前来过一次无锡。他怕影响我的工作，悄悄来的，带了一大包亲手剥好的花生米，因为我先生爱吃花生。父亲怕影响我上班，待了一天就回去了。先生请假一天，陪他游了鼋头渚。我当时认为来日方长，加上工作忙，没有请假陪同。现在既有时间又有条件，可他却再也来不了了！

那次父亲突然来看我，大大出乎我的意料。父亲回去不久就查出肝癌晚期，很快就走了。现在想想，父亲一定知道了自己身体不好，所以主动提出看看我工作的地方和生活的状况。

前不久，妹妹帮妈妈整理衣物时，发现了一套崭新的内衣，放在衣柜最上格，还没拆封。那套内衣是父亲来无锡时我们给他买的唯一礼物。估计父亲生前一直舍不得穿。

如今，衣服还是新的，原封不动地保存着，父亲已去世多年了。

人到中年总有种种无奈，其实快乐并不是常态。成人的世界里没有谁能永远快乐，除非疯子或傻子。所以要追求快乐，追求快乐也是一种情商。即使生活一地鸡毛，你也可以把鸡毛捡起来，把它扎成有用的掸子或毽子，或者装饰品。

今天，我又想起了父亲，想起我扎着小辫，在春天的田野里快乐奔跑的童年。谢谢父亲，在那个生活清贫的年代教我学会了快乐，也使我明白即使现实苦涩，也要保持内心温润。

　　父亲，愿您在天堂里一切安好！

2019 年 4 月 5 日

虽然岁月沧桑，我依然 记得你年轻时的模样

我的父亲出生于 1936 年，母亲出生于 1942 年。母亲十八岁那年，外婆去世了，母亲十九岁时嫁给父亲，随后生下我们兄弟姐妹六人，其中二胎男孩夭折。

父亲于 2011 年去世，父母一起生活了五十多年。五十多年，也就是半个多世纪。

母亲不识字，性格要强，吃苦耐劳。父亲心灵手巧，多才多艺，会砌灶，会写对联，甚至会多种乐器。父亲教书教得很好，还会推算，比如谁家的东西丢了，人走失了，父亲能够根据时辰推算出在哪个方位，可能什么时候回来。

父亲性格有些倔强，不善谋生，母亲操劳一辈子，也没享上他的福。

父母一生，时有争吵，但是边吵边忘。小时候，每当父母争吵，我总在一旁狠狠地补刀："没有感情！"父母听了从不计较，只是露出无奈又好笑的表情。后来父亲脾气渐大，母亲在电话中向我倾诉，我先好言安慰母亲，然后严肃批评父亲："女的是需要哄的，你哄哄老妈不就好了吗？再说我妈操劳一辈子也不容易……"

父亲时而沉默，时而愤愤地说："你妈欺负了我一辈子。"我听了哭笑不得。每次长途电话最后我总要关照几句："你们要听话，不要吵，要相互照顾，我们才能放心。"父亲怕影响我的工作，表面上满口答应，实际上估计他们依然是一个爱唠叨，一个倔脾气。

所以，我从不认为他们的婚姻是理想的婚姻。我认可的理想婚姻，在小说中、在诗歌中、在散文中，在一些文学作品中……

可有一些小事，慢慢改变了我的看法。那是父亲生病前的一个暑假，我和妹妹在客厅里聊天。父亲突然问我们："一串珍珠项链要多少钱？怎么知道是真的还是假的？"我们好奇地问："你买珍珠项链干吗？"父亲说："我想给你妈买一条，菜场上有卖的，只要十块钱，我怕是假的。要是买了一个假的多伤感情啊！"我和妹妹交换了眼色，偷笑。

我和妹妹简单商量了一下，说："我们有的是珍珠项链，到时候拿一盒来，让你随便挑。你喜欢哪条，就拿哪条送给老妈，不用去买了。菜场卖的肯定是假的。"后来妹妹真的拿了一盒珍珠项链让父亲挑选，父亲挑来挑去，挑了两条比较精致的送给了母亲。据说母亲收到项链后很开心。我和妹妹听了也很开心。父母那个时代的人，是不流行送礼物的。估计这是父亲送给母亲唯一的礼物，母亲肯定高兴！

后来父亲病了，查出了肝癌晚期。在长达一年半的时间内，母亲日夜相伴，寸步不离，任劳任怨，一直到父亲咽下最后一口气。

母亲自己也是近七十岁的老人，每天仔细地给父亲擦洗，喂吃喂喝，端屎接尿，让父亲一直干干净净的。父亲在最后的岁月里，骨瘦如柴，滴水不进，但母亲依然满怀希望，偷偷塞东西给父亲吃，虽然父亲已咽不下任何东西了。

一年多的日日夜夜，一个近七十岁的体弱老人，不知道是如何坚持下来的。这是一份怎样的毅力，这是一份怎样的坚守啊！

父亲走后，母亲很平静。在送走父亲一周后的晚上，母亲坚持把房门开着。母亲说："今天你爸会回来的，我等着他回来。"我听了几近崩溃。

父亲去世以后，留下孤独的母亲。有时母亲一个人对着父亲的照片喃喃自语：老东西，你倒好了，不再管我了。

母亲经常一个人默默坐在阳台上。有一次假期，我回家看望母亲。喊了很久一直喊不开门，只好从邻居家后门，绕到母亲家后院。从院子里看到母亲一个人默默坐在阳台上，在那打盹儿，喊了好几声才把她喊醒。地上有几只蚊子，肚子吃得鼓鼓的。

母亲的孤独让我心疼万分，我甚至想给母亲找个老伴。试探母亲的看法时被母亲臭骂了一顿："无聊，我这辈子就你爸一个人。"

一次我和妹妹在客厅正聊得起劲，母亲颤颤巍巍拿出一个盒子交给我们。我们打开盒子一看，是两条珍珠项链。我们很惊讶:"妈,你早就晓得?"母亲很平静地说:"晓得,你们看看是谁的,自己拿回去吧!"唉,估计在父亲拿出项链的那一刻,母亲就已经知道了,那项链不是父亲买的,而是我们送的。但是母亲就是没有说破,假装高兴,估计为了让父亲高兴,也可能为了让我们高兴吧?这老太太,实在太精!

有一天早上,母亲对我说:"我昨天晚上梦见你爸了,他穿着白色的确良上衣,宝蓝裤子,还是年轻时候的模样。我看到他后,一把抓住他说'我看你还往哪儿跑'……"我听了,躲到阳台上,泣不成声……

父母之间,我从未见到他们表达爱情。母亲爱唠叨,但好吃好喝的都让着父亲。父亲寡言少语,但一遇到操心的事情,总是不忘交代我们:"别让你妈知道了,省得她操心怄气。"

我知道父母之间的感情不是理想爱情的模式,他们同书上描写的美好爱情,确实相差甚远。但和五十多年相互坚守、不离不弃相比,爱情是多么苍白无力啊!

我突然觉得:虽然岁月沧桑,却依然记得彼此年轻时的模样,应该是爱情最真实的样子!我甚至有些羡慕他们!

2019年8月7日

逃离母爱

暑假，我趁儿子外出游学两周，计划回武汉好好陪陪母亲。

母亲最大的特点就是爱操心。比如我告诉她将要回去，她会几天睡不好觉，吃不好饭，直到见到我。再比如我告诉她将要走，她又几天睡不好觉，吃不下饭，直到我平安到家了，她才放心。

所以，一般情况下，我不把行程告诉母亲，省得她瞎操心。我回去的时候，经常搞突然袭击。走的时候，假装说还要再玩几天。到真正走的时候，再搞突然袭击，拎起箱子就走人。

我每次离开，母亲都会遗憾地说："回来什么都没吃到。"好像我回家的目的就是为了吃。

为了让母亲少操心，我这次回家本来也是瞒着母亲的。快到小区门口了，可能刚刚下过暴雨，有一段路被水淹了，车子开不过去，我只好打电话询问母亲："水淹到哪儿了？水深不深？"打完电话我就后悔了。母亲知道我回来了，无比高兴，但说不清楚路况。于是我向路人打听，改道绕行。绕行的过程中，不停有电话打来，大姐、二姐、妹妹，还有弟媳，都着急地询问情况，都说车开不过去的话，就到他们家里去。

　　绕行后还是过不去，我只好将车停在附近小区，再步行到母亲家。母亲已经焦急地在路口张望。见到母亲，我的第一句话是："妈，你干吗兴师动众，恨不得让全武汉人都为我担心？"

　　坐下来，母亲忙问我吃了没有，饿不饿，并赶紧切了西瓜。这时又不停有电话打来，问我情况。我只好一一回复："已到家，不用担心。"接完电话，我忍不住又埋怨母亲："妈，你不该给大家打电话，搞得一圈子的人都为我担心和着急！"

　　夏天的武汉真是火炉，闷热得令人烦躁。加上7月6日飞机失事事件的影响（幸好儿子、侄儿坐的是同天另一班飞机），我情绪不佳，晚上大概12点才睡着。半夜2点左右收到儿子从美国发来的信息："妈，我的钱丢了。"我一下睡意全无，只能安慰儿子慢慢找，实在找不到先借一点。正在着急，儿子又发来一条短信："妈，钱找到了。"

　　我好不容易睡着。早上5点多母亲就起床了。母亲起床后顺手把空调关了，还"哗啦"一下把窗帘也拉开了，顺便把窗户推开，好让外面的新鲜空气进来。母亲边推窗户边说："天上掉，也要早点起来捡。"

　　我听了很不高兴，加上天热，满头大汗，瞬间烦躁，再也睡不着，硬撑着起床，整个人昏昏沉沉的。

再一看，母亲竟然把我的衣服全部洗好，整整齐齐地晾在阳台上了。衣服全是手洗的，还在哒哒滴水。母亲还买好了早点，很油腻的豆皮。

其实我提前计划好了，早起后洗衣服、买菜、做饭、拖地，让母亲好好歇几天。结果，母亲起得更早，不仅抢着把活干了，还不停地说："我来，你歇歇！"

母亲忙着张罗我吃早饭，自己却吃昨天剩下的饭菜。"妈，你一起吃，你这样，我还吃得下吗？"我生气地说。

没睡好，豆皮很油，更加没有胃口。

上午，我想买点新鲜的菜给母亲吃。母亲却拿出冰冻的鱼以及放了很久的、不舍得吃的腊猪蹄，非要炖给我吃。大热的天，哪里吃得下油腻的腊猪蹄。我拗不够母亲，只好随她。

我去超市给母亲买点生活用品，还有她要了很久的凉席。购物时，母亲一会儿就打来好几个电话："在哪儿？大热天别到处乱跑？快回家！"中午的天气热辣辣的，我被催得心烦气躁。

晚上母亲睡睡醒醒，醒了后讲她以前的旧事。我很困，头痛欲裂，便说："妈，你能不能让我睡一会儿？你也睡吧！"中途母亲大概又醒了几次，还咳嗽了几声，她不习惯整夜吹空调。她平时都是半夜把空调关掉，怕我热才一直开着。我提醒母亲盖好被子。中途好几次感觉母亲摸了一下我的腿，并帮我把被子盖好。母亲怕吵醒我，没有再说话，可我哪里睡得安稳。

早上母亲又早早起床了，我虽然没有休息好，还是准备起床帮忙做做家务。母亲一把按住我说："睡！睡！休息！"母亲没有开窗，也没有关空调（因为我白天告诉过母亲，起得太早我睡不好，关空调后热得睡不着，她都记住了）。

外面传来哗哗的水声，母亲又去洗衣服了。我提醒母亲用洗衣机洗，她还是坚持手洗。我睡不着，几次想起床，母亲不让，我只好闭着眼睛再躺一会儿。

不久，母亲颤颤巍巍地端来了一大碗米酒鸡蛋。我没有洗脸刷牙，也吃不下那么多，但母亲坚信我一定吃得下。因为我中学时正长身体，每次回家特别能吃。遇到多余的菜，我就对母亲说"拿给我吃了它"。遇到多余的饭，我也对母亲说"拿给我吃了它"。于是，我给母亲留下了深刻的印象：打得粗（能吃）。

这次回来，我本计划好好照顾母亲几天，好好给她做几天饭，把家里全部打扫一遍，把该洗的全部清洗一下。

结果，母亲什么都不让我做。我说去买点东西，她说外面热，家里什么都不缺。我说我来做饭，她认为我不会，嫌弃我做的不好。我准备打扫卫生，她说都是干净的。总之，母亲把我当成一个婴儿，一个废物，按她认为最合理、最有营养的方式喂养。我只要吃饱、喝足、睡好，母亲就心满意足。

我好不容易回家一趟，总想多干活，多尽孝，哪怕多花点钱也好。但母亲怕我受累，更怕我花钱，认为我挣钱不易。

还有，我们的很多想法也不同。

我想吃热干面，母亲说热干面不卫生，没营养。

我说买点新鲜蔬菜，母亲坚持做平时不舍得吃、在冰箱放了很久的鱼和肉。

我说种点花草，母亲不喜欢，还说："跟你爸一样，喜欢瞎办。"

我说养个宠物吧，猫、狗、鹦鹉，等等，做个伴，打发打发时间，不然一个人太孤单了。母亲说太脏，以前养猫、养狗、养鸡，养够了，太麻烦。

我希望母亲有自己的爱好，看看电视，听听戏，种种花草也行，不能成天只挂念孩子们，只为孩子们而活。母亲说："我有吃有喝就行，你们好，我就好。"

还有，好好的纱门，母亲经常打开，蚊子苍蝇飞进来，打也打不完。

好好的淋浴不用，却用桶接水洗，而且洗很热的水。

好好的洗衣机不用，担心放在阳台上晒坏了，里三层外三层盖起来，还用旧床单缝了个套子套起来。我解释机洗用不了多少水电，还洗得更干净。母亲还是坚持手洗，还用温水洗，说是手洗的干净，温水散汗。

还有各种食品，不舍得吃，放过期了，也不扔。

更气人的是，好好的床上用品不用，一套一套存起来，留着我们回家后用。我反复交代不要放着，母亲总是口头答应得好好的，听说我要回去，赶紧换上新的床上用品，等我一走，立刻撤掉，又换上破旧得几乎不能再用的床上用品，还拿旧棉袄当枕头。对付我跟应付检查似的，搞得我哭笑不得。

还有新衣服、新鞋子舍不得穿，宁愿穿旧的。

没用的纸箱、瓶子之类堆在阳台上，搞得拥挤不堪。

我每次回家的任务之一就是扔东西。我一边扔，母亲一边偷偷往家里捡。有一次我让妹妹打掩护，趁母亲不注意，把一床很旧很旧的棉絮扔到垃圾桶里去了，一眨眼又被母亲偷偷捡回来了。

最让人担心的是，母亲总是瞒着我们，在小区偷偷捡瓶子、纸箱。我们不让她捡，又不是缺吃少穿。母亲说捡点什么总比丢点什么好，说我们赚钱不容易。

有一次我正在洗碗，母亲从外面进来了，双手背在身后。我很奇怪，母亲平时不是这样走路的呀。仔细一看，母亲手上攥着一个空瓶子。怕我看见，偷偷藏在身后。母亲有时简直和小孩一样，让人哭笑不得。

母亲闲不住。如果坐下来，老回忆没有意义的往事。我吃不好，睡不好，没心情也没耐心听。

中午好说歹说，我才争取到一次做饭的机会。我认真准备食材，满心欢喜。可母亲老是不放心，在一旁不停提醒我：加点水，用热水，加调料……看我做饭的一招一式，母亲无可奈何地摇了摇头："一看就不好吃，没有老四做的好。"

我一听差点气炸，又拿我和妹妹比较。我十一二岁开始在外读书，从小到大几乎一直在吃食堂，却希望我有很高的厨艺，现实吗？还有，外公做过厨师，母亲是幺女，从小很宝贝，在饮食方面很讲究，我的厨艺更入不了她的眼。

厨房里很热，我不想让母亲在厨房里受罪，叫她出去，做好了再喊她吃饭。可母亲不放心，时不时进来指导一下，搞得我心情很糟，严重影响了我厨艺的自由发挥。

我竭尽全力拿出最高水平做好了午饭，高高兴兴地端到母亲面前。"妈，我做的饭虽然不是很好吃，但是很有营养。仁和（我儿子）被我养得多结实。"为了激发母亲对我厨艺的信任，我王婆卖瓜自卖自夸。

正吹着空调吃着午饭，母亲突然哭诉起以前受过的苦。我一听不耐烦了。"厨房那么热，我满脸是汗，满怀希望地等你夸我几句，一句不夸就算了，还老是拿我和妹妹来比较。我大老远跑回来陪你，你还诉苦，真烦人。"我越想越气，没忍住冲母亲吼了几句。母亲哭了："我把你爸伺候走了，你们就赢了……你爸一辈子没带我出去玩……"我一听，顿感内疚。想起母亲照顾父亲的日日夜夜，想起她生儿育女的艰难。我赶紧费力地把母亲哄好。

唉，早知道这样就不回来了！

饭后，我一个人到小区坐了一会儿，生闷气。

虽然母亲不认可我的厨艺，但对我炖的鸡蛋还是赞不绝口。这是我刚从网上学习加上个人琢磨的结果。鸡蛋打散后加少量的香油、葱、味精、黄酒、淀粉，蒸8分钟左右。这样炖的鸡蛋鲜香嫩。听到表扬我很高兴，然后每顿都非常用心地炖一个鸡蛋。几天后，母亲偷偷给妹妹打电话："你什么时候来，你三姐顿顿给我炖鸡蛋。"

说到妹妹，我确实自叹不如。妹妹脾气好，能干，做饭好吃，嘴巴又甜，会哄母亲开心，妥妥的贴心小棉袄和开心果。不只是母亲，下一代的孩子们也都喜欢妹妹。妹妹生日，孩子们不约而同地偷偷给妹妹发红包。一分付出，一分收获，因为妹妹对孩子们都很宠爱。

我脾气大，不擅长做饭，也不擅长陪母亲说话。其实我每次回家前都认真做了功课，甚至做了笔记：干什么活，买什么东西，给母亲做什么好吃的。结果每次都没办法按套路出牌，我所有的想法几乎被母亲全盘否定。

我经常满怀希望地回去，最后气呼呼地离开，每次都想表现得好一点，每次都是吃力不讨好。

想来想去，我决定带母亲出去转转，散散心。母亲晕车，走远路肯定不行。最后决定回一趟老家。离开老家二十多年了，母亲也一定想回去看看。但母亲嫌天热和晕车，有些犹豫。我找妹妹帮忙劝说，还郑重承诺："我尽量慢慢开，开着空调，贴好晕车贴，保证不热，也不晕车。"因为有开朗、活泼的妹妹作陪，老妈最终还是愉快地答应了。

一路上，母亲对我的驾驶技术似乎不怎么放心，不停地提醒我。我又有点嫌烦，但是忍住了。快到老家，**路越来越不好走**，有的很陡，有的很窄。遇到不好走的路时，母亲双手合十祈祷："求菩萨保佑，求菩萨保佑。"我听了，好气又好笑，没办法，就让她杞人忧天吧！

到了老家，我们先去曾经住过的地方。看得出来，老妈很开心，很激动。老妈开心，我就更开心。

最后到姑妈家，她们姑嫂见了面，也是开心得不得了。以前我们和姑妈同一个生产队，因此母亲和姑妈有共同的熟人。村子里十分冷清，大多是些老弱病残。二十多年过去了，母亲那个年代的人很多已经去世了，剩下的几个老友非痴即瘫，大多颤颤巍巍的。见了阔别二十多年的老友，母亲既激动又感慨。

农村的夏天天热蚊子多，洗澡、上厕所都不方便。晚饭后，我和妹妹想到镇上去住。农村的夜晚没有路灯，到处漆黑一片，田野显得空旷而深邃。我打开车灯，车灯的两束光柱射向前方，像两把利剑刺破无边无际的黑暗，显得格外耀眼。再想想农村本来人少，还要走一段山路，便打了退堂鼓。再看到母亲和姑姑那么开心，我们决定忍一忍住一晚上。

很晚了，隔壁房间姑妈和母亲还在说话，她们太兴奋了。我一方面担心她们的身体，另一方面我明天要开车，怕休息不好。于是提醒她们休息，可她们像不听话的小孩似的，压低了声音继续悄悄说话。

4点多，乌鸫清脆的叫声把我唤醒。听到了窗外清晨动听的鸟鸣，我仿佛一下回到了童年。

我听到了姑妈抓鸡的声音。我起了床，想趁早上凉快赶路。姑妈和母亲走路打着趔趄，估计她俩彻夜未眠，这样下去，都得累病。为了让姑妈歇歇，我决定把母亲带走。走时，姑妈坚持让我们带上还没炖好的鸡肉。

我们带着牵挂、不舍和感慨离开。我一路开得很慢，以免母亲晕车。田野里一片翠绿，庄稼挂满晶莹的露珠，山清水秀。

中途到花园镇，我们找了家农家乐，点了美味的小鱼小虾。本想给老妈补补钙，没想到老妈牙齿不多，不能吃。但吃到了儿时的锅巴粥，很开心。

中午很热，加上昨晚没休息好，我们决定找家宾馆短暂休息一下。好不容易安顿下来，母亲说枕头上有汗味儿（其实是消毒液的味道），要回去。

吃饭和住宿时，老妈不停地问花了多少钱，我们故意把价钱说得很低。但以老妈的精明是瞒不住的。每花一点钱，她都心疼得不得了。"妈，在外面都这样，你一直埋怨父亲一辈子没好好带你出去玩，现在我们带你出来玩，你就高高兴兴地玩。"我忍不住又教育了一下母亲。

休息几个小时后，恢复了体力，继续出发。

在回武汉途中，母亲有些晕车。我只好开了窗，母亲说太热。我赶紧关上窗，母亲又说晕车。我又冲母亲吼了一句。我一吼，母亲立即像个小孩一样，乖乖坐在那里默不作声。我赶紧打开音响，让母亲听听歌转移注意力。母亲轻声嘟囔了一句："都是些老歌。"妹妹听了哈哈大笑，调侃道："连妈都觉得歌老了，该换换了。"我听了又好笑又惊讶。

到家以后，母亲说再也不和我出去玩了，又累又花钱。但我分明看到，她见了老友之后，是十分开心的呀！

看到我时不时吼母亲，妹妹终于看不下去了，教育我说："姐，你回来一趟不容易，既然回来了，就要哄老妈开心。要么，就别回来。孝顺孝顺就是要顺着老人的心意。把这个'顺'字写在手心上，想发脾气的时候，拿出来看看，提醒自己。"

我反思自己，脾气确实不好，决定接下来好好当个乖乖女，待两天就回去。

清早被母亲叫醒。睁开眼睛，母亲像变魔术似的，颤颤巍巍地又给我端来了一大碗瘦肉汤。干干的、满满的一大碗！一大早让我吃一大碗肉，看来母亲仍然把我当成中学时代那个胡吃海喝的傻丫头。老妈对我吃的实力深信不疑，她哪里知道我已人到中年，早已没有当初的好胃口。

"妈，我吃不完。"

"吃！吃！吃得完。妈做的，味道很好，都吃了！"母亲一边说，一边帮我打开了电扇，还递给我一块毛巾垫在手上。

看到老母亲满满的期待和信任，再想起妹妹交代的

"顺"字。我咬咬牙，顽强地把一大碗瘦肉干掉了。

"好吃！"我还假装满意地抹了一下嘴。

"还是你打得粗。"母亲接过碗筷，无限满意地离开。

我忍不住打了一个难受的油嗝儿！

中午母亲坚持自己做饭，做的都是荤菜，依然非鱼即肉。我想吃白花菜，我想吃臭豆腐卷，我想吃藕带……但母亲认为这些统统都是些没有营养的东西，没有鱼肉好。母亲一勺一勺地给我盛菜，我来者不拒，一边吃，一边赞叹："好吃！好吃！"

"还是你能打粗。"母亲满意极了。

饭后，母亲让我休息一下，我便乖乖地休息。母亲让我待在家里好好歇歇，哪里都别去，我就老老实实地待在家里。母亲拿出很多吃的东西，我听话地吃吃吃……

中途我实在忍不住了，还是想把被子、窗帘洗洗，再把窗户擦擦，地板拖拖，还想把沙发套子也洗洗，都被母亲制止了。

我只好坐下来说话。母亲说以前的往事，我就认真地听，听着听着也觉得很有意思。母亲问侄儿学习怎样，能不能考上大学。我满怀信心道："以我多年的教学经验担保，一定能考上大学。"我还顺便把弟弟、弟媳猛夸一通。母亲听了，心里比喝蜜还甜，比吃山珍海味还满足。"到底是读过书的，明理！"我听了激动得差点"哇"的一声哭了出来。我以前那么努力地学习，哪怕考上了大学，都没听见母亲夸奖我。

愉快的一天过去了，看得出来，母亲对我的表现相当满意。妹妹说得对，孝顺孝顺就是顺着父母的心意。

当了一天的乖乖女，我整个人快憋坏了。我想赶紧找姐妹们放松一下。晚饭后我对母亲说："我去堤上找姐妹们玩会儿，一会儿自己回来。你先睡，我带好了钥匙。"母亲竟愉快地同意了。要是以前，她一定会说，大晚上到哪里去呀。

和姐妹们见面，我诉说了一天的感受。她们听了几乎要笑晕过去。二姐笑着说："能让老妈高兴，你憋一下也值得，过两天你就滚蛋吧！"其实我决定了明天就走，再不走估计会被活活撑死。

走时，母亲给我准备了一堆吃的喝的，让我一路吃喝无忧。

到了家赶紧报平安。我打开箱子，发现衣服叠得整整齐齐。我找出那件蓝色的裙子，因为开线了，准备拿到菜场找人缝好。拿出衣服一看，发现开线处早已缝好，而且缝得很细致。老妈什么时候帮我缝好的，我怎么一点都不知道？抖开仔细看时，掉出一个红包。那是我留给老妈的一点零用钱，老妈竟原封不动放回衣服里了。怪不得几天来老妈不停唠叨："四十多岁的人了，要照顾好自己，吃穿千万别省，别省啊……"她唠叨次数多了，我还吼过她"瞎操心"。

估计母亲帮我洗衣服的时候，发现我的裙子开线了，再加上我老发脾气，于是认定我一定过得不好。于是她默默地帮我缝好了衣服，并把我给她的一点钱悄悄塞在裙子里。而我一直在发脾气，对这些浑然不知。

母亲是世上唯一无论你怎样任性顶撞，她都依然心疼你的那个人。

其实我老发脾气，主要是嫌母亲瞎操心、太节约、不听话，多少也掺杂有工作的压力，生活的烦恼。母亲最希望我能陪她说说话，会做饭当然更好。可我不擅长做饭、聊天，宁愿拼命干活，或者给她买东西。

母亲时刻挂念我们，心疼我们，拼命节俭，不想增加我们的负担。而我们总是希望母亲不要太辛苦，不要太节约，不要太操心。

现在想想，母亲爱操心就让她操心呗，有人牵挂也是一种幸福。

母亲愿意干活就让她干活呗，就当锻炼身体。

母亲愿意捡瓶子就让她捡吧，就当一种娱乐。

母亲愿意唠叨就让她唠叨呗，就当一种调节。

母亲愿意用旧东西就用旧的呗，只要干净整洁。

可惜，这些道理我明白得太晚了。我们总是以爱的名义，强求对方按照自己认为幸福而对方不乐意接受的方式生活。但最终往往事与愿违，有些事情最好的处理方式就是顺其自然。

2012年母亲做了甲状腺手术。现在才明白，手术会影响基础代谢，同时也会影响情绪。手术后我们忘了让母亲继续服药，所以那一段时间，母亲情绪特别低落。

2014年，母亲捡空瓶子，学别人把易拉罐踩扁。结果脚下打滑摔了一跤，卧床了几个月。

一病一摔之后，母亲老了很多，一只耳朵听不见，一只眼睛也看不清，走路也摇摇晃晃的。母亲的牙齿几乎掉光，我说装上假牙吃饭方便点。母亲怕麻烦，更怕我们花钱，坚决不肯。听力和视力的下降，使一向灵活能干、性格要强的母亲，彻底老了，还需要大姐照顾。

我最近几次回家看望母亲，她经常一个人静静地坐在那儿打盹儿，不再关注我吃什么，吃多少，也不再强迫我吃她认为最有营养的大鱼大肉。

突然好想念那段被当成婴儿养的日子。只要母亲高兴，我情愿再当一个废物，一个婴儿。可是这样的日子永远不会再有了。

初稿于2013年7月15日

修改于2023年4月24日

最简单的孝顺

母亲自从摔跤之后，突然之间老了很多，一只耳朵听不见了，一只眼睛也看不清了，走路也摇摇晃晃的。

因为耳朵听不清，大多数时候，母亲静静地坐在那儿，通过察言观色，揣测子女的喜怒哀乐。

有一次我和二姐在电话里激烈地争吵，当时我表情严肃，声音很大。妹妹见了，指着母亲对我说："姐，你看，你把妈吓的。"母亲在一旁低着头，垂头丧气地坐在那，像一个做了错事的小孩似的。看到母亲小心谨慎的样子，我愧疚万分。

为了弥补过错，我们姐妹几个故意有说有笑。我表情夸张哈哈大笑，母亲听不清我们在说什么，但看到我们那么开心，也咧着嘴跟着笑，开心得像个孩子。大多数时候，母亲静静地坐在一旁，笑眯眯地看着我们说话。

妹妹说："小时候命运掌握在父母手中。父母老了变成了小孩，命运反过来掌握在子女手中。孩子笑，她就笑；孩子哭，她就哭。"

是啊，我们的心情，决定着母亲的心情，母亲的心情又影响着她的健康。

没想到一向聪明灵活、性格要强的母亲，有一天要看子女的脸色行事。一向强势的母亲，什么时候变得这么在乎子女的脸色？母亲真的老了，我不由更加内疚。

原来孝顺并不是仅仅让父母吃好的，穿好的，给他们很多钱，而是把自己的日子过好，少发脾气，开开心心的，就是最实在的孝顺。

我一般一周给母亲打一次电话，大多数是周末打。

有一次下班较早，我没来得及换居家服，便给母亲打了一个视频电话。视频时母亲开心地说："看上去很不错，整整齐齐的。"我当时穿着得体，戴着漂亮的丝巾，头发也梳得很整洁。整个人看上去确实很精神。

我突然意识到平时同母亲视频时太随意了。我一般穿着简陋的居家服，有时候头发也不打理，甚至蓬头垢面，估计每次母亲看了都很担心。

当妈的都希望自己的孩子穿戴整齐，最好光鲜亮丽。

儿子一学期都没回家，再加上儿子因比赛延期一个月放暑假，半年多没看到儿子，很是想念，于是我们决定开车去接他。

终于看到儿子了，他一个人在空荡荡的校园里远远走了过来。因放假了，学校理发店停业，儿子的头发胡子都没理，穿衣也不讲究，一只不修边幅的单身狗款款走来，看得我心疼万分。一刹那，我突然理解了母亲。

原来把自己打扮得漂漂亮亮，干干净净，整整齐齐，体体面面，让父母多些放心，少些担心，也是一种实实在在的孝顺。

从那以后，我再给母亲打视频电话的时候，尽量把自己收拾得干净一些，整齐一些，精神一些，开心一些。

在父母面前，尽量穿着整洁，心情愉快，我想这应该是最简单的孝顺。

2023 年 6 月 9 日

用了一辈子的时光，
我才真正理解母亲

我一直对母亲有两点看法，一是不喜欢我，二是爱唠叨。

一

我读书时，母亲的态度是不支持，不鼓励，不肯定，不表扬，有时干脆直接反对。我倔强起来非要读书时，母亲急了还骂过我。所以我一直认为母亲不待见我。

我工作后，母亲总说谁谁深圳打工，给她的弟弟盖了房子。我不喜欢道德绑架，这更加激起了我的逆反心理。

一直到我自己做了母亲，经历了生活的种种酸甜苦辣，再回忆起很多往事时，才慢慢理解了母亲。

我初中住校，母亲为了改善我的伙食，想尽了办法，比如咸菜里加点虾米，做点手工豆腐，实在没有什么好带的，便尽量往咸菜里多加油，油在那个时候比粮食还珍贵。

有一次我无缘无故地腿痛，而且痛得很厉害。那时没有电话，只能捎口信。没想到，天还没亮父亲就赶了过来。父亲说："你妈晚上听到大门'咣当'一声，心里很不自在，叫我赶紧过来。"父亲打开包裹,里面是热气腾腾的肉饼。母亲白天要出工,还要连夜包好肉饼,估计整夜都没怎么休息。

母亲平时总是忙忙碌碌,很少和我们进行思想交流,有时甚至简单粗暴。

有一次割麦子,母亲对我的读书提出反对意见,并说出她的安排。我据理力争,母亲很生气,骂了我一句。我也气得扔了镰刀。

中考前,母亲拎着装有咸菜和大米的网兜,破天荒地送我。我们走在窄窄的田埂上,两边是大片的油菜田,开满了金灿灿的油菜花。母亲边送我边说:"儿,用心读书,能奔出去就奔出去,别像妈一辈子受苦。"我听了,鼻子一酸。因为我非要读书,当时还和母亲较着劲儿,母亲能抽出时间送我,并鼓励我,让我深感意外。

这是母亲对我读书态度的一个极大转折,对我触动很大,也让我受到了极大的鼓舞。从那以后,母亲就不再强烈地反对我读书了。

我初中毕业,有机会当民办老师。母亲希望我能够减轻家里负担,早点就业,但我想读高中考大学。母亲虽然不赞成我读高中,但开学时还是给我做了件新棉袄。

我读高二时做了一次手术。出院后在家休息,父亲买了新鲜的瘦肉和腐竹,母亲很仔细地单独做给我吃。当时家里本不宽裕,我生病还花掉了一大笔钱。

后来搬迁，父亲不再教书，家里经济状况急转直下。有一次回家，我没有拿到学费，只好难过地离开。我快上公路的时候，母亲追了过来，把一个手绢交给我，语气坚定地对我说："儿，走吧，走吧，奔前程去吧。"

我打开手绢，里面是母亲卖鸡蛋攒下的零钱，一分一分的，一毛一毛的，叠得整整齐齐。那点可怜的零钱是母亲攒了很久很久的，也是家里仅有的现金。

我结婚那一年，上了汽车，母亲从窗口塞进一个包裹，对我的先生反复叮嘱："瓜子，瓜子。"

我们到家后打开装瓜子的包裹，里面有2000元现金。母亲担心我们小家庭底子薄，把我结婚时收到的所有礼金都给了我。

我生孩子那年，母亲已经五十八岁了。为了来照顾我，一向晕车的母亲坐了两天一夜的轮船，还带了几十斤油、十几件床单等物品。母亲到家时，累得踉踉跄跄。

我生孩子出院后，冷冷清清地回到家。母亲高兴地开门，家里收拾得干干净净，整整齐齐，她瘦了很多，眼眶深陷。

我坐在凳子上抱着儿子莫名哭了起来，母亲吓得双手发抖，慌慌张张地解开儿子的襁褓，上上下下左左右右，认认真真检查了一遍，甚至连指头都数了一遍，然后很开心地对我说："样样齐全，样样都好！"

当时新房刚装修好，我们暂时租住在一个单间里，没有空调，没有洗衣机，母亲只能住在客厅。母亲不仅要做家务还要照顾我，为了下奶，母亲想尽办法，做黑鱼汤，做瘦肉汤给我吃。还掐了嫩嫩的菜尖放在汤里。

因为见过我的困难时期，母亲总担心我的经济状况不好。

一次暑假回武汉，我和表嫂们在客厅里聊天，母亲在一旁看了看我，默默地摇头叹气。她还悄悄把妹妹叫到房间里，打开一个手绢对妹妹说："我给你点钱，带你姐去烫烫头发，买点衣服。"

表嫂们化了妆，穿金戴银，衣着光鲜。我一身朴素，什么首饰也没戴，母亲认为我一定是没钱打扮。

其实我只是不爱打扮。为了让母亲放心，再次回去的时候，我把我的首饰一一展示给母亲看，她才稍稍放心。

2010年父亲查出肝癌晚期，在那一年半的岁月里，母亲日夜相守，疲惫不堪。一次我准备给父亲洗脸，母亲立即把我推到一边，说："你教书的人，嫩心嫩肺的。"其实肝癌不传染，但母亲还是竭力保护我，也可能怕我见到父亲瘦骨嶙峋的样子，心里难过。

2014年母亲不小心摔倒，卧床半年，全靠大姐悉心照顾。她们怕我操心都瞒着我，后来我回家时，看到床边有个拐杖才知道。

2021年清明节，先生开着车，我正躺着休息，突然听到母亲的声音"三儿"，我一惊，立刻坐了起来，却发现并无异常。我想我可能听错了，也可能是收音机的声音。

第二天中午，我坐在阳台上，太阳温暖舒适，我却心里很不自在，便给二姐打了一个电话，才知道清明节那一天，母亲突然倒地，嘴唇发紫，口吐白沫……幸好旁边有人，抢救及时。

我一边接电话一边泣不成声。我突然发现母亲对我那么重要，父亲不在了，我不能再没有母亲。

我由此开始相信母子连心、心电感应之说。想想以前我多次生病，母亲该有多着急啊。

有一次看到一个视频，鸟妈妈面对一窝幼崽，狠心地把最弱的那一只雏鸟扔到巢外，那是鸟类的生存法则。

在那个普遍困难的年代，父母艰难地把我们养大，还让我受到良好的教育。虽然母亲并不十分支持我读书，但还是一直尽力照顾我。仔细想想母亲其实是爱我的。只是条件不好，爱得比较艰难而已。

二

小时候一直认为母亲脾气不好，爱唠叨，爱发脾气，没耐心，有时还简单粗暴。相对而言，父亲脾气好，又有耐心。送我上学，给我凑学费，鼓励我读书的，几乎都是父亲。

所以在精神上我更依赖父亲。

每次父母争吵，父亲往往默不作声，母亲却气势汹汹，明显占上风。在小孩子的眼里，总觉得父亲是弱者，于是坚定地站在弱者一方，护着父亲，回怼母亲。每次母亲总是好气又好笑。

一直到自己也做了母亲，经历了人生种种辛苦之后才明白，其实发脾气的那个人往往才是最苦的。发脾气是因为她内心积攒的委屈之火已经超过她的承受能力，却又没有疏解途径，于是变成了汹涌而至、噼里啪啦的抱怨。发脾气的那个人才是真正的弱者。

父亲平时在学校里教书，家里很多事可以暂时撒手不管。但母亲必须天天面对一群儿女的吃喝拉撒，还要到别的村里去出工，长年累月，风里来雨里去。

父亲当老师，各种应酬，各种吃喝。家里常年客人不断，在厨房里忙忙碌碌的总是母亲，坐在桌上吃吃喝喝的却是父亲。平时有什么好吃好喝的，母亲也总是让给父亲。

父亲一辈子不会赚大钱，经济上一直处于困顿状态。在物质上母亲几乎没有享过父亲的福。

母亲爱干净，再怎么忙，再怎么累，总会把家里收拾得干干净净，整整齐齐。也尽量让我们穿得干净整洁。

儿时虽然条件差，但每年过年，母亲都会为我们兄弟姐妹置办好新衣新鞋新袜，让我们全身上下里里外外焕然一新。新衣口袋里还会塞上新买的红头绳和少量崭新的压岁钱。

过年的衣服和鞋子都是母亲手工做的。为了让棉布尽量好看一点，母亲把棉线染成彩色，织成格子图案。

　　我们老是嫌棉布粗糙难看，特别羡慕别人家花花绿绿的洋布衣服。

　　现在才知道，做鞋子、纺织棉布的过程，耗时耗力非常麻烦。真的是千针万线，千辛万苦。

　　现在想想，儿时那一身新衣新鞋，是多么的奢侈。我们却不满意。那时的我们是多么的不懂事。

　　现在，我就一个孩子，却很难做到，每年过年的时候给儿子里里外外全都换上新的。

　　真是养儿难知父母苦，养女难报父母恩。

　　没想到自己老了，才真正理解了母亲。所以，哪有什么感同身受，只有身受了才有感同。

2023年6月9日

舅妈

学校组织旅游，走着走着就到了舅妈家附近。我突然想去看看舅妈，便向领导请假，又突然想起应该给舅妈带点什么，是给她钱还是买点东西呢？正好学校每人分了一块肉。我便对领导说："我想看看我舅妈，她是一个老人，能不能给我一块瘦肉？"领导给了我一大块瘦肉，想想又加了两大块。

于是我高兴地抱着三大块肉在漆黑的夜里，凭着往日的记忆摸索着找了过去，一条巷子一条巷子地寻找。

天色很晚，路泥泞难走，我抱着三大块肉慢慢往前走，凭着曾经的记忆终于找到了舅妈家，眼前却空荡荡的。正好看到一个邻居在晨练，我于是向他打听。邻居说都搬到楼上去住了，然后带着我爬上一个很窄很高的梯子，爬了一半，我突然想起什么："是不是我的舅妈已经不在了？"对方沉默了，我突然想起舅妈不在了。

于是我顺着梯子下来，一边下一边想："我千辛万苦来看你，你却不在了。"我越想越伤心。突然发现两手空空，那么大的三块肉也不知道什么时候弄丢了，于是更加伤心地哭了起来。

哭着哭着，竟把自己哭醒了，原来是一场梦。

小时候给舅舅拜年，舅妈总认为我们的棉袄太薄，有时候甚至还把表哥的棉袄换给我们穿。

一年夏天我到舅舅家做客，舅妈拿出一捆新棉布，剪了个口，撕下一段，给我做洗澡的毛巾。舅妈说她身体不好，给我撕一条新的。

我读初中的时候，在舅舅家待了半年。有一次舅妈给我洗衣服，有个污渍洗不掉，舅妈往上面沾了点唾液，一搓竟然干净了。我现在才知道唾液里有相关的酶，有利于污渍的分解。到池塘清洗衣服的时候，我跟在舅妈后面，发现池塘里长满了绿藻，便傻乎乎地问："舅妈，水这么脏，会不会把衣服洗脏了啊？"舅妈笑了："傻孩子，只有人污水，哪有水污人啊？"

舅妈总能把我的衣服洗得干干净净。

有一段时间，舅舅家请了木工给表哥打结婚的家具。我放学回去的时候，舅妈便从灶台里面端给我一碗热乎乎的肉丝面，很香。那是招待木工师傅时，顺便给我留的，怕冷了特意放在灶台里面保温。

我那时候一心读书，性格内向，也不机灵。

那时候在农村，女孩子一直读到中学的并不多。有一次舅妈做饭，我帮忙烧火。舅妈的妹妹可能心疼我的母亲，便说道："你说幺姑（我的母亲）怎么想的，瘦狗子拉屎奔高山。一个姑娘干吗尽读尽读，个个这样读，还不得盘架子。

一个姑娘读再多的书，最后还不是嫁到别人家去。"我听了一边烧火一边默默掉眼泪。舅妈见了，把她的妹妹吼了一顿，不让她再说。

现在想想那种观念好像很不对，又好像很对。

我有时候懒，不想回去吃饭，便走到表弟教室门口对他说："老四，给我带饭。"表弟没说好也没说不好。

我正在教室自习。"三姐，吃饭。"表弟在窗外喊了一声，说完顺手把包袱往乒乓台上一放，转身气呼呼地走掉了。饭菜被舅妈包裹得严严实实，热乎乎的。舅妈做的饭菜清清爽爽，很讲究，也很美味。

想想确实为难表弟了，一个大男生一路上拎着个包袱，要是我也不乐意。虽然表弟每次都不情愿帮我带饭，气呼呼的，但每次还是带了。

后来，听说表弟为了鼓励他的孩子们用心读书，把我当成励志的榜样讲给他的孩子们听："有一次很晚了，看到路灯下有一个人还在非常用功地读书，走近一看，竟是你的表姑。"很惭愧，我没有那么用功，一般熄灯之后我会准时休息。为了节约时间，我不回去吃晚饭倒是真的。

我后来因读书、工作越走越远，回去的次数越来越少。每次春节，只能托付弟弟和弟媳代我向舅妈问好，给点零花钱。

父亲去世了，我决定把母亲和舅妈带在身边照顾一段时间，当时火车票已经买好了，那天雨很大，哗啦啦下个不停。舅妈却临时改变了主意，说我的孩子小，工作又忙，怕我照顾不过来，总之怕麻烦我。

后来舅妈的身体越来越差，姐妹们去看望舅妈，帮舅妈洗好澡，换上新衣新鞋新袜，还买了热水袋。我非常感谢姐妹们替我尽了孝心。

姐妹们看望后不久，舅妈走了。我想方设法请了假，赶回去送了舅妈最后一程。我没有哭，但在无人的角落里黯然神伤，充满内疚。我自责没有大出息，没有大能力，给她更多的回报。在舅妈生前没有回去好好看望她老人家，成了我最大的遗憾。

那次梦中哭醒的时候，我才知道，有些事无法忘记，有些遗憾无法弥补。

2023年6月9日

表嫂

父亲去世以后，我们不放心母亲一个人独住，便请表嫂代为照顾母亲。

表嫂最开始在弟弟公司的工地上做饭。她是个超级勤劳的人。空余时间在工地周围种了很多菜，有时还在工地上捡些废铁卖，顺便还弄了个小卖部，卖些烟酒饮料等日常用品。总之，一刻不闲。

表嫂属于那种风风火火的人。我每次暑假回武汉都能碰到她。经常见她骑着电动车，烈日下穿梭在车水马龙之中，竟然没有晒黑。

一年暑假，表嫂对我说她要考驾照。表嫂五十多岁，文化程度不高。这个年纪开始考驾照，一般人认为不可思议，但我知道她肯定行。

表嫂从手机上下载了一个APP，从理论开始学起。表嫂一有空，就拿出手机钻研，遇到不懂的就问我。其实好多内容我也忘了，表嫂锲而不舍的好学精神让我折服。最后就是靠这种钉子精神，一个五十多岁的农村妇女硬是把驾照考到手了。

表嫂还是那种大大咧咧的人，在一起待了多年，也就摸清了彼此的脾气，也就随意了，没什么拘束。

有一次我打电话回去，电话里听到表嫂和她舅母（我的老母亲）你一句我一句说着什么，声音还不小。我只好把电话先放到一边，等她们两个"讨论"完了再说话。

正因为这样直来直去，所以才能够长期相处。如果一直客客气气岂不累死，也处不长久。

其实，母亲饭量小，很不好照顾。有一次表嫂做好了饭，老妈又没胃口，吃得很少。表嫂急了："如果在农村挑草头（水稻成熟后扎成的捆），我看你还吃不吃得下？"我吃了一惊，对表嫂笑道："嗬，你怎么可以这么说你舅妈哦！"表嫂听了，哈哈大笑。再看看她舅妈好像也不在意。这大概就是她们的相处模式，简单随性。

还有一年暑假，暴雨之后，有些闷热。睡到半夜我突然被蜈蚣蜇醒，吓得我赶紧大喊表嫂。表嫂冲过来三下五除二，把有蜈蚣的那一片衣服反复拧成一团，麻利地帮我脱下，狠狠地摔在地上，然后用脚使劲踩。我眼睁睁地看着刚买的真丝睡衣，被踩得皱巴巴的，有些心疼。

第二天早上眼睛一睁，我看见表嫂已经在阳台上洗衣服，洗的正是我的睡衣。表嫂加了一大把洗衣粉，一边洗一边唠叨："你说你个三，完全不会买衣裳，买的什么衣裳？跟鼻涕一样，一洗一滑的……"表嫂一边唠叨，一边又加了一大把洗衣粉，哗啦哗啦使劲搓着。

我一看吓坏了，赶紧冲过去对表嫂说："姐，我自己洗，

我自己洗，我自己洗……"我心中暗暗叫苦，姐啊，你可知道这是我唯一的一套像样的真丝睡衣啊！

表嫂性格率直，努力生活，吃得香甜，睡得踏实。有时真羡慕她，尤其羡慕她儿女双全，而且都听话懂事。

表嫂的一双儿女是她最大的动力和骄傲。对一个农村家庭来说，儿女都能上大学，而且工作顺利，是件非常了不起的事情，也确实值得骄傲。

表嫂对一双儿女也很上心。每次遇到我，都会不厌其烦地说到他们。有一次大聚会，大家通宵打麻将。表嫂和我早早休息了，其实都没睡着。表嫂兴致勃勃地谈论着她的一双儿女。很晚了，我困得实在不行，眼皮直打架，眼睛几乎睁不开了，只好强撑着有一声没一声地应着。再看表嫂精神抖擞，谈兴正浓，毫无睡意。可怜天下父母心啊！

我惭愧能力有限，对侄儿侄女的成长提不出太好的建议，也帮不上什么忙。

现在，母亲回老家了，由大姐照顾。表嫂做别的事去了。朋友圈里，依然可以看到表嫂的信息。表嫂继续在停车场种菜，还把老家的菜、鸡蛋、鸡、鸭、鹅、麦酒等等运到武汉来卖。

表嫂在武汉摸爬滚打这么多年，已经完全适应了城市生活。她利用勤劳的双手努力赚钱，经营着实实在在的生活。目前她的儿女都在武汉买了房子。我由衷地为表嫂高兴！

表嫂是中国妇女中吃苦耐劳的典型代表。她用自己勤

劳的双手，努力改变着生活。把儿女培养成才是她最大的寄
托，挺好，挺羡慕！

2020 年 8 月 13 日

玩抖音的老姐

一

老姐五十多岁，典型的中国大妈，不知道从什么时候开始，她竟学会了玩抖音，让我妥妥地经历了从好奇到惊讶到羡慕再到崩溃的过程。

1月26日，弟弟的公司参与援建雷神山医院。车队出发时，老姐做了一段短视频发到亲友群。没想到老姐一把年纪，文化程度不高，竟会紧跟潮流，让我既惊讶又佩服。

说实话，我一向不玩抖音，也不看抖音。一是没有时间，二是认为无聊，属于玩物丧志。

后来我和小弟生日，老姐专门做了视频放在抖音上，我看了很感动。后来又看到老姐发的唱歌视频、鸡汤视频什么的，发音吐字方言不明显、老姐什么时候学会了普通话？出于好奇，我下载了一个抖音APP，关注了一下。把老姐那个叫"秋后的辣椒"的抖音帐号上的视频统统看了一遍。

不看不知道，一看吓一跳，老姐竟悄悄发了100多条视频。内容五花八门，有唱歌的，有跳舞的，有说话的，还有烙饼、种菜、聚会等生活记录。

其中唱歌，在我这个没有任何音乐细胞的人听来，还算过得去。有个唱歌视频还弄了个很美的竹林做背景，雨淅淅沥沥地下着，竟有些诗意。嗬，怎么做到的？还有一个跳舞的视频，老姐把丝巾当成扁担，在那不停地跳啊唱啊，腿被修图修得老长老长，这又是怎么做到的？我不禁有点羡慕！

老姐还挺有恒心的，视频越发越多，后来简直一发不可收拾。随着视频的增多，技术也越来越老练。由当初的素颜出镜到学会了修图，从修图到美颜，从美颜到各种装扮……让我惊掉下巴。

后来，老姐艺高人胆大，干脆开足美颜。看上去脸上斑没了，痣没了，皱纹也没了……肤白貌美，妥妥的颜值巅峰。但和平时反差太大，我有点没眼看。

最过分的是修图无底线。老姐不仅P上了火红的唇，长长的睫毛，弯弯的眉毛，还P过墨镜、面纱、花环、面具……甚至王冠。实在辣眼睛，我鸡皮疙瘩掉落一地！

有段时间大家不能外出，我不放心她一个人住在停车场。打电话问她："你一个人住在停车场还好吗？"她没好气地说："不好又能怎样？等你关心早饿死了！"真正是语不"伤人"死不休啊！

有一次我开玩笑说，你要是再和我吵架我就开始"写"你了。她毫不畏惧地说："写吧，写吧，我见过大江大河，还怕你这个小臭水沟"？

最后，我还是婉转地告诉她：多发一点种菜的视频吧，也可以叫个都市农民什么的。

二

回想五一假期，在一片玫瑰园中，手持相机的一般是男人，花丛中搔首弄姿的一般是女人。

有一群大妈，开着背景音乐，在镜头前摆弄各种动作、各种造型……真羡慕她们的勇敢，随性。

我就缺乏她们的勇气，因为害怕辣别人的眼睛，大多只发背影照。我反思，我也肯定辣过别人的眼睛。

当然，说不定哪一天我也心血来潮，内心强大起来，来一波辣眼睛。也说不定哦！

谁没有清泉般的年少时光？人老了，岁月不再，青春不再，年轻的容貌也一去不复返，但心里却永远是那个少年。我能想象得出，老姐每次发完视频后满意的神情。

人生苦短，就让她苦中作乐吧。想到视频中的老姐头戴花冠，载歌载舞，年轻活泼；再看看现实中的老姐，一身旧衣，辛勤劳作，容颜衰老，不禁黯然神伤。

好吧，就让她快乐生活在自己营造的幸福中，也挺好！

这篇文章希望老姐能看到，又不希望她看到。

2020 年 5 月 16 日

"讲什么道理啊，呆子！"

假期，儿子的表哥来我家。儿子的表哥，性格开朗，情商很高。他的到来不仅让家里一下子热闹起来，还给儿子带来了从未有过的快乐！

两个孩子整个假期朝夕相伴，打得火热。假期结束，儿子的表哥要回去上学，儿子恋恋不舍。追着喊："哥，下次要再来啊！"

儿子的表哥走后，儿子感到孤独，情绪也一落千丈，老是担心我们死了，留下他一个人怎么办。儿子可能想念表哥，吃饭时吃着吃着就哭了，饭也不好好吃。我尽量好言相劝，但效果不佳。

一次儿子问："妈妈，有什么办法可以长生不老啊？"

"克隆啊！"我利用专业解释了一番。

"你不是说克隆有风险吗，万一不小心把我们克隆死了怎么办？"说完哭得更伤心。

我无言以对，我不能撒谎说克隆没风险，暂时又想不到其他的什么高科技。无可奈何，我只好求助于儿子的二姨妈（我的二姐）。

我的二姐，资深老党员，做过村妇联主任。文凭：小学。社会文凭：博士后，属于清水里呛过，盐水里泡过，开水里煮过，总之社会经验丰富，满脑子民间智慧。我爸以前总结过："你的社会经验没有你二姐的十分之一。"幸好上天公平，让傻傻的我上了大学。

"有某白金，没事！"二姐胸有成竹地对我儿子说（当时电视里正播放某白金广告）。

"××（某大人物）为什么死了？"儿子表示质疑。

"当时没有某白金啊！"二姐继续底气十足地回答。

"这下好了，有某白金。"儿子如释重负，擦干眼泪，开始吃饭。

这时，儿子爸爸回来了。

"爸爸，某白金是不是可以让人长生不老啊？"儿子放下碗筷跑过去问。

"骗人的，没用！"儿子爸爸语气十分肯定。

希望破灭，儿子又哭了，饭也不吃了。我好说歹说都没用，只好再次电话求助二姐，二姐不知道用什么法子竟又把儿子哄好了。

最后，二姐在电话里把我狠狠骂了一通："书呆子，讲什么克隆，哄他高兴就行了！书呆子，讲道理有用吗？讲什么道理啊，呆子……有空多陪陪他！"

2009 年 2 月 23 日

一碗蛋炒饭

一天和妹妹视频聊天，她正在吃饭。我随意问了一句："吃什么呀？"她视频给我看——蛋炒饭。

又有一天和妹妹聊天，碰巧妹妹又正在做饭。我说："给我看看，做什么好吃的？"她转过镜头——还是蛋炒饭。

我很纳闷，照说妹妹家里条件不错，不至于这么节俭吧？在我的刨根问底下才知道了真相。

我们兄弟姐妹五人。我有两个姐姐，一个弟弟，一个妹妹。弟弟最小，也最宝贝。小时候，条件差，弟弟唯一的特殊待遇就是：每顿可以吃个鸡蛋。

现在想想，一个鸡蛋，非常普通的食品。但在那个普遍贫穷的时代，一个鸡蛋可以卖五分钱。卖鸡蛋的钱是一个家庭费用的重要来源，哪里舍得随便吃啊？

一次，母亲炒了一小碗蛋炒饭，金灿灿的，弟弟吃得很香。当时妹妹也小，也想吃，便绕着桌子转了一圈又一圈。

有一次，妹妹把这件事当笑话讲给母亲听，母亲听了很难过。于是母亲认认真真炒了一碗蛋炒饭，端到妹妹面前说："你一个人吃吧，现在没人跟你抢。"妹妹听了好气又好笑，从此再也不提此事。

　　但是妹妹只要一个人在家，就习惯性地做蛋炒饭。

　　其实妹妹不是真的想吃蛋炒饭，而是用蛋炒饭治愈她的童年。即使有了山珍海味，她心里依然惦记那碗蛋炒饭。

　　可怜的小妹，希望有一天她彻底吃腻蛋炒饭。最好，忘了那碗蛋炒饭。

2019 年 10 月 13 日

弟弟向阳

我的弟弟，是家中老幺，也是唯一的男孩。虽然很宝贝，却没有被惯坏，反而在姐弟中最能吃苦耐劳。

弟弟小时候很帅，像华仔。曾有人问二姐："你弟弟怎么长得那么帅？你们姐妹几个倒是一般哈。"

"男孩子嘛，帅一点，留在自己家里。女孩子嘛，丑一点无所谓，反正要嫁人，丑别家的人去。"二姐的回答机智幽默，也为弟弟的帅气自豪。

在弟弟的婚礼上，主持人问弟媳："你为什么嫁给向阳？"弟媳率真地回答："因为他长得帅！"

弟弟从小到大都爱美。有一次大年夜，弟弟问我："三姐，怎么能让皮肤变白？"我一听调侃弟弟的机会来了，于是胡编乱造起来。

"糊面膜啊。"

"用什么糊？"

"蛋清和面粉糊啊。"

"怎么做？"

"用蛋清把面粉调成糊状，然后糊在脸上。"

我其实也是道听途说，故意逗弟弟玩的。没想到弟弟竟当真了，爬到床底下，从一个瓦罐里偷出一个鸡蛋，又偷了点面粉，仔细取了蛋清，再和面粉调好，对着镜子细心地敷在脸上，敷好后静静地躺在床上。

我一看弟弟紧绷着脸认真的模样，已经笑得半死。蛋清面膜敷在脸上，紧绷绷的很难受，不方便说话和大笑。为了逗弟弟笑，我拼命讲笑话，故意逗弟弟发笑。开始弟弟还能憋着不笑，但架不住我一个又一个笑话，最后弟弟实在憋不住了，笑骂："你个猪啊！"

弟弟还经常摆出各种造型，问我哪个姿势最帅最酷。我假装说都不帅。那时候弟弟还是一个又帅又阳光、又单纯又可爱的少年。

我上大学的时候，姐姐和妹妹都出嫁了，家里只剩下我和弟弟两只单身狗。我学校每月只有少量的补贴，弟弟刚刚学开车，也只有少量的收入。两个人都很穷，但弟弟依然活泼乐观，风趣幽默。

除父母的房间以外，家里还有一大一小两个房间。弟弟宁愿选择又小又暗的那个房间，把又大又亮的房间让给我，还开玩笑地说："我们家流行重女轻男。"

大四寒假，弟弟问我谈了男朋友没有。我说没有。弟弟装成很愁的样子说："哎，困难户。"春节前，我和弟弟去逛街。我看中了一款毛呢外套，淡蓝色很好看，可要价八十元。我买不起，只能很遗憾地走开。过了一会儿，我发现弟弟不见了。回头寻找，远远看到弟弟提着那件蓝色呢子大衣，挤过人群兴高采烈地走了过来。

我一看，心疼万分，对弟弟吼道："谁叫你买的，乱花钱。"

"你已经是大学生了，穿得太寒酸了，怎么到同学家去做客，总得有一件像样的衣服吧。"

买完衣服，弟弟手头只剩二百元了。我心疼弟弟，闷闷不乐，弟弟为了哄我开心，分给我一百元，还不忘调侃一句："哎，救济户。"

我大学毕业那年到武汉找工作，顺便看望弟弟。弟弟和一群徒弟光着胳膊围着一锅鱼头汤吃午饭，因为鱼头便宜。那时候弟弟在学开车，当时车上还没有空调，武汉的夏天火炉一般，弟弟身上热出了很多红点子。

饭后弟弟不见了，好一会儿才回来，默默交给我五十元钱。

很多年以后我才知道，当时弟弟看出了我的困境，可他自己也是学徒，没有钱，便向别人借了五十元给我。我想在武汉和家人团聚，可找来找去，找不到接收单位。

我曾希望弟弟能够继续上学，很遗憾没有帮上他。弟弟则更希望创业，他靠自己白手起家，摸爬滚打，千辛万苦，一步一步地努力，才有了今天的生活。

大家平时各自忙碌，很少联系，只有假期偶尔见上一面。

为了缓解压力，暑假我们约好一起回老家看看。回到小时候生活过的地方，弟弟很开心，一路上有说有笑，又像小时候一样。

返回武汉的途中，弟弟的电话逐渐多了起来。弟弟一边开车一边不停地接电话，语气越来越急，心情越来越糟，像换了个人似的不苟言笑。到了武汉，我和弟妹刚下车，人还没站稳，也没来得及打招呼，"嗖"的一下，弟弟急匆匆地开车走了。

2011年父亲去世了，我感觉一下失去了精神支柱。弟弟张罗着把父亲热热闹闹地送上了山，让我内心得到一丝安慰。

一次弟弟开车把我送到母亲的住处。我从车上下来，同弟弟说再见。我知道他事多心烦，不想耽搁他的时间。没想到弟弟竟然把车停了下来，很认真地对我说："你在外面要照顾好自己，我们都在武汉，有什么事还可以相互商量，就你一个人在外面，我最不放心的就是你……"我突然有些哽咽，强撑着笑："我好得很，瞎操心，你们照顾好自己就行了……"

我突然发现父亲不在了，弟弟便成了一座山，成了我的精神依靠，并为我承担了很多。

我想起年少气盛时，曾拍着胸脯对父母说："把我当个儿。"我也曾同样拍着胸脯对弟弟说过："把我当成哥哥。"可这么多年，我对家庭贡献微薄，倒让弟弟为我操心。回想起来，惭愧不已。

现在我们都已经人到中年，人生之路已走半程，各自的酸甜苦辣都憋在心里，但我们依然能够深切感受到对方的辛苦和不易。

真希望时光倒流，能够换回那个风趣幽默、帅气阳光的少年。不要那么辛苦，不要那么成熟，不要那么懂事。

2023 年 5 月 16 日

弟媳小喻

那年弟弟出差，顺路到无锡来看我。一向爱开玩笑的弟弟认真地问："姐，无锡有什么特产，我想买了送人。"

于是，我带弟弟到惠山直街买了两个泥人阿福和阿喜。最后弟弟又单独买了一个穿古装的泥人。"这个也送人？"我好奇地问。"对，这个是媒婆。"弟弟笑着说。我才知道弟弟恋爱了。

当年暑假，我离开武汉的时候，弟弟说他的女朋友要来送我。我上了火车，站台上一个女孩急匆匆地跑了过来，手里拎着一只袋子。女孩穿着一件素花连衣裙，高高的瘦瘦的，很朴素很大方的样子。那是我第一次见到弟媳。

弟媳送给我的苹果不仅贴心地洗干净了，还放了一个削苹果的小刀。真细心，我不由感叹。

年底弟弟结婚了。寒假回去的时候，弟媳大大方方地给我们倒茶，然后恬静地站在弟弟身旁，一副小鸟依人的模样。他们看上去年轻和谐，我深感欣慰。那是我第二次见到弟媳。

我在外地工作，和弟媳相处的时间并不多，只有寒暑假难得一聚。我每次回去，弟媳都会来找我玩。我们一起逛街、吃饭、拍照，等等。

　　后来我在职读研，儿子小，没人带，我只好送回武汉。儿子非常乐意到武汉，这样他就可以和侄儿一块儿玩耍。侄儿和儿子两个年纪相仿，两人只要一见面，便一拍即合，然后无节制地狂欢。

　　弟媳也要上班，只好把两个小家伙送到一个暑假辅导班。结果一天不到就被劝退了，原因是两个小的上课太闹腾，中午也不休息，老师受不了。问两个小的原因，一个说老师发音不标准，一个说老师太啰唆。

　　弟媳无奈只好把两个孩子接回家。两个孩子在家实在无聊，浑身的能量无法释放，竟然想到吃"成长快乐"比赛。于是你一颗我一颗比着吃，等弟媳发现的时候，一大瓶"成长快乐"吃没了，只剩下一个空瓶。

　　于是弟媳决定把两个小的分开，把我儿子送到他小姨家，结果小子不愿意走，躲在床底下不出来，甚至在中途偷偷溜掉，让他们一顿好找。

　　这两个男孩在一起有多皮有多闹腾，我是见识过的。那个暑假，不仅要照顾他们，还要给他们洗衣做饭，真是难为弟媳了。

　　假期结束，先生到武汉接儿子回家，儿子恋恋不舍，不肯离开。因为他觉得在武汉有人陪他玩，他感到很温暖，很快乐。

　　有一次我们离开武汉的时候，弟媳抱着侄儿到车站送行。弟媳给儿子买了一个复读机，侄儿哭着也想要。那时候一个复读机要好几百块钱，弟媳舍不得给侄儿买，却大方买给我的儿子。

还有一次暑假，我和弟媳去看某个楼盘，楼盘造了好几期，可它们之间被围墙隔开不能通行。我和弟媳不想绕远路，决定翻围墙过去。弟媳先翻过去，我把包递给她，然后我再翻过去。当平稳落地的时候，我俩不由得哈哈大笑，有一种童年偷偷做坏事后的窃喜。当时我俩还穿着高跟鞋。

我俩不厌其烦地一栋楼一栋楼地仔细比较，最后选定了位置。

看好房子已近中午，我俩又热又累又饿，只好到武金堤等出租车。那时候的出租车很少，整个武金堤的路况也不好，两边也没什么树。我俩站在光秃秃的马路上，在尘土飞扬中，顶着炎炎烈日，等着姗姗来迟的出租车。当时我俩热得满脸通红，却开开心心。那时我们还很年轻。

有一次弟媳很神秘地对我说："三姐，我拿样东西给你看。"说完钻到床底下，一会儿拖出一只箱子。弟媳打开箱子给我看几个老物件，都是我妈传给她的，虽然不是什么贵重物品，却是一个婆婆对儿媳的托付。我特别理解，也特别感激弟媳对我的信任。

为一点点利益而扯皮的例子很多，人和人之间，不是谁都有这样一份宝贵的信任。

二姐搬家请客，大家难得聚在一起。儿子和侄儿即将面临高考，弟弟和弟媳都很焦虑，问我怎么办。我能做的很有限，只能讲一些基本的要求：比如父母尽量多看书，少看电视，少玩手机。

我讲得正起劲，无意中发现弟媳端端正正地坐在我面前，双手中规中矩地放在腿上，一副三好学生模样，实在太可爱了。我忍不住笑着拍了她一下。这时大姐的孙女走过来对她妈妈说想回去，她妈妈一脸认真地说："别吵，我在听课。"大家一听更是哈哈大笑，严肃认真的氛围秒变轻松活泼。多么难忘的记忆啊！

弟媳听了我的话，还真的身体力行。有一次侄儿对我说："姑妈，你就不要为难我爸妈了。我妈一看书就打瞌睡，我每次走过去，还吓她一跳。还有，我爸爸最爱看的军事频道也不看了……"我听了既好笑又心疼，可怜天下父母心啊！

有一次我对儿子说："妈妈老了怎么办？"儿子说："买一个大房子，让姨妈、舅妈和你住在一起，相互照顾。"我转告给弟媳，弟媳笑着说："我不干，你们都比我大，到时候，我还得照顾你们。"哈哈，人间清醒。

今年春节，因为大家都阳过，我想回去帮忙照顾家人几天。早上我起床的时候，母亲按着我说："睡，睡，睡。"我只好躺下。过了一会儿，我想起来做早饭，便偷偷起床，弟媳见了也按着我说："睡，睡，睡，别起来，不用你做早饭。"我只好再次躺下。

弟媳做饭，我在旁边和她说话。母亲将捂手的热水袋递给我。我捧着个热水袋，无所事事，像个傻子。

晚饭后弟媳带我去美容店，弟媳睡在旁边床上等我。弟媳睡得很香，中途醒来，抬头见我还没有搞好，倒头再睡。一直等到小姑娘把我收拾得美美的，弟媳看了很满意，说看上去精神多了。

我本来说好回来帮忙的，却变成了吃喝玩乐。

正月十五老家玩龙灯，弟弟和弟媳招待的场景，让我突然想起了童年。

从弟弟和弟媳待人接物的一言一行中，我似乎看到了父母的影子。他们想事周全，待人宽厚，处事成熟，能屈能伸，让我既心疼又心安。

岁月流转中，我似乎看见了一个家族的昨日和未来的样子。

和弟媳相处已经二十多年。这么多年，大家白手起家，都不容易。但遇到事情，大家不计得失，齐心协力。

我读初中的时候，曾经在舅舅家待过一段时间，舅妈待我很好。所以每次弟弟和弟媳给舅妈拜年的时候，都会替我给舅妈点零花钱。妈妈做手术那年，我垫付了一点医药费，报销后，弟媳非要寄给我，说我上班挣点工资不容易。

这么多年，正因为家人的理解、包容和帮助，我才能在外地安心地工作。我作为姐姐，很多事无能为力，更多的是愧疚和心疼。

感恩生活，感激相遇，感谢家人。

2023 年 5 月 17 日

人间烟火

今天是端午节，恰逢高考。

今年江苏高考作文是：

> 根据以下材料，选取角度，自拟题目，写一篇不少于800字的文章；除诗歌外，文体自选。物各有性，水至淡，盐得味。水加水还是水，盐加盐还是盐。酸甜苦辣咸，五味调和，共存相生，百味纷呈。物如此，事犹是，人亦然。

如果让我重新参加高考，对于这种命题作文，估计我还是两眼茫然、无从下手。但这个题目却让我有感而发，于是我一边买菜，一边构思了一篇作文。

全文如下：

> 端午节放假，儿子说要回来玩几天。于是放假之前，我们就开始了迎接工作。大到打扫卫生、整理房间，小到铺好床单、烫好牙刷。
>
> 儿子一到家，我们就像打了鸡血似的，精神抖擞。

天一亮，我们直奔无锡最大的菜市场——朝阳菜场。各种菜品应有尽有。菜市场里人潮涌动，大妈居多。

我们先到家禽区。家禽区用三个字来描述就是：脏、乱、臭。先生自告奋勇，挤在一群大妈中讨价还价，最后挑了一只白鹅。

我忍着恶臭远远地站着。看见卖鸡的老板娘，称好鸡后抓起一个馒头，有滋有味地吃着。来了一个顾客，老板娘便放下手中的馒头去抓鸡，称好鸡后，"嗖"的一下扔进褪毛桶，然后再拿起馒头，继续津津有味地吃了起来。我看得目瞪口呆，难道不怕禽流感什么的？但看到她健康红润的脸庞，我怀疑自己是不是太矫情。

买好鹅，我们再到海鲜区，想买点鱿鱼、鲳鱼。海鲜摊位旁水淋淋的，还有一股难闻的腥味。

有一家卖牛蛙的，老板过秤后，把装着牛蛙的网兜往地上使劲一摔，"咕"的一声，硕大的牛蛙霎时四脚朝天。还有一家卖鳝鱼的。老板将鳝鱼尾巴往铁钩上一勾，"刺啦"一下，整条鳝鱼被开膛破肚，再"刺啦"一下，内脏被去掉了，动作流畅，一气呵成。

一个卖海鲜的摊主，正拿着一个粽子在吃，吃完以后，抓起一条又黑又脏的抹布，很自然地擦了一下嘴。我再次目瞪口呆。

买好荤菜以后，我们又顺便买了些蔬菜和水果。

菜场上的摊主大多是夫妻档。比如有一对卖早点的夫妻，很年轻，也很能干。夫妻俩配合默契，生意红火，日子也过得有滋有味。

他们早上卖茶叶蛋、豆腐脑、油条和韭菜盒子。我下班经过的时候，经常看见他们坐在店前，开始准备第二天的食材，有时把一盆煮得半熟的鸡蛋一个个敲开裂口，有时悠闲地择着韭菜，孩子在一旁写作业，一家人有说有笑。

印象最深的是一对卖水果的夫妻，男的精明，女的算计。买他们的水果，不是缺斤短两，就是以次充好。本想找他们理论，一看夫妻俩长得人高马大，一脸凶相，便怵了几分。

还有一对老夫妻，专门捡菜场上的动物内脏等垃圾。

老大爷骑了一个电动车，车上放了好几个塑料桶，桶里装满了剩菜、剩饭、动物的内脏和各种菜叶。我亲眼看到老太太麻利地将一些动物内脏放入桶中，然后用一根带钩的绳子三下两下就把桶固定在电动车上，看上去四平八稳。老大爷发动了电动车，老太太还不忘交代一句"当心"。

他们都是市井中的平凡夫妻，大多过着鲜活、真实的生活。他们默契地过着小日子，你杀猪我宰羊，你杀鸡我洗肠……

我想起以前给我家装修的一对中年夫妻，人很和气。虽然装修辛苦，但他们总是开开心心。有一次我正好碰到他们在吃午饭，炒了豇豆和肉片。豇豆看上去绿油油的，肉片看上去也很可口。他们端着一大碗饭，大口大口地吃着。当时我挺着个大肚子，馋得不行。

我回家后如法炮制，也学样地盛了一大碗饭，可吃起来却没那么美味。

我如果不是拼命读书上了大学，也许会和他们一样热气腾腾地生活，干着很重的体力活，吃得香、睡得甜，也可能一边干活，一边用很脏的毛巾擦脸。其实简简单单的生活未必不好，"如果不是生活所迫，谁愿意把自己弄得一身才华"。

平时家里大多数时间是先生买菜，我主要负责打扫卫生、做饭和辅导小孩。我在买菜方面几乎是个白痴，一不会讨价还价，二不会算细账，三不会认秤（那种老式的杆秤），所以经常任人坑骗。遇到几斤几两的小账，我就给个五元、十元找零。路边卖菜的老阿姨称秤给我看时，我就凑过去假装看看。

后来发现跟在老头、老太后面买菜准没错，一般价廉物美。

我先生则不同，买菜是他的强项。他知道哪儿的菜实惠，哪儿的菜新鲜、质量好，而且还知道哪家靠谱、菜好分量足，哪家菜贵还不新鲜。时间久了还攒了一批粉丝，都是清一色的卖菜大妈，看见他都热情招呼。有时我去买菜，她们还会问："今天你先生怎么没来买菜？"

我生活简单，基本两点一线。放下课本，拿起炒勺，烦累中多有抱怨。想到先生长年累月、任劳任怨地买菜，其实也不容易！

再想想我们的父母，每次回家，都把最好吃的留给我们。我每次离开时，母亲总是遗憾地说："唉，回来一趟没吃到什么。"再想想自己的中学时代，特别能吃，而且吃什么都香，每次回家除了桌子以外，什么东西都恨不得啃上一口，真怀念那段特别能吃、吃什么都香的日子。

再看看我家小子，每次回家胃口特别好。我们一边嫌弃儿子长胖，要他减肥，一边不停地买买买，充分发挥一不怕苦、二不怕累、三不怕花钱的精神，恨不得把所有好吃的都装进儿子的肚子里。

父母最基本的责任就是把孩子养得健健康康的，最起码为社会和国家培养出一个健康的劳动者和公民。

现在父亲去世后，母亲也老了，我也已经不是当年那个贪吃的少年。所以说能吃是一种幸福，能有父母做一顿好吃的也是一种幸福，能为子女做一顿美食更是一种幸福！

儿子上初中那几年。我下班到家，经常看到有的人家灯光明亮，孩子已经吃好饭，在门前新装的运动器械上玩耍。他们也许不富裕，但他们很快乐，我真心羡慕！而我还要买菜做饭。

我到家的第一件事就是冲进厨房，赶紧把饭蒸上，把菜洗好，顾不上上厕所，甚至顾不上换下穿了一天的高跟鞋。我争分夺秒，只为了儿子到家就能吃上一口热饭。

人生百态源于吃，吃才是真正的人间烟火。吃离不开油盐柴米，能长年累月、心甘情愿为家人跑菜场、进厨房便是最实在的爱。菜场里有人生百态，家庭里有饥饱冷暖。

想起春节时和堂姐聊天，堂姐历数姐夫种种优点，最后用狠狠的语气笑着说："就是太穷啊！"这就是生活。有时被澎湃的理想激发得斗志昂扬，却被无奈的现实折磨得寝食难安，终究被现实的柴米油盐裹挟着向前。有时笑着笑着就哭了，有时哭着哭着又笑了。苦乐尽在一日三餐中，平淡中调和着酸甜苦辣咸。

作文写完，800字已超。不知是否跑题，在阅卷老师眼里能否及格。

2019年6月7日

第一次吃椰子

那年毕业不久，工资很低。刚建立小家庭，无房无车，一穷二白。

我每天按时上班、下班，下班后便和先生一起去买菜，日子简单得像杯白开水。

一次买菜时，看到有个摊位在卖椰子。我们从没吃过椰子，只在电视广告中见过。背景好像是美丽的沙滩，穿着清凉的美女，手拿一罐椰汁，喝了一口，竟然留了一滴在嘴唇上，还调皮地舔了一下……白白嫩嫩，太诱惑人了（我说的是椰汁）。

我很想买，但又舍不得花钱，便站在摊位前不走，想多看会儿。先生看出我的馋意，咬牙买了一个。我既高兴又心疼。一个椰子对当时的我们来说，就是奢侈品啊。

晚饭后，先生找来工具，很隆重、很认真地准备打开椰子。我拿了个大茶缸和碗，十分耐心、十分期待地等在一旁。

先生费了九牛二虎之力，才小心地开了一个小口。我迫不及待地把大茶缸递过去，先生很谨慎地把椰子倒过来，想把椰汁倒入茶缸。

结果没倒几下，竟没了。先生不相信，摇了摇椰子再倒，只倒出可怜的几滴来。先生不死心，费劲地把整个椰子打开，里面除了白白的椰肉，什么也没有。

我们看看大大的茶缸，再看看旁边那个碗（我计划万一茶缸盛不下，再用碗来接），再摇了摇茶缸里那点可怜的椰汁。我们突然大笑起来，笑到腮帮发酸，笑到肚子发痛……

椰汁实在太少，我们谁也舍不得喝，让来让去，最后决定每人尝一点。不对啊，怎么不甜。再尝，咂咂嘴，还是没什么味道。

"怎么像淘米水呀？"我们不约而同评价道。

于是又笑了起来。哪有广告说得那么好？

又一想，是不是我们搞错了，是不是应该吃椰肉啊？不死心，我们又撬了块椰肉尝尝。呸呸！我们马上吐掉，原来椰肉更难吃。于是又笑了起来……

后来，又吃过多回椰子。但只有第一次吃椰子的情景鲜活地留在记忆中。

那时的我们真穷、真傻、真单纯！

唉！回不去的从前啊！

2019 年 9 月 26 日

队友

今天正好是周末加母亲节，一大早先生便急匆匆地上班去了。

我昨夜因胃痛加头痛，有气无力。

中午先生又急匆匆地赶回来了，买了一些菜，竟然还有一束鲜花。

"给你买的花！"先生一进门就对我说。

先生能提前下班回来，还给我买了花，太阳打西边出来了！"猪头三还知道买花，孺子可教也！"我感叹道。

我是一个爱花如命的人，看到花顿时神清气爽。

虽然只是很小的一束花，但我心里还是美滋滋的。我细心地将花插入花瓶中，然后拍好照发到家庭群里，并告知儿子"你爸替你给我买的花"。目的是间接提醒儿子：今天是母亲节哦！

过了一会儿，儿子回了一句："节日快乐！"往上翻看信息发现，儿子在9点多的时候已经发过祝福短信了。

朋友圈里有几位妈妈晒出了鲜花的图片，我很羡慕。她们的鲜花都是孩子送的，她们的孩子和儿子是同学。我忍不住又看了一下家庭群，群里还是没什么动静。我心想："臭小子，明明知道我是个'花痴'，干吗不送花给我，发个小红包也行啊。启而不发，差生！"

虽然我一直说服自己不要道德绑架孩子，情感上不要过分依赖孩子，要学会精神独立。但我骨子深处，在情感上还是个"孩奴"。不得不说儿子的祝福会几何级放大我的幸福感，反之也会几何级增加我的失落感。

"还是老的可靠些。"我不由感叹道。

不过今天能收到鲜花，总体上，我还是挺高兴的。一高兴，我饭后整个人状态好了许多，于是准备把家里好好收拾一下。

我把地拖了一遍又一遍，直到拖把洗出来是清水为止。我甚至连石膏线和踢脚线也打扫了。最后还把家里的花花草草也整理了一遍。

打扫后，家里顿时变得井然有序，温馨宜人。

先生看我不停地忙碌，忍不住说："歇歇吧，别打扫了，别把自己又累病了。"

最后只剩下一个垫子，一双拖鞋，还有一个小凳子没有清洗。我便对先生说："剩下的你处理一下吧，我实在太累了。"

"放那儿吧，我待会儿洗！"先生爽快地答应了。先生看了一会儿电视，便大动干戈打扫起来了。

不一会儿，先生拎着水淋淋的脚垫问我："晾在哪儿？"

"门外的栏杆上。"

"好！"

"夹上夹子，别被风吹走了！"

"好！"

先生雷厉风行，最后把拖鞋和小凳子也洗了。

已经很晚了，我疲惫地躺下。睡前不死心，又看了一下家庭群，群里仍然静悄悄的，我有些失落道："臭小子，今天母亲节，怎么不表示啊？"

"送花了啊！"先生说。

"什么时候？"

"那束花就是他让我买的呀！"先生顺便把短信给我看。原来儿子昨天就委托他给我买花了。但是先生和儿子都没有对我说这事。

"你怎么不告诉我？让我等了一天！"我追问道。

先生一脸无辜和不可思议的表情，不一会儿就呼呼睡着了。

早上起来一看，拖鞋和小凳子上的污渍竟然还在。

"你怎么没洗啊？"

"洗了啊！"

"怎么洗的？"

"我用水冲的啊！"

"要用刷子刷的呀！"

打开门一看，脚垫经过一夜风吹已经干了，我准备收了垫上。仔细一看，栏杆上的灰竟然也没有擦。

唉！

2021年5月9日

逛工地

　　自从搬到新家，小区外就变成了一个大大的工地。周边有三项工程都在施工：小区旁旧住户拆迁，建丁明奎故居；博大商业体改扩建，更名为江南大悦城；蠡湖快速路两侧的高浪路东段、西段快速化改造。

　　平时散步的经典路线一下子没了。再说小区很小，散步一圈最多五分钟。总不能一直在小区内转圈吧，所以绝大多数情况下，工地便成了我们饭后散步的首选。

　　到工地上散步？一听就是傻子的行为，但我们却乐此不疲。我们经常饭后不约而同地说："走，去看看工地。"从移树、挖土、打地基，到扎钢架、做围挡，到各种不知名的机械入场。路面一天天挖宽，房屋外墙逐渐被拆除，路边和花坛里的花草树木逐渐被移走……整个小区外，是一天一变。我们不由感叹：真是基建狂魔！

　　逛工地几乎成了我们晚饭后的固定项目，一天不到工地上去看看就感觉少了点什么。我们自嘲：最负责任的编外监工，估计工头也没这么勤快。

　　我们有时从高大的吊车下钻过，有时捏着鼻子快速穿过扬起的灰尘。工人们忙着施工，也不怎么管我们。

估计有人心想：这是两个傻子吗？怎么天天逛工地？还有一种可能——把我们当成了工头或技术员。这种可能性还挺大。有一次我们去打探一个正在兴建，还是脚手架的小区，照理说不让进，可看门大叔问都没问，我们不仅大摇大摆进去了，还在小区内巡视了一圈。出来时，看门大叔还客客气气的。

工地上一般用隔板围起来，只留一个进出口。为了安全起见，一般不让人随意进出，但我总是对围栏内的变化充满了好奇。有一次散步散到高浪路东段工地。我说："想看看里面是什么样子。"先生把我扶上水泥墩，我终于看清了里面的变化。

其实原来的高浪路已经很美，绿树成荫，花草繁茂，道路宽广整洁。我不明白好好的路，为什么要挖了重建。

还有博大商业体。我们刚刚搬过来的时候，商场还在营业。

整个商业体装修时尚，配套齐全。商场内外干净整洁，厕所里不仅有洗手液，还有空调和热水。那时候商场还经常举办各种活动，喷泉准时开放，还是拍婚纱照的打卡地，有一次我偶遇八对新人同时拍摄婚纱照。我们经常到商场闲逛、购物、吃饭、看电影，商场给生活带来了不少便利。

现在整个商业体被围起来重建，喷泉也不喷了。池边的石缝中长满了各种不知名的杂草。我不明白好好的商业体建了没几年，为什么要重建。

因为施工的原因，整个商业体被围了起来，只留下一条不长的街道在营业。街道上有饭店、理发店、书店、茶室等，还有一家小超市。每次经过，先生都会问："要吃雪糕吗？"如果我没有强烈反对，他就进去给我买支雪糕，偶尔顺便给自己买瓶可乐。我笑称：现在实现了雪糕自由。

街道东头上空，吊车高高悬在空中，我们每次经过，都小心谨慎地沿着墙根快速通过。

傍晚，街道上很热闹。

工人们收工了，到饭店里用餐。有时他们干脆在店外围成一桌，光着胳膊吃着烧烤喝着啤酒，热气腾腾，痛快淋漓。饭后他们散落各处，有的坐在石凳上，有的随意坐在地上，也有的在路上闲逛。大多数玩着手机，有的用方言给家人打电话。街上有几间房屋是工人宿舍，上下铺，很拥挤。大门敞开着，大多数人躺在床上玩手机。

看到他们准点上工，按时下班，因干重活，吃得香，估计也睡得踏实。一个工地完工，再转移到下一个工地。辛苦挣钱，踏实生活，简简单单的生活倒令人羡慕。

有一次高浪路西段工地进出口临时开通，我们趁机溜了进去。路上的树木全部被移走了，路面一下空旷起来，显得格外开阔。路两边的江大、职业技术学院、吉宝小区和博大商业体，没有树木的遮掩，全部赤裸裸地呈现在眼前，连路尽头的龙王山也显得格外舒展。我指着路两边的房屋对先生说："看，像不像褪了毛的鸡？"先生看了笑道："像！"

一轮圆月照在空旷的工地上，不知名的机械像巨人的手臂伸向空中。工地上的照明灯格外明亮，温热的风吹在脸上，令人身心舒展。机械升升降降，工人们忙忙碌碌，看不懂是什么操作。

楼下在建一个现代化立体车库。钢条一层一层像积木一样搭起来，工人们坐在吊篮里施工，电焊发出耀眼的光。我整天吹着空调，出门做个核酸就全身汗湿。气温最高达39到40摄氏度，烈日之下钢铁的温度估计更高。工人们戴着安全帽，穿着厚厚的工作服估计更热。他们要忍受酷暑、灰尘、可能还有蚊子，干哪一行都不容易呀！

我们慢慢走着，影子在路灯下拉得很长很长。

我们依然每天散步，依然关心工地的进展。有一次到一个工地门口，先生探头探脑向内张望。看门的师傅见了，说："不让进。"

"我们只是看看。"

"工地有什么好看的？"

正说着一个干部模样的人走了过来。先生上前搭讪，他们竟聊得十分投机。我趁机东瞅瞅西看看，发现不仅道路要拓宽，还要打通地下隧道。怪不得那么多大型机械入场，工期长达两年。

我想路修宽了，商场和故居也建好了，周边环境一定更美。正畅想着未来，无意中听到先生的一句话："我兄弟也是搞工程的。"

我突然明白了什么。我们热衷于逛工地，表面上是希望小区周边环境尽快变好。真正原因大概是先生那句话"我兄弟也是搞工程的"。

先生在继续吹牛。我想起和妹妹的一次聊天，她提到认识的一个人时，格外强调了一句：江苏人。妹妹为什么格外关注江苏人，因为我大学毕业后，到江苏工作。因为我的缘故，家人遇到江苏人就会格外热情。

原来世上的痴傻，皆有缘故！

写于 2022 年 7 月 28 日

你是那片最美的叶子

叶子是二姐的女儿。

印象最深的是：叶子婴儿时期，爱哭闹，但把她放到枕巾里，荡来荡去，她就立马安静下来，甜甜地睡着。

一转眼，叶子就长成了亭亭玉立的美少女。说一转眼她妈妈又要有意见，又要来讨伐我。有一次叶子妈妈和我激烈争吵，说我带过所有的孩子，唯独没有管过她家的叶子。

我当时非常非常生气！我怎么没有管过叶子？怎么不关心叶子？后来我冷静地想想，好像确实没怎么管过叶子。因为我家小子和叶子同岁，管理我家小子已经让我焦头烂额，哪有多余的精力啊！现在想想的确有点惭愧。

叶子小时候聪明伶俐，字写得好，学习成绩也好，每学期都是三好学生，标准的学霸，因此深受她外公喜爱。外公生前向我交代：再困难也要让叶子读书。后来为了生计，叶子小学四年级时，随父母从外地搬回武汉。

那年暑假，我的新房子装修完毕，弟媳找来桌椅板凳，让我辅导几个小孩。当时我让他们默写一百个英语单词，叶子很认真，写得又快又正确，另外两个哥哥在那抓耳挠腮，挤眉弄眼，写出来的也是错误百出，气得我恨不得用脚狠踹他们两个。叶子在一旁静静地微笑，乖乖女模样，越发让我对两个男生恼火！

儿子说我重女轻男，想想好像的确有点。

叶子是个很大方的孩子。暑假里，我每次带儿子回武汉，叶子都是热情招待。因此小子对我意见很大，吐槽道："妈，我每次回武汉都是叶子请客，让我们大吃大喝（小包装食品）。你给我点零花钱，下次我要回请。"叶子还用她的零花钱给我买过两个小饰品，一个小孩子能有多少零花钱？但是她能倾其所有，慷慨解囊。

假期里叶子来看外婆，进门后将东西交给外婆。我看了一下：好几种时令水果，品质优良，新鲜美味，当然价格不菲。想当年，我像叶子这么大的时候，没有她一半的机灵。

叶子也是一个善良、正直的孩子。叶子的外婆手术后到她家休养。我回去探望，路上连续开车十几个小时。叶子妈妈心有怨气和我争吵，我伤心落泪。叶子看到后，立马找她妈妈理论："三姨那么远回来一趟容易吗？你怎么还和三姨吵架？"叶子不被亲情所蒙蔽，公正地站在我这一边维护我，让我深深地感动！

叶子还是一个能干、懂事的孩子。

有一次我和叶子一起到超市去买东西。每一样东西叶子都反复比较，精心挑选，说我上班赚钱不容易，要尽量买性价比高的东西。当时我心情郁闷，加上天生愚钝不会算账，于是付账时稀里糊涂多给了几十块钱。叶子在一旁静静看着，不卑不亢地及时要了回来。叶子的能干让我目瞪口呆，相比之下我显得又笨又傻，生活经验严重不足。

叶子上初中以后，升学的压力越来越大，成绩也逐渐下滑。叶子妈妈心急如焚，不断给我施压。在这之前，叶子的舅舅也曾经开玩笑说："我的任务是带领大家发家致富，你的任务就是指导孩子们好好读书。"于是我找叶子谈学习方法，谈怎么制订学习计划。记得当时谈话以后，叶子写了满满一大张纸，写得非常认真，可见叶子对搞好学习的愿望多么强烈！

中考的失利，加上青春期的叛逆，让所有的人都心浮气躁。中考之后，我想尽力弥补，叶子却说："我不想当幼师，我不愿意打针！"选择的范围越来越小，已经超出我的能力范围。我也一度十分生气，认为叶子很不听话，叶子强烈地叛逆，我严厉地训斥，成长的剧痛让大人束手无策！

春节有空坐下来，很放松地同她交流。我才发现叶子的见多识广和多才多艺，还有心灵手巧。

叶子把可乐瓶子截成两半，涂上颜料，画上画，便成了一个好看且实用的笔筒；她还把可乐瓶盖组装成很有创意的杯垫；叶子有很强的审美能力，着装很有品位；叶子也喜欢看书，作文不错，我给她看我写的文章，她能提出尖锐的批评，让我赞叹不已！原来，除了学习之外，叶子有那么多的优点。

后来我深深地思考：不是每一个孩子都擅长考出高分，

不是每一个孩子都必须上名校。家长也是一样，不是每一个家长都能功成名就，有钱有势。

我过分看重分数的高低，用一个老师的死板来定义世俗的成功，并且滥用一个长辈的威严和强势。

其实一个孩子良好学习成绩的取得是由多方面因素决定的。做长辈的，由于忙碌和懒惰，有多少人能客观全面分析原因，真正关心孩子的内心？我没有做到真正的换位思考，对这点我深感惭愧。

前不久我过生日，没想到叶子给我寄来一捧香槟玫瑰，这让我激动和意外。可爱的孩子，用单纯和宽容，忍受着我的呆板和愚钝，原谅着我的臭毛病，用最朴素、最真诚的方式给我安慰。

我们不是完美的长辈，但我们愿意同你一起成长；我们不能给你最好的生活，但愿意呵护你一世平安！即使你不能成为那朵最明艳的花，至少也是一片最美、最独特的叶子！

写到这里，我不禁潸然泪下。我曾经多么在乎孩子们的学习成绩，甚至不惜用力过猛。男孩子们都被我用简单、粗暴的方式教训过。真是惭愧！

我们曾拼命地要求孩子们完美，却很少静下心来想想，我们自己是否完美。我拿过去生活经历获得的认知，来要求现代环境中长大的孩子，实在愚蠢。

现在我终于放下，不再逼他们读书，因为他们都成长得很好，都是些正直、善良的孩子，我为他们自豪。

和世俗的成功相比，我更愿意看到孩子们健康快乐地成长！

2019年5月18日

老房子

工作以后，尤其是结婚以后，很少回老家。不想回去的借口是忙，其实是害怕。害怕什么呢？害怕抵挡不住内心的伤感。

老家已经很久没有住人了，曾经热热闹闹的一家子，随着我们各自成家纷纷离开后，只留下一个空空的"巢"。

弟弟的房间还是他结婚时的模样。墙上的画还在，结婚时的家具蒙上了一层厚厚的灰，家具的脚在潮湿的地上慢慢地有些腐化。

客厅空荡荡的，父亲的遗像笑眯眯的，寂寞地挂在空空的墙上。墙上还有个悬挂了多年的相框，里面有我们一家人的照片，已经斑驳陆离，看不清楚了。我的一张结婚照，不知道什么时候也放到了里面，也模糊不清了。

另一间是父母的房间，很杂乱，有老式的家具。堆积了一些父母认为有用的东西，后来被我们陆陆续续偷偷地扔掉不少，已经空旷了很多。

厨房多年不用，已经破败不堪。当年厨房飘出的香味，曾经带来过多少诱惑和温馨。

我们在老房子里长大成人，后来各自成家立业，老房子留下了很多难忘的回忆。

弟弟初中毕业那年，我已上了大学。

我很认真地问弟弟："你接下来准备干什么？"

"开拖拉机呀，突突突……"弟弟绘声绘色地比画着，脸上带着笑。

想到帅气纯真的弟弟将来开着颠簸的拖拉机灰头土脸、艰难谋生的情景，我心痛得差点掉泪，但又说服不了弟弟。欣慰的是，弟弟后来通过自己的努力和拼搏，过上了比较好的生活。

有一次，已经出嫁的二姐上街后路过，看到门上一把锁，便将猪肉从窗户扔进厨房，然后捡了块石头，在墙上写道："爸妈，猪肉是我买的，能吃！二。"至今还可以看到字的痕迹。

猪圈闲置了多年，现在堆满了木材、农具等杂物。院子里的手压式水井像一个孤寂的老人，静静地坐在那里。

抬头仰望院子的上空，门前香樟树的丫枝高高地伸展过来，映衬着蓝天，摇曳生姿。院子平台上曾有不少花草，现在只剩下一盆恣意生长的仙人掌。平台的一角不知道什么时候长出了一棵小树，矗立在半空中，随风摇晃，显得分外孤独。

平台曾是我们夏天纳凉的地方，夏夜星空灿烂的景象历历在目。

高中时，没考好，父亲一句责备的话都没说。很晚了，我却发现父亲一个人在平台上默默地抽烟。

1998年春夏之交发了一次洪水。

那时我在外地工作，因运输不便，我所有的书和资料都暂放在老家的箱子里。等我假期回去时，发现那一箱子的物品都毁于一旦。书成了面包，照片成了抽象派油画。还有那些引以为傲的奖状，自鸣得意的照片，众多的信件等资料都损坏了，我的人生一下成了"断代史"。

我心疼万分，忍不住埋怨父亲："你也是读书人，怎么让我的东西变成了这个样子？"父亲没有解释，点了一支烟，气呼呼地出去了。

后来听老妈说，那天洪水猛涨，爸妈慌了，老妈抱着妹妹的孩子，蹚过齐腰的洪水到堂嫂的楼顶上避险。家里的东西都泡水了，父亲什么都没要，唯独奋力抢回我的箱子。

水退后父亲把我的书籍、照片等物品背到平台上，一本一本、一页一页地晒干。一页一页地晒，这得费多少力气啊！如今想起，百感交集。

记得有一年暑假，姐妹们相约带着孩子回家，几个小孩差不多大小，家里一下子十分热闹。

当时父母还年轻，身体也结实。记得爸妈炸了一大盆的鱼、一大盆的鸡肉招待我们。由于人多住不下，只好在客厅打地铺。当时没有空调，只有电扇，却感觉不到天气的炎热，只有欢乐。

当过医生的妹妹每天早早起床，先把奶瓶一个个仔细地烫好，然后泡上奶粉，再一个一个喂饱……当年吃奶的幼儿们，如今一个个已经长大成人，变成了帅哥靓妹。多少美好温馨的回忆啊！

后来，父母长住武汉，回老家的次数更加少了，老家变得越来越冷清。

再后来，父亲去世，安葬在老家。

父亲安葬的前夜，我一个人坐在门前香樟树下，夜风袭来，阵阵凉意。我有些失落，也有些麻木，突然意识到，再也无法听到父亲的谆谆教导了。离开时，情绪决堤，从此对老家总有一种揪心的牵挂。

偶尔回家，每次推开家门，一股霉味袭来，客厅空荡荡的，不忍久留，只好匆匆离去。

现在，弟弟把老房子拆除了，盖了一栋漂亮的小楼，老房子已经成为历史。

老房子拆除时，弟媳现场直播，不断向亲友群发送建房进程，还拍了一些承载着我们记忆的照片。

老房子不在了，但记忆和思念永远都在！

2016年11月19日

低徊愧人子，不敢叹风尘 [1]

周末，休息一天。儿子在上学，先生在加班，我只好一个人在小区转转。一只流浪猫追了我一段路，最后发现我没带吃的，便放弃了。

小区旁的商场空荡荡的，说是要改造，引进新的商业体。很多商家苟延残喘，能有一份安宁的日子就该知足了。

朋友圈里看到高三正在举办成人礼，其中有很多熟悉的面孔。又一届学生要毕业了，时间过得真快，儿子的成人礼仿佛还在眼前。

在家庭群里闲聊了几句，儿子刚打完疫苗，有些鼻塞，便叮嘱他多喝热水，当心感冒。儿子也叮嘱我们多锻炼多散步。为了让他放心，我把散步的照片发了几张给他，但没说想他。儿子说五一自己买票回家，他也没说想家。最后又老生常谈地聊了几句。

继续转悠。杜鹃开得正艳，含笑散发出醉人的甜香，紫藤也开了，瀑布一般，花草们个个眉清目秀。到处绿油油的，随手一拍便是美景，真是最美人间四月天啊！

---

[1] 此文是我边散步边用手机即兴写就。

我生性喜欢花花草草。小时候，家门口曾有一丛野蔷薇，天长日久，藤蔓爬上高树再垂落下来，瀑布一般，十分壮观。我每次经过都会驻足长叹，百看不厌。那种山野小花独特的美深深刻在我幼小的心里。

小时候所见大多是一些乡间野花，哪知道外面还有姹紫嫣红的世界。

突然想起第一次看到杜鹃的情景。

那时上高一，学校组织到信阳鸡公山春游。

在梅老师带领下，我们半夜开始爬山，爬到山顶正好天明。当时累得气喘吁吁，浑身汗淋淋的，抬头擦汗时正好瞥见对面山腰上有一丛火红的杜鹃。一道霞光照在杜鹃上，在周围一片灰暗的岩石衬托下，美得令人窒息。那就是书上说的杜鹃啊，太震撼了！

同时，一种难以名状的惆怅涌上心头。

现在公园、小区，杜鹃随处可见，但再也感受不到那种摄人心魄的美！

随着年岁的增长，更加眷念亲情。

其实这个时候最大的心愿就是能够陪陪家人。可因为工作忙，两头都没有照顾好。儿子小时，忙于工作，一次又一次狠心地把他单独留在家里或送回老家。现在老的需要照顾，我还是没时间陪伴。每次打电话我都无奈地向母亲承诺："再等几年，我就退休了，我就有空陪你了。"可老人们的身体骤然变差，让我猝不及防地惶恐起来。

　　想想从前都是他们一路遮风挡雨，对我呵护备至。现在他们再也没有力量照顾我了，像一片片枯萎的黄叶。念及我在异地他乡，这么多年，兄弟姐妹们一直替我担责，悉心照顾着父母，无怨无悔。

　　不由想起《岁暮到家》那首诗：

　　　　爱子心无尽，归家喜及辰。
　　　　寒衣针线密，家信墨痕新。
　　　　见面怜清瘦，呼儿问苦辛。
　　　　低徊愧人子，不敢叹风尘。

　　唉！

2021 年 4 月 18 日